ハインリヒ・マン短篇集

第Ⅲ巻

——後期篇——

ハデスからの帰還

三浦 淳・小川一治・杉村涼子・田村久男・岡本亮子 訳

松籟社

責任編集：三浦 淳

ERZÄHLUNGEN Volume 3

Gretchen

Die Unschuldige

Die Rückkehr vom Hades

Die Verräter

Die Tote

Kobes

Felicitas

Das Kind

目次

ハインリヒ・マン短篇集　第Ⅲ巻　後期篇

グレートヒェン

I

土曜日の昼。そのときになっても、ヘスリング夫人は日曜日にグレートヒェンが婚約する段取りになっているのを夫に伝えていなかった。昼食時になって、ディーデリヒ・ヘスリングはやっと機嫌が良くなった。彼一人が食べていたウナギをテーブル越しにグレートヒェンに分けてやった。しかし、ウナギは大きくて脂肪が多かった。彼は昼寝の最中にうなされ、目を覚ますと、マッサージを求めた。妻はグレートヒェンに耳うちした。

「これじゃあ、おまえの帽子やベルトをまたねだるわけにはいかないね。だけど、お金はなんとかしなきゃ」そう言って娘に目くばせをした。

ヘスリング氏はさっきからウールのシャツとももひき姿でクッションの間に横になって待っていた。白っぽい腹を妻のマッサージの手に委ねた。妻がとんとんとたたいている間、ふと不安で息苦しくなり、三体のブロンズ像にちらっと目をやった。実物の三分の二の大きさの皇帝、皇后、ゼッキンゲンのラッパ手〔一八五四年に出版された、ヨゼフ・ヴィクトール・フォン・シェッフェル（一八二六―一八八六）作の同名の長編叙事詩の主人公。当時、ドイツの〈教養ある市民〉の愛読書だった。〕の三像は、出窓の上から超然とした陽気さで、彼の情けない姿を見下ろしている。ヘスリング夫人が、四方八方から夫の身体をもみほぐし、声をかけて機嫌を取っているところへ、グレートヒェンが、長い首をおそるおそる前に出して、貧血ぎみの目に恐れとあざけりの色を浮かべながら、白いドレス姿で部屋の中へはってきた。音を立てずに椅子のところまではって、掛けてあった父のズボンを取った。カチャとかすかな音がしたが、その音の分だけ母親は声を強めた。

「もうすぐマッサージは終わりますよ。明日はゴシェルローダへ行くつもりにしていたのだけれど、あなたは御存知ですよね。試補〔国家試験に合格した上級公務員採用候補者〕のクロッチェさんも御一緒ですよ。でも、あなたが心配なさることはないのよ。私が必要なお金は家計からやりくりしますから」

ヘスリングはぶつぶつ言ったが、マッサージで彼の気分はやわらいでいた。

夜になると、行きつけの酒場の定席でドイツが世界強国だと受け合ったが、あまりに弁に熱が入って、懐《ふところ》ぐあいを気にせず支払いをしてしまった。

あくる日の日曜日には、いつものとおりに、グレートヒェンの新しい状況を失念していた。彼は森へなど散歩に行きたくないと言い張るしまつだった。

「森へ行ったら二時間歩いても食堂にたどりつけないじゃないか」

試補のクロッチェはヘスリングに賛成した。そこで、一同は街道を歩くことになった。グレートヒェンとクロッチェは前を歩いた。彼は感嘆するように空を見上げた。その時うしろ頭が、えりの中に隠れた。

「すばらしい日ですね。暑くはありますが」

「パパは上着を脱いでおしまいになったわ」とグレートヒェンは言った。そして、視線を下した。

「クロッチェさんもそうなさったら？」

クロッチェは拒んだ。予備軍の少尉として、彼はもっと苛酷な状況を経験していたのである。彼は軍事演習について話し始めた。事務的な口調で語る話は長かった。ゲッベルヒェン通りの最初の家が木々の間から見えた。グレートヒェンはため息をついた。ヘスリング夫人はことのなりゆきすべてに目を光らせていたが、突然、彼女は、叫び声をあげた。虫だ！　ブラウスの中に虫がいたのだ。

「気持ちの悪い生き物がいるわ。こんなところにまで……いやだ、あなた、この虫ったら、えりもとから出ていってくれやしない。ディーデリヒ、あなたが押しても私が息ができなくなるだけじゃない。気取ってる場合じゃない。そうあなたはおっしゃるのでしょう。だけど、噛まれたらどうするの！　私たち女は、殿方と別の神経をしているだから。殿方ってこんなときどうすればいいか全くわかってないんだから。ねえ、試補さん?」

クロッチェは分別のあるところを示そうと焦った。それであろうことか、ヘスリング夫人のホックをはずそうとさえした。彼女は彼から身を引いた。

「ホックを一つはずしたところでどうにもならないわ。奥に入ってしまったわ。こんな時は、全部はずすしかない。試補さん、グレートヒェンと一足先に行って下さいな。こんなことはうちのひとだけで十分ですから」

夫人は夫に淫靡でいたずらっぽく目配せをした。試補は顔を赤らめ、グレートヒェンはうなだれた。二人は先へと歩を進めた。

クロッチェはおどおどとではあるが、不快な生き物について講釈を垂れた。それがいなければ、僕は戸外のみずみずしい自然が大好きなんですよ。格別、ヨットは好きなんです……グレートヒェンはまたため息をついた。彼は話を中断し、あなたも自然界にあるものはお好きですか? 好きですか? それなら、どんなものが好きですか? 山ですか? 小羊ですか?とたずねてきた。

「青々したレタスが好きですわ」とグレートヒェンが、夢見ごこちで言った。

すると、彼女の顔色そのものが青ざめ、貧血で気絶しそうになった。靴下の繕いや、教会にいるときなど、とても退屈するといつもそうなるのだった。

「青々したレタスですか?」

そうなのだ。グレートヒェンは今朝一週間分のお小遣いをもらうと、半ポンドのボンボンを買い、それを全部食べてしまったのだ。だから今は胡椒と辛子をつけたレタスを夢見ていたのだ。

クロッチェは彼女の答えにおどろいたが、納得できないわけではなかった。彼女を見つめ、自分のえりを直した。一方、グレートヒェンは視線を深く下におろして言った。

「なんて嫌な小石、靴をダメにするわ！　今日びの靴の底は紙で出来てるみたいなんだから」

彼女は小石があたって痛いのをこぼしているのではなかった。ただ、お金がかかるからなのだ。

その時、クロッチェは意を決して言った。

「グレートヒェン……」

「ゾーフスさまあ……」

婚約した者どうしが手に手をとって父親の前に立った時、彼のおどろきようといったら！　ヘスリング夫人は勝利の笑みを浮かべた。夫は常日頃、良心のやましさを覚えながら生きているから、予備軍少尉と決闘する心配はない。彼は下士官にすらなれなかった人なのだから。

II

クロッチェが婚約披露の祝いにやって来たとき、彼が友人達の前で、まだ気分がすぐれないんだとぼやいているのをグレートヒェンは耳にした。それから彼らは小声で話し始めた。おそらく不都合なことでもあるのだろう。グレートヒェンの心臓は高鳴った。食事の席で彼女は、人が口にする言葉の端々にほのめかしがあるのを感じた。クロッチェは無口だった。ただ、ツィリッヒ牧師の話にだけは言葉をはさみ、自分は肉体の復活を信じていると明言した。その声は耳ざわりなかすれ声で、二十人前のソーセージと酢キャベツを消化できると自慢しているかのように誇らし気であった。一同が彼に同意するようにうなずいた。グレートヒェンは唇をかみ、視線をそらした。

その後、二人の関係に一向に変化がなかったので、彼女は首をかしげた。クロッチェは毎日、夕方になると、ユーゲント様式の部屋で彼女の傍らにすわり、ときおり口を開く。

「グレートヒェン……」

彼女はそのたびに声を引き延ばし、感情をこめて応えるのだった。

「ゾーフスさまあ……」

しかし、そんな時彼女はたいてい別のことを考えているのであった。彼は、学校で何を習っていたのかとたずねた。女教師たちにやったいたずらを二つ三つ打ち明けた。彼はうろたえたような笑いを見せたが、それは彼女が侵した権威をゆさぶる行為が、彼自身の権威にも動揺をあたえるのではないかと彼を不安にさせたからのようだった。それで、彼女は話をやめた。すると、彼はその日の午前中に裁判所であったことを話した。そして、また二人は、次の「グレートヒェン」、「ゾーフスさまあ」が出るまでだまるのだった。

ある時、彼は神の恵みについて話しだした。「あなたが内心それほど信仰の厚い人ではないということは想像がつきます。あなたくらいの歳のとき、僕もいいかげんなキリスト教徒にすぎませんでした。幸運にも、僕は遅ればせながら信仰心にたどりつきました。それも、退役したフォン・ハフケ将軍のおかげです。今の時代でも信仰深くあらねばなりません。体面を重んじるなら、ずっと信仰を避けて通ることなどできないのです。あなたもこれから神の恵みを体験するでしょう。どのように体験するのか、僕にはもちろんわかりませんが。それもまたどのようにあってもいいことです」

「僕たちが神の玉座の前に立ったら、神はおっしゃるでしょう。我が息子よ、汝いかなる道をたどりて我が恵みに到達せしか、我が関心には非ずと」

彼は神の言葉の部分になると、流暢というわけではなかったが、格別に緊迫感をこめて言った。彼の目は戦闘的になった。彼は口ひげをひねり上げた。部屋の外でヘスリング夫人がせき払いをしてから、食事を知らせた。グレートヒェンは、「せき払いなんかしなくてもいいのに」とそっとため息をもらした。

彼女はこう考えていた。

「クロッチェは三十三歳なのに、たれているのは目の下ばかりではない。過去にきっとなにかあったに違いないわ」

未来の夫にはどこかに恋人がいるにちがいないと思いついた。絶対にクロッチェにだんまりを通させてはならない。〈ねえ、あなた、ちょっと待って〉グレートヒェンは考えた。それから、かわいらしく歌うように、わたしの前に恋人はいなかったのとたずねた。クロッチェは顔を赤らめて否定した。

「そんなこと信じられないわ」とグレートヒェンは断言した。

「じゃあ、そういうことにしておこうじゃないか」

彼はひたいにしわをよせたが、グレートヒェンは惑わされなかった。

「ねえ、ゾーフス、私をだましてはだめ！　もし、私があなたの奥さんになるのなら、事情を知っておかなきゃならないわ」

しかし、実際なにもなかったのだ。彼女に聞かれるようなことは覚えがない。彼はいつもその場で片をつけていて、万事決着がついていたのだ。話すようなことはなにもない。グレートヒェンは口をへの字に曲げて、てのひらで涙をぬぐった。

「仕舞いには子供が出来たということはなかったの？」

彼は彼女の涙を見て、ため息をつき、両手の親指を回しながらぼんやりと考えた。なにか懺悔できるような話をでっち上げられないだろうか。しかし、彼は何も思いつかなかった。ヘスリング夫人がまたもや咳払いをした。「それじゃあ、ソーセージとビールを召し上がりに行けば」とグレートヒェンは口をとがらせて言った。

彼女自身もオープンサンドイッチを七切れたいらげたが、それでもクロッチェの旺盛な食欲は気にいらなかった。

食後、全員でガス灯のともった古いドイツ風の部屋に腰を落ちつけた。ガス灯の光が皇帝、皇后、ゼッキンゲンのラッパ手の三像を照らしていた。母親は縫い物をし、父親は新聞の宮廷記事を読み聞かせ、婚約者ふたりは手持ち無沙汰だった。グレートヒェンは、クロッチェがいるかぎり、手仕事をしなくてもよかった。しかし、何もしなくてよいと考えるだけで、身の引き締まる思いがした。そう考えなければ、繕い物をしているときよりも退屈だったのだ。クロッチェは傍らにすわっていた。胃が食べ物を消化しているあいだ、彼は彼女を見つめていた。そして、グレートヒェンは無邪気な瞳で見比べながら考えた。〈クロッチェのお腹は、パパのお腹くらい大きくなるのにあとどのくらいかかるのかしら。パパも結婚する前は女性関係がなにもなかったのかしら？　そんな様子はないようだけど。ママだってパパよりそういった事情に通じているわけじゃない。ママは当世風ではないことくらい私にも分かる。だから、ママも、ママ同様のパパも、私とクロッチェを二人っきりにしておいて心配もしないのだ。たしかに、クロッチェなら安心していい。……ママは本当に人生からなにを得たのかしら？　パパだけなんてあんまりだ。ママはがまんにがまんを重ねてきた。そして今、もう老いにさしかかっているのに、未だにパパのシャツを繕っている。一度くらいパパを裏切ってもよかったのに！〉……そう考えながら、グレートヒェンは、悪意をもってクロッチェの腹の大きさを量っていた。彼女は自分が、今では洞察力に富み、大胆になっていることが不思議だった。マイゼ通り生まれの、子供のころからよく知られているグレートヒェン・ヘスリングではなく、根本的に全く別な出自の人間のように、様々なことを見抜いているのだ。ちなみに、このような感覚、考察すべてが生まれてくるさまは、ただひたすら血の通わない脳みその中に、薄暗がりの中で遠い星がかすかにきらめいているときのようだった。ひっきりなしに、あくびを我慢し、息を鼻から出した。寒気がした。目の前が真っ暗になって失神しそうになるたびに、渦が宙を回るのを見てときどきびっくりする。そして、〈だめ、いけない〉と考え、気を取りなおすのだった。

しばらくしてパパとクロッチェはうれしそうにビールを飲みに出かけた。やっとママと何でも話し合える。でも、いったいなにを？　結局、言ったのはこうだった。

「ねえ、ママ、私、結婚してもクロッチェさんが履いた靴下を繕わなきゃならないのかしら？　パパは私にいつもご自分の靴下をよこすけど、その匂いがいやだってと言うと、パパは、情のない娘だとおっしゃるの」

Ⅲ

グレートヒェンは、エルザ・バウマンの家に行った。そこでは母に対してよりはたくさん話題を思いついた。クロッチェといっしょにさせられたら、日に三回は気を失ってしまうこと請けあいだ。それくらい退屈な人なのだとエルザに語った。エルザは、彼女に言い聞かせた。「彼だって、別の種類の女の前では、魅力的にもなれるでしょうよ。だけど、あなたのところでは気を休めたいの。

そういうものなのよ」

二人が『女たらし』〔娯楽作家グスタフ・フォン・モーザー（一八二六—一八八六）の喜劇。一八七六年初演〕を待つ間、劇場の桟敷席をぐるりと見わたすと、バラ色、白、空色のブラウスを着た女性ばかりだった。ギムナジウムの男子生徒たちが、憧れに満ちて、オペラグラス越しに女性たちのようすをうかがっていた。しかし、彼女たちの関心は、もっと重要なことにあった。

「殿方がよそで放蕩三昧してから、私たちのところに来るのよ」とエルザは訳知り顔で続けた。「私たちには、いつも残りものだけってわけ。どうしてそれで満足しろっていうの。私、試補のバウツさんの奥さんがおかしくなった理由、ようく分かるの。ハルニシュ博士の奥さんだってご自分でおっしゃっているのよ。自分もあんな風になりそうだって。あなた、想像できる？　ハルニシュ博士は六ヶ月に一度っきりしか奥様のところに寄らなかったそうよ。これってひどすぎると思わない？　だから奥様のご両親は、奥様に、こっそりと愛人を持つように助言なさったんですって」

「まあ、ひどい！」とグレートヒェンは同意した。彼女は完全に目覚めていた。二人の少女はたがいに男たちへの憎悪をあらわにした顔で見あった。しかし、弁護士のブックが二人を見ているのに気づくと、こともなげに、よそ行きの顔、つまり、甘い無邪気な笑顔にもどった。『女たらし』が始まった。

幕間では、グレートヒェンは半分溶けかかったボンボンを飲み込む暇も惜しんで言った。

「それじゃあ、私たちにだって、女の権利ってものがあるわ。結婚する前なら、私たちなにをしてもいいのよ。そのあとだったら、退屈な生活になってもしかたないわ」

「それなら、結婚しない方がいいじゃない」とエルザは言った。ここで、二人の意見が別れた。グレートヒェンは反論した。

「いいえ、エルザ。それは、あなたがまだ結婚相手がいないからよ」それから、声を上げて言った。

「ほら、見て。クロッチェが私に最高級の指輪をくれたの。ルビーと七個の真珠の付いた指輪よ。赤は愛の色だなんてことまで、彼言ったのよ」

エルザは値踏みするようにちらっと見た。

「そうね。そんなもののために人生の幸福を売るつもりなら」

「いいかげんにして。あなただって、いずれはそうなるのよ」とグレートヒェンは言った。

「私なら、ベルリンへ行って、恋をするわ」

グレートヒェンが笑っても、エルザは自分の主張を曲げなかった。彼女は、女子専門学校で絵まで習ったのに、自分の主義に反してるという理由だけで、ファッション雑誌のスタイル画書きをまたやめてしまったのではなかっただろうか？　なぜなら革新を支持していたからだ。エルザだったら自分の主義に反した行動を決して取らないだろう。

……「それじゃあ」とグレートヒェンはやっと口を開いた。しかし、周りから静かにするように注意されたので、第二幕の上演中は答えるのを控えなければならなかった。

「だけど、私たち、先シーズン、俳優のシュトルツェネクさんを劇場で待ち伏せしたでしょう。私が彼に花束を投げたとき、あなたいったいどこにいたの？　こわくなったんでしょう」

「私たちまだ、おてんば娘にすぎなかったのよね。あれから、私はベルリンに行ったの。そして、あなたは、婚約したのよね」

二人はため息をついた。二人はともにレオン・シュトルツェネク氏に熱を上げ、彼から目を離さず、あとをつけ、シュトルツェネク氏に匿名の手紙を出して、氏を批判する輩《やから》をこき下ろした日々のことを思った。グレートヒェンは彼のサイン入りの写真までも持っていた。それは、写真を買って本人に送り、『スフィンクス』という名で局留めにして送り返してもらって手に入れたものだった。それはつい昨年のことではなかっただろうか？

「ああ、あの頃はよかった」彼女はその写真を婚約前に、何か予感がしてどこかに仕舞いこんでいたのだ。

「あれをまた探し出さなくちゃ。今度、クロッチェに見せたら、彼どんな顔をするかしら」

彼女は大きく息を吐いた。老婦人が振りかえって見たので、グレートヒェンは行儀よくして小声で言った。

「彼に言うべきかしら。私が、シュトルツェネクさんにお熱だったこと？……シュトルツェネクさんて本当に魅力的だわ。ああ、わたしのレオン！」半ばうっとりして目を閉じた。「今日の彼はまた素敵じゃなくて？『女たらし』はほんとに当たり役。彼のマナーはとても洗練されているわ。それに比べて、クロッチェときたら！　だめ、だめ、私たち何をしても許されて当然よ」

「もちろんよ」とエルザが強調した。「好きな人に身を捧げたのなら、あなたの婚約者の前で堂々と言うのよ。『私はこういう女なの。どうにもできないわ。私は好き勝手をしたけど、それは自分に忠実だったの。さあ、今度はあなたの番よ』って」

グレートヒェンの心臓はこの乱暴な提案に高鳴った。

「あなた、本当にそう思ってるの？」と彼女は念を押して、すべてめでたしめでたしで終わるおとぎ話を聞いたように笑った。だけど結局は、クロッチェといっしょになるのかしら？　彼だってまんざらでもない。

二人は通路に出た。そこで列をなしてうろついているのは少年ばかりで、しのび笑いをしたり、嘲笑的な態度を取ったかと思うと、互いに照れあっているのだった。グレートヒェンはもの想いにふけっていた。

「最近、ママがパパに話してるのを聞いたんだけど、フリッチェ検事の奥さんはシュトルツェネクさんと関係あるんですって。信じられる？」

「もちろん、だって、彼、ヴェンデガスト夫人ともあったのよ」

「フリッチェさんの奥さんが新しい帽子を買ってもらって、ママが買ってもらえなかったから、うちのママ、そんなこと言ったんだと思うわ」

劇場のビュッフェでは、人にぶつからないように歩き、小声で話さなければならなかった。木いちごのジュースを飲み、メレンゲ〔泡立てた卵白と砂糖を混ぜて焼き、中にクリームなどを詰めたフランス風ケーキ〕を食べた。

「劇場関係で、彼とそういうことがなかった女性はいないという話よ。どういうことかわかると思うけど」とエルザは言った。

「下品な女たちね」と、グレートヒェンは嫉妬で腹をたて舌打ちした。いったい、シュトルツェネクさんはどんな女性でも幸せにしてくれるというのだろうか。私だけ例外というのだろうか？　彼女は思いきりよく足を踏みだした。そこへ、クロッチェが通路に入って来た。すると、グレートヒェンは彼に向かって華やかな夢見る表情をした。

Ⅳ

朝、グレートヒェンはヘスリング夫人に枕もとまでに起こしにきてもらわねばならなかった。寝巻き姿のまま、グレートヒェンは郵便受けに行った。

「いったい、どうしたんだい？　何が入っているというの？」

何を待っているのか、グレートヒェン自身にもわからなかった。彼女は長々と手足を伸ばし、時間をかけてコーヒーを飲み、隠し持った小説を読んだ。ランプの掃除をすると、油だらけの手を洗いもせずに、台所に入ってきて、なにか食べるものがないかと聞いた。ハンバーグとカリフラワーだけ？　グレートヒェンは目新しいものを期待していた。

やっと、外出のお許しが出てると、急に彼女の心臓が高鳴った。彼女は家を出る前に深呼吸しなければならなかった。今日は何が起きてもおかしくない。

店に入るたびに彼女は言いつかった用事の半分を忘れて、いつもの倍、手間がかかった。その時、時計が一時をさした。気がつくと、グレートヒェンは本当に劇場のところまで来ていた。ちょうどリハーサルが終わったところであった。シュトルツェネク氏が階段を降りてきた。毛皮のえりを立てて、ロシェ嬢とポピー嬢といっしょになって笑い声をあげていた。ロシェ嬢は彼の腕を軽くつっついた。しかし、グレートヒェンはまっすぐ彼の方に向かっていき、にっこりと軽く会釈した。通りすぎようとしたとき、自分の顔が無理にほほえもうとして、引きつったままになっているのを感じたので、二人の女性が笑いはしてもおどろかなかった。二人は息が切れるまで笑い続けた。グレートヒェンは今はそんなことはどうでもいいと思い、歩き続けた。その時うしろから、彼の足音が聞こえてきた。彼女は急遽歩幅を倍にして歩いた。彼女は公園に逃げこみ、散歩道になっている市の塁壁に上がり、口をあけ目にはうつろな驚愕の色を浮かべた。そこへヴィルマー・バウツ氏、石炭商のバウツ氏がやってきた。彼の活気にあふれたあいさつのことばに答えずに、助けを求めるように彼の顔を見つめた。

俳優の足音がだんだんと近づいてくるのが聞こえた。その時、彼女は両肩をびくっとさせた。彼が呼んだからだ。大声とは言えないが「お嬢さん」と呼んだのだ。まさにあの時と同じだ。グレートヒェンがわけもなくふざけて、騒ぎを起こしたいという衝動に駆られ、教師をからかったことがあったが、その時、突然、恐るべき事態に直面したのだった。教師が彼女の態度を真に受けて、おもしろくない結果を招いたのである。

さあ、どこへ行こう？　グレートヒェンを救う道は、急な傾斜の小道だけだった。市を囲む堀には白鳥が泳いでいたが、それを眼下にして続く道は公衆トイレで行き止まりだった。見えないようにあの角にまわりこもうかしら？……だめだわ。逃げ道のない一本道だったら、彼がついてくるわ。彼女は途方にくれた。公衆トイレとその下を涼しげに気持ち良さそうに泳ぐ白鳥のほかは何もなかった。白鳥のところへ向かうか、あるいはトイレに入るか。グレートヒェンは公衆トイレに入ろうとした。しかし、シュトルツェネク氏が声をかけた。

「お嬢さん、そちらは女性用ではありませんよ」

グレートヒェンはおどろいて振りかえり、「あらまあ」と言った。それから、すてばちになって笑いだした。この時相手が見せたほど残酷に勝ち誇った表情を、彼女はこれまでどんな顔にも見たことはなかった。彼はそれ以上何も言わなかった。彼の白い歯は動かなかったが、それにかぶさる唇の動きはなめらかだった。それを見て、彼女はめまいがしてきた。彼は、シルクハットの端に手をやり、会釈して、無造作に彼女といっしょに回れ右をした。

「おそらく」と彼は気を持たせるように言葉を止め、彼女の方にからだを傾けて、大げさな身ぶり手ぶりをつけたので、彼女は目を閉じなければならなくなるほどだった。「おそらく、お嬢さんはあれに引かれるものを感じたのでしょう。お父様があれを設置なさったからじゃないですか？　どうです、ヘスリングさんのお嬢さん?」

グレートヒェンは目をあけた。彼が彼女の素性を知っているということは、状況をいくらか作法にかなったものにし、不信感をいくぶんやわらげた。

「そのとおりですわ」と彼女はいくらか自慢げに言った。「パパがあれを全部設置したの。市の参事会で通過させたのよ。それから、自分でその任務を請け負ったの。パパはものの分かる人ですもの」グレートヒェンは重々しくうなずいた。

「さらにお父様にはこんな魅力的なお嬢様までいる。一人の人間にとって多すぎるくらいです」

「お口がおじょうずですね」とグレートヒェンは言ったが、飛び上がらんばかりの気持ちだった。彼女は、突如翼をつけたように前進したのだ。これからなにが来ようと、おどろきはしない。

「本気で言っているんですよ。信用してもらっていいんです」とシュトルツェネク氏は言った。グレートヒェンは首を横にかしげて、下から見上げた。

「誰が本気にするもんですか」

「ずっと、前から、私はあなたに目を留めていたんですよ。あなたは最近ゲッベルヒェン通りで、窓から私に会釈して布巾を落としたあの小さな令嬢でしょう」

グレートヒェンは唇をかんだ。

「いいえ、私が住んでいるのはマイゼ通りです」

しかし、彼はくったくない態度で、魅了するように答えた。

「ゲッベルヒェン通りであろうと、マイゼ通りであろうと、いずれにしろ私が見たのはあなたのことですよ。疑う余地なんてほんの少しもありません」

するとグレートヒェンは、まつげに涙を浮かべ、感激して彼に笑いかけた。しかし、彼はすぐに身をかわした。彼は視線を一秒ごとに別のところに向け、手をシルクハットのふちに置いたかと思うと、宙に伸ばした。すその非常に長いコートの腰の狭くなっている部分であちこちに身体の向きを変えた。笑ってはいるが、口もとは歪んでいた。グレートヒェンは、彼の顔がこんなに細長いとは思っていなかった。鼻は格別印象に残っていなかった。しかし、シルクハットにつぶされた巻き毛はよく覚えていた。口は無気味だった。それは、綱渡り師のように顔の細い縦じわの間でバランスを取っていた。しかし、シュトルツェネクさんの瞳は何というのであろう！　瞳をかたどる黒いふちと黒い眉は一体となって、やや脂性の青白い肌から浮かびあがってくる。悲しいくらいに美しい。彼がグレートヒェンを見下ろし、濃紺の瞳にかかった黒いまつげを下ろすと、それは草原に枝を垂らす柳のようだった。〈小人たちが飛びまわっているようだ〉とグレートヒェンは思った。シュトルツェネクさんの瞳は痛々しい風景画ね。きっと彼、たくさん難問を抱えて苦しんでいるのだわ。彼を慰めたいというよからぬ衝動が、グレートヒェンの心を揺さぶった。彼女がため息をつこうとする前に、彼がため息をついた。

「まあ、そうでしたの」とグレートヒェンは急いでことばを続けた。「それは、その……」

「お嬢さん。あなたはもちろん良家の方々しかご存知ないでしょう。私どものようなものが町に入るやいなや、女たちは通りの向こう側にまで『お隣りさん、洗濯物を取りこみなさい。河原乞食どもがくるわよ』なんて叫ぶんですよ」

「それはあんまりだわ」と彼女は力をこめて主張した。

「ええ、お嬢さんはそう言って下さいますが、私を家に招待するようにお宅のお母さまに言ってごらんなさい。そんなことを言ったら最後、その日はいつもの倍の靴下を繕わなければならないでしょうね」

グレートヒェンはうなだれた。確かにそのとおりだったから。

「この町でおつき合いのあるのはヴェンデガストさんの奥様だけなんです」

「まあ、そうでしたの」とグレートヒェンは急いでことばを続けた。「それは、その……」

「いいですか。あの方が我々俳優とおつき合いしてくれるので」

グレートヒェンは何か言おうとしたが、ことばに詰まった。ヴェンデガスト夫人と言えば、あちらから歩いてきたら、顔を合わせないためにわき道に曲がらなければならないようなたぐいの人ではないだろう。市の塁壁を役者と連れ立って歩いているグレートヒェンは、思いがけないことに、他の人たちと同じに、非常に危険で近寄れないとずっと思っていた存在と顔一つ離れた距離まできていた。

なんという新しい人生!……「ありがたいことに、どこでも考えが古くさいわけではないのです。ウィーンのような所では、りっぱな方々が少なからず交際して下さったのです」とシュトルツェネク氏は言った。

「あちらの劇場にももうお出になりましたの？」

「もちろんですとも。ブルク劇場に出演しました。本当はここにいるどさまわりの芸人たちのところをうろつく必要はないのですが、ただ、芸術家には旅への衝動がありますから」

「芸術家であるということは、刺激的なんでしょうね」

「すばらしいことですよ、お嬢さん。しかしながら、私ともうこれ以上いっしょに歩きたくはないでしょう。さあ、もう往来にでます。往来では知り合いに、あなたと私のような芸人がいっしょにいるのを見られるかもしれません」

グレートヒェンは顔を真っ赤にした。白目をむいて、ひどい言いがかりだと反論しようとした。しかしながら、それは真実だった。その真実を自分は変えることができないのだ。

「お行きなさい」彼は、続けて言った。「私は気にする方ではないのです。さあ、安心して昼食にお行きなさい。私はスープを一杯恵んでくれる人をさがしましょう」

「まあ！　お金がないの？」

「いや、その正反対で」と彼は笑って言った。「単にこれも仕事のうちでして。すばらしいことですよ、お嬢さん。ところで、一度お宅のお父様に、通信員がご入用ではないか聞いていてみていただけませんか？　私は速記がすばらしくうまいんです」

「だけど、あなたは芸術家でしょう！」

「それはそうですが、そんなにひどく驚かないで下さいよ！　今晩、『破産者』〔一八七五年に初演された、ノルウェーの作家ビョルンスチェルネ・ビョルンソン（一八三二—一九一〇）の社会劇〕というお芝居に出るんです。いいですか、一日中役に取りくむのです。それ以外は私の生まれが許さないのです。……というのはもちろん私がおおやけにできない生まれだということなんですが」

　彼女は畏敬の念に打たれたようすだった。彼はばかに愛想良く言った。

「またお会いしましょう。お嬢さん、ときどきはお手紙を下さい。おそらく私の住所はご存知でしょうね？」

　グレートヒェンは幾度となく彼の住居の窓を見あげたことだろう。エルザ・バウマンがいなければそうする勇気もなかったであろうが、ある時、階段を上がり、彼の名刺が貼られたドアの前で祈りを捧げたことがあったのだ。グレートヒェンのひざは全く力が入らなくなった。彼女は記憶が真っ白になったまま、彼を見上げた。しかし、彼はすぐに身をひるがえし、シルクハットのふちを軽く持ち上げて会釈し、いずれまたどこかでお目にかかりましょうと言った。彼女の気持ちが落ち着くより先に、彼はエレガントで軽やかにその場からいなくなっていた。

V

「どうして食事に遅れたかって？　ええ、お母さま、仮縫いが十二時半までかかりましたの。それから、ハルニシュ博士の奥様に出くわしてしまったの。あの方がおしゃべりなのはご存知でしょ」

ヘスリング夫人は怒りを忘れた。

「それで、あの方、どんなことを話したの？」

グレートヒェンは考える間もなく、口からでまかせを言った。彼女は完全に目覚めていたのだ。人生というものが突然恐ろしいほどに興味深くなった。秘密を、彼女だけが所有し、誰も足を踏みいれない領域を持ったのだ。それは、大きな穴が必ずある堀の端をスケートで滑るようなものだった。ロシェ嬢やポピー嬢たちはヴェンデガスト夫人のところで、グレートヒェンの話をするだろう。マチルデ・ベーンシュが窓から見ていたということもありえる。そうすると、皆はグレートヒェンがシュトルツェネク氏と何かあると知っているのだ。そして、当然のことながら、それを恋愛関係だと考えるだろう。〈私もそう思うわ〉とグレートヒェンは内心考えた。彼女はすでにどうでもいいような気持ちになっていた。彼のことを思いだすたびに心臓が高鳴った。彼が彼女にかけた言葉が、次々と繰り返し思い浮かぶのだった。

「いったい何を赤くなっているの？」とヘスリング夫人は尋ねた。「パパはそんなことを言ってるのではないのよ」

グレートヒェンはパパが何の話をしているのかさえ耳に入っていなかったのだ。それで、ますます顔を赤らめた。しかし、機転をきかせてマチルデ・ベーンシュの悪口を言った。マチルデが自分のことを告げ口したときのための予防策だ。話している最中にも、耳にはシュトルツェネク氏の「お嬢さん、そちらは女性用ではありませんよ」と言う声が聞こえていた。彼女にそう言ったのだ。本当に魅力的な声で、『女たらし』のときのような非の打ちどころのない優雅さで、彼女だけに言ったのだ。グレートヒェンまでもがいっしょに劇を演じているかのようだった。〈私には才能がないかしら？　そんなことないわ？　そんなこと分かるかしら？〉自分が彼のように洗練された話し方をして、みごとに立ち振る舞っているさまを心に浮かべた。今さらクロッチェといっしょになれというのか！　クロッチェはビール腹の上で指をぐるぐるまわし、いつも言葉を半分呑み込み、部屋に入ってくるたびにドアの側柱に肩をぶつけてしまうような人だ。

「ねえ、ママ、私、結婚式でクロッチェさんと踊らないわ。彼ったらいつもお腹を相手に押しつけるのよ」

「そんな情のないことを言うもんじゃない」とヘスリング氏が怒ったので、グレートヒェンは首をすくめた。

だからといって、彼女はクロッチェに心服することはできなかった。

ユーゲント様式の部屋で二人きりになったとたん、グレートヒェンは口火を切った。

「ねえ、ゾーフス、あなた、私が思い通りになるなんて考えてたら大まちがいよ。私は当世風の女なんだから」

この言葉の意味が彼には十分飲み込めなかったようなので、彼女は続けて言った。

「私、なんでも見てみたいの。お願いだから、私がいつもこのベッドの上でぼんやりとすごすのを望んでるだなんて思わないでね。ハネムーンは二人でのんびりとベルリンを見てきましょう。飲み屋に行くときは必ず私を同伴するって約束して。疲れているなんて言いわけしないで、なにか言ってちょうだい」

クロッチェはグレートヒェンの厳しい視線に動揺した。しかしながら、彼は自分のベルリンに関する知識を披露しないわけにはいかなかった。彼はしぶしぶ慎重に話した。グレートヒェンは話をさえぎった。

「大事なことを省いたわね。ほらほら、キャバレーの話は？　私をそこに案内するって誓ってよ」

クロッチェはためらい、異議を唱えようとしたが、グレートヒェンにさえぎられた。

「あなた、俗物じゃなくって？」

そこで、クロッチェはあわててキャバレーへ連れていくと約束した。グレートヒェンは自分の勇気に酔っていた。

「俗物やおばかさんには用はないわ。私たち女だって、あなたがた殿方が許されていることをやっていいはずよ。殿方はしょっちゅう遊び歩いてる。そのあと妻のもとに帰ってきたとしても、そんなこともう許されないわ。そんなことをするから、試補のバウツさんの奥さんがおかしくなってしまったのよ。殿方がそうなら、女だって愛人を持たなくちゃ。できれば同じようにね。あなたにとってはばかばかしいにちがいないでしょうけど」

「グレートヒェン、決してそんなことはないよ」

クロッチェは落ち着きを取り戻した。

「僕にとってもばかばかしいことなんかじゃない。そう言うのなら、君は他の男を夫にしなければならないよ。予備軍の少尉ではなくて」

グレートヒェンは唇をゆがめた。しかし、このようなクロッチェの自信が軍人としての自信に支えられている時、彼は動じないということを彼女は見てとった。

翌日の午前中、結婚式に招かれようとやって来たエルザ・バウマンに、彼女は切りだした。

「ねえ、エルザ、私、クロッチェとの結婚、よくよく考えてみなければならないわ。だって彼ったら、少し古くさすぎるんだもの。私が好き勝手するのを喜ばないの」

エルザはグレートヒェンが案じるのは無理のないことだと言って、クロッチェとの結婚を思いとどまるように言った。

「私だったら、ベルリンに行って、恋をするわ」と前と同じことをくり返した。

グレートヒェンは両手の指を組んでは解き、解いてはまた組んだ。ついに打ち明けたいという欲求に我慢できなくなった。

「話したいことがあるんだけど、いいかしら？」

そう言うとすべて洗いざらい語った。最初エルザは信じようとはしなかったが、やがて声をあげて言った。

「まあ、お気の毒！」

「いったい、どうして、どうして笑うの」とグレートヒェンは困惑してたずねた。

「別になんでもないわ」と彼女は意地の悪い喜びを押し隠して言った。「ただ、クロッチェのことを考えただけなのよ。彼、いい気味だわ」

「だけど、どうなるってものでもないのよ」とグレートヒェンは深く息をついた。

「どうしてどうにもならないの？　あなたのレオンとお逃げなさいよ。……ほら、いいこと。もし、二人が駆け落ちでもしたら、ご両親はあなたをシュトルツェネクと結婚させないわけにはいかなくなるでしょ。それをクロッチェは指をくわえて見ていなければならないし、全部表ざたになるわよ」

グレートヒェンは眩惑されたように微笑んだ。彼女は無口になり、満足にものを考えることができないほどだった。一晩中、思い悩んだ。彼女が睡魔におそわれると、パパは今までできいたこともないような文句で叱りつけた。ママは、女優のように両手をもみ合わせた。クロッチェは、軍服に身を包み世間を後ろだてにするように、威嚇的な態度でグレートヒェンの前に現れた。しかし、そんな時でもシュトルツェネク氏の顔がゆっくりと輝き浮かぶのだった。彼がシルクハットをつまんで会釈するときの手が、他のあらゆる幻影を消し去った。グレートヒェンは起き上がって、彼に手紙を書いた。今日にでもあなたにお会いしたいという気持ちを押さえることができません。あなたはわかってくれますね。〈どこで会うことにしよう？〉と彼女は考えた。戸外でひと気のないところでなければ。そう、あの場所ほどぴったりなところはないわ。それに美しい記憶をともなう場所でもあるし。彼が話すあの声がまた響いてきた。「お嬢さん、そちらは女性用ではありませんよ」そこで、彼女は書いた。

「また、あの公衆トイレのところで」

彼女はベンジンが入り用だと言ってもらったお金とともにメッセンジャーボーイに渡し、ビンが割れたと言って戻ってきた。そして、十二時半にはもう逢い引きの場に行った。一時になっても彼はまだ来なかった。しかし、一時半になっても彼の姿が見えないので、グレートヒェンは泣きだした。もしかするともう私のことを愛していないのかしら？　二時には、それでも彼と逃げようと決心した。〈彼はきっとやって来るわ。だって、パパはお金を持ってるし、結婚すれば愛が生まれるものだとママは言ってるわ〉二時半になると、逆に完全に気持ちは打ち砕かれていた。三時になると手袋をはずし、傷めないようにしわを平らに伸ばしているところへ、彼が目の前に立って、にっこりほほえんだ。

「あなたがまだいらっしゃるとは全く思ってもいませんでした。本当にもうしわけない。リハーサルが三時まで続いたものですから。はなはだ遺憾なことです」

グレートヒェンの心は急に幸福でとろけてしまいそうになった。そして、感激した表情になった。なんだ、リハーサルだったの！　すべて順調だ。しかし、彼は視線をそらし、心ここにあらずであたりを見回した。シュトルツェネク氏はしょっちゅう咳ばらいをした。あまり時間がないのだと説明した。すると、急にグレートヒェンとレストランで食事しようと言いだしたが、すぐに都合が悪いのを思い出し、おおげさに声をあげて笑った。

「変なことをおたずねしますが、お嬢さん、二十マルク貸していただけませんか？……いやいや、あなたをこんなにおどろかせてしまった。もちろん、尊敬されている淑女から拝借するわけにはいきません。不愉快なことです。……さあ、そろそろ引きかえしましょう。このあたりでは、『けえろう』と言うんでしたっけ？」

彼は今日いつもより頻繁にシルクハットに手をやり、コートの腰の細くなっている部分でいつもより素早く身体の向きをかえた。黙っていても、彼の口は、太い黒縁に囲まれた目をした青白い顔の中で絶えず動き続けた。

「お嬢さん、かわいらしい手をしていますね！」と言って立ち止まり、彼女の手をそれが自分のものであるかのように引き寄せた。

「すばらしい指輪だ！」

彼は、それをはずし、自分の指にはめた。

「私ににあうと思いますか？」

その時彼は笑っていた。グレートヒェンは真っ赤になった。きっと、彼、私がこの指輪をクロッチェからもらったと勘づいて、からかっているんだわ。

「今晩これをはめて舞台に出ましょうか？　あの芝居の私を見なければなりませんよ。恐ろしくいかがわしい出し物ですが。それじゃあ、約束ですよ。私はこの指輪をして舞台に出ます。ここでお別れしましょう。これ以上私といっしょに来てはいけません。さもなくば、現場を押さえられてしまう。それではごきげんよう」

VI

グレートヒェンはいろいろと言い返したいことがあったが、あぜんとして彼の姿を見おくった。それから、さっきまで指輪があった箇所を見つめるのだった。そして、重苦しいため息をついた。彼は行ってしまった。いかがわしい劇を演じるのだ。彼はのん気に笑っていられる。それが男というものだ。彼女が食事に三時間も遅れて、指輪までなくしたことを家でどう言いわけすればいいのか、彼は考えてもみないのだ。彼女は暗い顔で帰宅し、クララ・ハルニッシュさんのお宅にいたと言いわけした。「クララさんはひどく容態が悪くって、晩もそばについててやらなければならないのよ」彼女は涙さえ浮かべた。ママはただ慰めるだけだった。シュトルツェネク氏は優しくはなかった。グレートヒェンは駆け落ちということばさえ口に出せなかった。彼は心ここにあらずで、落ち着きがなかった。〈私に飽きちゃったのかしら?〉彼女はとても心配になった。〈何しろ私は愚かな女だし、彼は有名人ですもの〉痛々しい声で、「クララさんにトカイワイン〔ハンガリー北部の都市トカイ付近のワイン〕を買いたいから、お金をちょうだい」とねだった。そして、劇場へ出かけた。劇のいかがわしい言葉は彼女の耳に入らなかった。自分がただ一人の若い女性であることも、自分が人の話題になっているることも気づかなかった。前列に座って、シュトルツェネク氏をじっと見つめた。私を見てくれなきゃ。だけど、彼は私の方を見ようともしない。指に強烈に光りかがやくダイヤの指輪をいくつかはめているが、ルビーと七つの真珠がちりばめてある指輪はなかった。

ぼうぜんと、見捨てられた惨めな思いで、グレートヒェンは床に就いた。あまりに疲れていたので泣く気にさえなれなかった。彼は彼女をからかったのだ。明日には指輪も戻ってくるだろう。もしかしたら伝言の一つもついてくるかもしれない。それにはりっぱな筆跡で、〈お嬢さん、昨日は劇場でお楽しみいただけましたか？〉と、ぞんざいに書いてあるのだろう。それでおしまいだ。

午前中ずっとグレートヒェンは、自分の部屋と郵便受けの間を行ったり来たりしていた。なんの音沙汰もないではないか？　シュトルツェネク氏は、彼女が思っていたよりずっと残酷な人だったのだろうか？　彼女が、指輪をはめていた指をどんなに苦労して隠そうとしているのか、彼女の窮地を予想できるではないか。指はもう本当に痛かった。怒りに燃えて、彼女は手紙をしたためた。夕方には郵便局まで出向いていって、返事がないか問い合わせた。しかし、次の日になっても返事はなかった。〈これではっきりしたわ。私、あの人の感情を害したのよ。私、ばかだから。彼のような偉大な芸術家が、私の指輪のことを考えてくれるなんて思うのだもの。彼はその手のものをうっかりなくしてしまうかもしれない〉そして、彼女はもう一度、丁重な手紙を書いた。すると、本当に郵便局の窓口から手紙が彼女のもとに飛びこんできた。興奮して、つかみそこねた。文字の列が、アコーディオンのひだのように固まっていたので、文字に焦点が再び合うまで、待たねばならなかった。やっと、読めるようになった。

「拝啓

問題の指輪に関してですが、あなた様がお考えになっていらっしゃるように、私の方では、誤解があったのでも、忘れたわけでもなく、むしろ明らかにあなた様が私に贈って下さったのです。あなた様はこうおっしゃっいました。『私より良くにあってよ。永遠の記念にそれをお持ちなさい』

それゆえに、指輪のことで、これ以上どんな方法でも私を悩ませることのないよう、ご忠告申し上げます。さもなくば、私は寛大な態度をやめ、あなた様と私の許されない関係をおおやけにすると思って下さい。

私たち二人が会っていた事実を証明することは、簡単です。ちなみにあなた様がこの件で初めての方というわけではありません。

敬具

レオン・シュトルツェネク」

確かに一つひとつの文字はきれいで勢いがあり、本当にこの通りのことを意味していた。ただ、グレートヒェンだけはもはや何がなんだか分からなくなって、手足が震えた。地面がなくなり、恐ろしい深淵が口を開け、彼女がのぞきこむのを待っていた。目の前に手をかざし、郵便局を後にした。外に出ると、自分自身が泥棒であるかのように、城壁づたいに歩いた。彼こそが泥棒なのに！　シュトルツェネクさんは盗人《ぬすっと》だ！　それを知っているのはグレートヒェンだけだった。きっと、誰もそんなことを思いつかないだろう。シュトルツェネク氏が幽霊だとは思わないように。生者と死者の間に深い堀があるように、正直者と泥棒の間だって深い堀があるのだ。グレートヒェンは今日まで、泥棒がどんなものか考えたことがなかった。ドイツ語を話し、パンを食べる人間とはどんなものかを改めて考えたりしないように。あの高いところにある古い牢獄にいる人々、歩哨がその前を行ったり来たりしている、あの高いところにある古い牢獄にいる人たち、それが泥棒だ。あの人たちは私たちと全く別ものだ。グレートヒェンは、新しい自分の認識にショックを受けながら見上げた。彼女と堀の上を散歩した、あの同じシュトルツェネク氏が、本当ならあの上にいるはずだ。あるいはむしろ泥棒であっても、あの上に入れられずに堀の上を散歩できることもあるのだ。すべてが絡み合って逆さになった。道徳的な世界が地揺れを被った。こわごわとなんとか背筋を伸ばそうとした。ひょっとするとあの泥棒は私から指輪を奪うだけのために、脱獄して、一芝居を打ったのかもしれない？　これがすべての目的だったのかしら？……いいえ、そうはいかない。

グレートヒェンは取り乱した様子で、テーブルの席についた。パパやママはどうしてそんなにのん気でいられるのだろう。二人とも、同じことが起こるなんて考えてもみないのかしら？　彼女はもはや指を隠そうとはしなかった。すべて解明した上は、隠そうと努力する価値がないと思った。

そら、さっそくママが気づいた。

「おまえ、どこに指輪をおいてきたの?」

「えっ!」とグレートヒェンは動じることなく言った。「手を洗ってきたから、洗面台にあるわ」

「なくさないように、すぐに取ってらっしゃい。そんなところにおいて、人をそそのかすようなことをしてはいけないわ」

グレートヒェンは立ち上がったが、パパが、「食事中に立ちあがるんじゃない」と言った。

〈それじゃあ、やめよう〉とグレートヒェンは思った。

食後、自分の部屋に入って、ドアを乱暴に閉め、こぶしを握りしめた。彼女は怒っていた。運命は卑劣なものだ。人間も卑劣だ。クロッチェはいくじなしののろまで、シュトルツェネクさんは泥棒だ。そんな風に彼女は運命づけられていたのだ。シュトルツェネク氏は最後まで正直であってくれてもよかった。なんといっても彼女は彼に夢中なのだから。しかし、彼はグレートヒェンが自分の愛人だとばらすぞと脅しているのだ。〈なんて愚かな人! だけど、あなたがそんなことをするのをやめさせてやりましょう〉もちろん、スキャンダルはいつでも明るみにでる。そうだ! シュトルツェネクさんはずるがしこい人だ。とってもずるがしこい。グレートヒェンの心臓は熱く煮えたぎった。しかし、彼は彼女が愛したたった一人の男なのだ。あんなに、見栄えが良く、あんなに洗練されて、あんなに如才ない! 彼が盗みをはたらいてしまったことは、本当にそんなにひどいことだろうか? 結局、そういうことは起こりうるものなのだ。グレートヒェン自身も、ベンジンやトカイワインを買うと称してお金をもらったのだから、いわば、お金をくすねたのだ。そう、自分だってパパのズボンから失敬したのだ。……だけど、それだってママがそう望んだからだ。これは、問題が全く違う。つまり、内輪のことだし、誰も見なかったのだ。だが、シュトルツェネク氏はあそこで戸外をうろつき、盗みを働いたのだ。グレートヒェンはぎくりとした。窓に浮浪者の黒い影がさして、暖房のきいた彼女の部屋を中をのぞいていると思ったのだ。……しかし、何もないと分かったので、顔を手に埋めて泣きだした。シュトルツェネク氏のことを思い、彼がたった一人であちらこちらと渡りあるき、罪を犯す姿を思い描いて泣いた。きっと、彼はそんなことしたくないのよ。それどころかパパのお店で速記のお仕事をしたかったのよ。

〈パパに口添えしなかった私に、罪がないって言えて？　シュトルツェネクさん、お腹を空かせてたわ。そうよ。あんなにイライラしていたもの。それじゃあ、私が指輪を彼にプレゼントしたことにすれば？　それなら、あれは彼のものよ。シュトルツェネクさんは法にはずれるようなことは何もしなかったんだわ。私だって、パパのズボンのポケットに手を入れた。これだって相当悪いことだもの……〉

しかし、グレートヒェンは思いあぐね、はっとして身を引いた。彼女の秘められた小さな罪は、彼のあちこち荒しまわる罪の前では、狼の前からしっぽを巻いて逃げるパグ犬のようなものだった。〈いいえ、だめよ、私までおかしくなっちゃったのかしら？　彼は牢屋に入るべきよ。今度のごたごたのためでなかったにせよ、彼を牢屋に絶対閉じ込めてもらわなければ〉

グレートヒェンは小遣い帳を取りだして、トカイワインを買う代わりに劇のチケットを買ったとき、残ったお金を書きつけた。そうやると、いくらか気がおさまった。さっきまで彼女の中でおそろしくおぼろげになっていたことが、再びはっきりとした輪郭を帯びてきた。善と有能がグレートヒェンに再びよみがえってきた。

もう外は薄暗くなっていた。クロッチェが入ってきた。

グレートヒェンは、「一時間も前から、あなたが来るのを首を長くして待っていたの」と言って、彼の首に飛びついたので、クロッチェはびっくりした。

「あなたは今も、これからも私のたった一人の愛しいゾーフスよ」

それから、蠱惑《こわく》的に彼の耳にささやいた。

「ねえ、ゾーフスさまあ？　あなたに打ち明けなければならないことがあるの」

グレートヒェンは目を閉じつばを飲み込んだ。

〈今では、彼より私の方が告白することが多いかもしれない〉と思ったが、言葉を続けた。

「実はあなたにもらった指輪なくしちゃったの。どこに行ったか、それは言えないわ。それは今は言えない。だって、自分でもわからないんだもの。だけど、ママはもう気づいているの。もし、あれを取り戻せなかったら、ママ、ものすごく怒るわ。ゾーフス、あなたのグレートヒェンにもう一つおなじようなのを買ってちょうだい」

クロッチェは目をしばたたかせた。彼には不当なことだ。しかし、グレートヒェンは必死で相手に取り入った。

「新婚旅行のベルリン行きはやめにしましょう。もう、キャバレーへ連れて行けとは言わないわ。ほんとは全然行きたくなんかないのよ。私のクロッチェ、あなたは安心していいのよ。試補のバウツが奥さんにしたようなことを、あなたがグレートヒェンにしたとしても、私、当分おかしくなったりしないわ。ああ、絶対そうならないわ。そうなったら、情のないことですものね」

やっとクロッチェは承知した。二人は金細工師のところへ行った。指輪が指におさまると、グレートヒェンは堰《せき》をきったようにしゃべりはじめた。

「これでやっと本物の婚約指輪をもらったわ。こっちの方がずっと輝きがあるし、ルビーだって大きい。あの店の男の人は、これは本当は倍の値段なんですなんて言ってたけど、好きなように言わせておきましょう。あの人もひっかかったのよ。もうこのことをいつまでもくどくど言うのはやめましょう。ねえ、私の大事なクロッチェ、公道であなたにキスしたいわ」

クロッチェは腕にもたれたグレートヒェンをいつになく重く感じた。しかし、それを誇りに思った。少し先に行くと、通りの向こう側に渡りましょうとグレートヒェンは言い張った。

「あの嫌なエルザ・バウマンがこっちへやって来る。あいさつしなくて済むようにね。だって、ほんとに陰険なやつなんだもの。だけど、彼女の気持ちよくわかるの。彼女、私にはゾーフスがいるから妬《ねた》ましいだけなのよ」

クロッチェは赤くなった。

「私たちの結婚式にあの人を招くのはやめましょう」と彼女は決めた。

しばらくの間、黙ってクロッチェにもたれかかっていた。それから、ささやくように言った。

「ねえ、ゾーフスさまあ。今、私、あなたが言っていたことを感じているの。これが神の恵みというものなのね」

「そうかい。僕も同じことを考えていたんだ。僕のグレートヒェンが神の恵みにたどりついたんじゃないかって。さあ、どうしてそうなったか、言っておくれ」

「だめよ、ゾーフス。それは言えない。今は言えないわ。だって自分でもよくわからないんだもの」と注意深く言葉をつけくわえた。しかしクロッチェは好奇心の強い方ではなかった。

「まあ、とにかく、君が神の恵みを見つけたのだから良かったじゃないか」と言った。「それが大事なんだ。僕たちが神の玉座の前に立ったら、神はおっしゃるだろう」彼はとつとつとだみ声で言った。

「我が息子よ、汝いかなる道をたどりて我が恵みに到達せしか、我が関心には非ずと」

罪なき女

I

化粧部屋で。老女は若い娘の花嫁衣装を脱がせている。

「どうしたの？　手から血が出ているの？」

「ヴェールに針が刺さっていたんです」

「気をつけなさいよ。厭と言うほど血を見てきたんだから」

「かわいそうなお嬢様。かわいそうなガービ様。今度の方があなたを幸せにしてくれると望んでいらっしゃるのね」

「そうなって当然よ」

「私があの方——最初のご主人のためにあなたを飾って差し上げた時、どんなに悲しかったか、お分かりですか？

あなたはすっかり信頼していらっしゃったのですね。罪を知らない子供だったのですもの。今になって、私には予感があったような気がしますよ」

「黙って、どうか黙ってよ」

「今度の方があなたを幸せにしてくださると申し上げたいんです。あの方が——あんな終わり方をなさらなかったら、今度の方をご自分のものにお出来になったかしら」

老女は女主人のスカートを脱がせ、女主人の膝を抱く。

「ガービ様、かわいい子。私達の昔懐かしい子供部屋で、ガラス窓からあなたに往来の人々をお見せしていたとき、私達二人には、その人達が将来どんなに悪意を持ってあなたに接するのか、まだ分かっていなかったんです。でも、あの方はあなたをとても苦しめましたね、亡くなったのは当然ですよ」

「そうなれば良いと私が思っていたような口振りね」

彼女は老女を突き飛ばす。老女は十字を切る。

「とんでもない。あなたを一年間、まる一年にわたって苦しめ、傷つけた他の人達と同じように私だって悪いのでしょう。でも今度の方、先生は違います。ええ、苦境にある時に私は知り合ったのです。今、先生がおいでになったら——あの先生は私に呼ばれるのを今か今かと待ちこがれておいでだったでしょうね！——お礼を申し上げなければいけませんよ、よろしいですか？　あなたが小さかった頃神様に一緒に感謝したように、やさしく、心をこめて感謝しなければいけませんよ。あの方は天使なのですから。いつでもあなたの無実を信じていらっしゃいましたよ」

「無実を信じるのに天使でなければならないのかしら。ほらほら、なんておしゃべりなの。そんなことより部屋着を持って来てよ！　いいえ、それでなくて濃い色の方、シルバーグレーのよ」

「先生を向こうでお待ちにならないんですか」——そう言って老女は閉まっているカーテンを指差す。

「あらかじめ話し合っておかなければと思うの」

老女は彼女を撫《な》でる。

「こう言ってよろしければ、今晩枕に頭を乗せてからの方が良く話がお出来になりますよ。だってあの方を愛しておいでなんでしょう？」

「愛したいとは思っているわ」

「先生があなたの部屋から出て私の所へおいでになる度に——私は通りに立っていたのでね——あんなに感動して、まじまじと誰かを見つめた経験はございません。年を取った私だって惚《ほ》れ込んでしまうような目をなさっていましたよ。『あなたのご主人は無実だよ』と先生はおっしゃったのですよ。『私にはそれが分かっている。みんなにもそれを分かってもらうつもりだ』

「それから彼はどうしたの？」

「先生は私を車に乗せ、目を見ながら、思い出すようにとおっしゃいました」

娘は彼女の方に素早く向き直る。

「それであなたは？」

老女は慎重に首を振る。

「何もかも話した訳じゃありません。当然ですよ」

「気がついていたわ」

「そんなこと出来ますか？　あなたが小さかった頃、猫の首に紐を巻きつけて窓から吊したなんて言わないつもりですよ」

「そうね。そこから結論が引き出されてしまうでしょうからね。あの人だってそうだし、もしかするとあなただってそうかもしれないわ」

「まさかそんな。猫は人間じゃありません。子供は大人とは違います。あなたが自分のご主人を殺すなんて！　私はあなたが生まれるのを見届けたんですよ」

「それがどうだというの。ひょっとすると殺人犯が生まれるのを見たのかもしれないわね」

老女は手を広げる。もぞもぞしながら、女主人を見ずに話を続ける。

「先生はおっしゃいました。『モニカ、奥様が広間に入って来ると、皆がお辞儀をしたものだ。今仕返しをされているんだね。監獄にいる彼女に面会に行くと、まるで私自身が彼女をそこに入れたように恥ずかしいんだ。彼女の身に降りかかった火の粉は振り払って上げなければならない。彼女の人間に対する信頼を取り戻さなければならない』と」

「やめて！　あの人は続けてこう言ったのよ。『私は仕事をしなければならない、戦わなければならない。ある日彼女は晴れやかに立っているだろう。そうすれば私は報われる。そうなれば私は偉大な男になれるのだ。彼女には救い主が必要なのだ』」

「どこでそれをお聞きになったんです――？」

「一体私には救い主が必要なかったの？　あの人がいなければ、私は今どこにいるのかしら？　私の頭はお墓の中よ」

「私達が自由なのは皆先生のお陰なのですよ。いいですか。さっき先生が調理場をお通りになると、あのアントンまで先生の手にキスをしたんですよ」

「あなたは、この私もキスをしなければと思っているのね……何ならそうしましょう。もしかすると全く別の奇蹟が起こるかもしれないわね。ただ、あの人が私の――無実に対して疑いを持っていたかどうか、それが分かりさえすればと思うわ。裁判官にあれこれ言わないように彼に釘を刺されなかった？……どうかしら？」

「確かにそうです。でもあの方に腹を立ててはいけませんよ」

「腹を立てる？　まさか」

彼女は歩き回る。

「つまり彼は疑ったのよ。ひょっとすると今でも疑っているわ」

「今でも疑っている人などいるものですか」

「誰もいないわよね。でももしかすると皆の見解をひっくり返したあの人は疑っているかもしれないわ」

「頭に血が上っていること。あの人達はあなたにひどい仕打ちをしたんですよ。あなたの頭はまだずっとそのことから離れないのですね」――こう言って老女は彼女を引き寄せる。

「というのはねモニカ、ご覧」――と女は床を指す。「私の――あの故人の血の跡はドレスに付いていたものかもしれないわ。彼は証言でドレスではないと立証し、陪審員たちはあの人の言うことを信じた。しかし彼自身はどう思っているかしら」

「私の言うことをよく聞いてくださいね。ドレスのことを聞いて私は先生のところへ参りました。先生があなたの所においでになる前でした。真っ青な顔をしていらっしゃいました。部屋を歩き回って、こうおっしゃったんですよ。『かわいそうな人達だ！』先生は両手で頭を抱えて、『そうしたくはないんだ。事実にしてしまいたくないんだ』とおっしゃいました」

「それは彼が私の味方をしてくれたということね――」

ゆっくりと身をかがめながら、

「――私がやったとしても？」

「いいえ。先生がどうしてそんなことをなさるでしょう」そう言って老女は後ずさりする。女主人が背を向けると、「つまり……。でもあなたはやらなかったのですよ」

「もちろんやらなかったわよ」

「誰がやったのか分かればよろしいですね！　とにかく、先生があなたを自由にしてくださったんですよ。何という証言だったのでしょう！　皆泣きましたよ、私だって泣かずにはいられませんでした。それでも私は、あなたが先生のおっしゃるような人間ではないと分かっていましたよ。あなたの方でも死んだあの人を苦しめていらっしゃったのは事実なんですからね、お嬢様。でも、それはどうでもいいんです。あの人の身に起こったことも当然なんです。——あの人はあなたを幸せにしてはくださいませんでしたから」

「そう思う？」

「ハラント先生はあの後、あなたよりずっと疲れ切っておいででした。ご自身を、心も体も犠牲になさったのだと分かりました。よく覚えておいてくださいね、お嬢様。あなたを愛してくださる方は一人だけなのですよ」

　老女は娘の腕をさすりながら、

「私にはあなたを愛してくださる人達が分かるのです。それ以外は神様が罰してくださいます。私達はそれを見てまいりました」

「ああ、あなたってまだ変わっていないのね」——と娘は彼女にキスをする。「あなたは私が姉や妹達から盗んだおもちゃを隠したわね。もう出て行って。私はあなたが好きよ、モニカ」

「あなたは頑なな子でしたね。人を愛するようになるのにずいぶん時間がかかりました。あなたが最初のご主人と結婚なさったのは、親類縁者が皆反対したからじゃなかったんですか？」

「有名だけれど孤独な男だから選んだのよ」

「今度の方は？」

「彼があるがままの私を愛してくれるからよ。何も訊かなかったからなの。私の全てを知っているから――それなのに何も知らないから」

彼女は腰を下ろして、視線をドアに向ける。

「私は待っているわ。全く見ず知らずの男を待つように、また、自分自身を待っているかのようにね。私たちは誰も理解出来ないことを経験してきたわ。強烈で複雑だった。本当に疲れた」

彼女は首を後ろに傾けて、目を閉じる。

静かに、

「暗闇でのキス」

彼女はびくっとする。ノックの音。

Ⅱ

老女はドアを開ける。彼女は囁《ささや》く。

「奥様が先生をお待ちです」

出て行きながら、彼の手を取り、キスをする。

彼は妻に静かに近づく。

「ガブリエーレ！」

ずっと目を閉じたまま彼女は顔を少し上げる。彼は彼女の上に身をかがめる。二人の唇が重なる。

彼女は後ろに倒れる。

「私をよく見なさい、ガブリエーレ！」

「それよりあなたも目をつぶって！　お互い相手が見えていない間は安全なのよ。あなたは若いし、私を愛している。もう勇気もなくして死んでいるのも同然の私にも勇気と命を与えてくれるの」

「私にはそれがどんなに大胆な試みなのか分かっている。君が被ったあらゆる災難から立ち直らせようとすることがね。でもやってみるつもりだ」

「他のどんな夫婦や恋人同士にも負けないくらい私を愛して！　愛し合えば人生を忘れられるわ。私はもっと忘れることが出来るし、もっと忘れなければならないの」

「何が何でも君を愛するよ、永遠にね」

彼女は目を開ける。彼の肩につかまって身を起こす。

「そう言ってくれるの？　もしそれが本当なら、私を自由にしてくれるのはこれで二度目ね」

「君は私に才能をくれた。才能は最高に男らしいものだ」

「私が気味悪くない？」

彼がそんなことはないと言うと、

「自分で自分が気味悪いものだから。殺された男の未亡人のままでいるのが判決だったのかもしれないわね。——殺した犯人は誰にも分からないけれど」

頭を下げて、ぼんやりと、

「私は喪の期間をどこで過ごした？」

「やめなさい」——彼は両腕を彼女に差し出す。彼女は彼を見つめて首を振る。

「裁判で勝ったからといってあの出来事が消えた訳ではないわ。人々の驚いた視線が私に分からなかったと思う？　あの視線が何度も私に向かって襲いかかる様といったら、まるで格子のはまった窓から重苦しい空気が流れ込んでくるようだった。今晩、招待客達は刑場にではなくて結婚式に招かれたのが不思議みたいにひそひそ囁いていたわ」

「ガブリエーレ！　君は私の妻なんだ！」

しかし彼女は飛び上がる。

「私自身が不思議に思っているのではないかしら？　まあ！　あなたは大胆なのね、取り調べの苦しみと裁判の恥辱から私を癒してくれようとするなんて。あれ以外のシーン、秘密のシーンを私の網膜から消し去るためには、あなたはどのくらいのことをしなければならないかしら」

そう言って彼の胸に顔を当てて目を隠し、囁く。

「まだ毎晩私は彼に会っているの」

「君の――死んだご主人にかい？」

「いいえ……彼にもだわね。彼、倒れている」――彼女は陰になっているもう一つのドアに手を向ける。「そのドアの向こうにいるわ」

「ここはあの家じゃないんだよ。苦しむのはやめなさい。君は私の家にいるんだよ」

「ドアの向こう、廊下をはさんで向かい側の部屋の窓際に倒れているわ。もう一人――別の男が彼の上に身をかがめているわ」

「敷居の上だろ。彼は敷居の上に倒れていたんだよ」

「最初はそうじゃなかったの。彼は撃たれた時窓際で倒れたの」

「それをどこから聞いたんだ――？　事実認定では違った結論になっているんだ。君は眠っていたじゃないか」

「私は眠ってはいなかったわ。彼の叫び声を聞いたの。私は立ち上がって――」

ドアの方へ身を乗り出して、

「――そっと廊下へ出たの。私は作り付けの戸棚の中へ忍び込んだのよ。あの人は叫んで、倒れたの。私にはそれが聞こえたわ。するともう一人の男が近づいて来たのよ」

「君はその男を見たのか？……何が何だか分からなくなってきたよ。君は眠っていたんだ。君は何も知らないんだ」

「その男は速足でもなかったし、忍び足でもなかったわ。若者のようにしっかりとした足取りだったわ」

「君は夢を見ているんだ。目を覚ましなさい！」

彼は彼女を揺り動かす。それを振りほどいて、

「それどころか私が思うのは――」

「夢の中で思うことなんか」

「彼は私の部屋に入って来たわ。ここにね。私を殺すつもりなのかしら。それとも何かのつもりが――」

「何という目付きで私を見るんだ」

「部屋の中では夫がまだ喉をゴロゴロ言わせていたのに」

彼は後ずさりをする。

「それ以上私を見つめないでくれ。何を考えているんだ」

間があって、

「彼が出て行くと、私は――そこに行って死体を観察したの。死体はその時は敷居の上にあったわ。後であなた達が見つけた場所にね。私はベッドにもぐり込んだ」

「それでも君は何も言わなかった」

「言えば私はますます疑われていたでしょうね」

「僕にかい？　君は僕を信頼していなかったんだ」

「信頼しているのは分かっているでしょう。もう私達二人きりなんですものね。あなたは私を愛しているわ。私を守ってね」——と、訴えるように両手を上げる。「全てはまだ終わっていないのよ。私が眠ったら見張っていてね」

彼は自分の額に手をやる。

「やれやれ、何を話しているんだ。君のご主人が窓際に倒れていたって？　その場所に血はなかったんだ」

「時間が経ってから流れてきたの、敷居の上に。彼は膝から倒れた訳じゃないの。あなた達の推理はことごとく間違っていたのよ。彼は這っていったのよ」

「恐ろしく色々知っているんだね」

彼は彼女の前で手をもむ。彼女は隅まで後ずさりをする。そこで向きを変えて壁を手で探りながらドアの所へ行く。

声を抑えて、

「来て！　あなたに見せたいの」

彼は急いで駆け寄る。急に止まる。

「私達はどうしたんだろう。新しい家にいるんだよ。私達の家にね。君が話していることはここで起こったんじゃないんだ。何の跡も残っていないし、亡霊が出た訳でもないんだ」

彼女に向かって、強く、

「何のために君が来たのか忘れたのかい。私のものになるためだよ！　死んだ男のものになるためじゃないいんだ！　私のものなんだよ！」

「死んだですって？」——彼女は彼から身を離す。「会ってちょうだい」

「誰に？」——と同じように声をひそめる。

「殺人犯によ。まだ会っていないでしょう？」

彼女は彼の視線をしっかりと受けとめる。彼は彼女の目を見つめる。やっと彼女は強く頷《うなず》く。彼は喘《あえ》ぐ。

「ああ、会っていない」

「会ったわよ」——と言って、彼女は後ろを向く。彼はよろめいて、椅子に手を伸ばす。胸を押さえ、声を出そうとする。

「君？　君だったのか、ガブリエーレ。何ということだ!……さっき、一瞬だけれど君が私に罪を着せているのかと思った。君は何を言いたいんだ。どちらを殺人犯と考えるのも狂気だ。君を愛していなければ、笑ってしまうところだ」

彼は返事を待ったがむだだった。

「君はからかっているんだね。君は私を混乱させようとしているんだ。笑ってしまうね」

彼は腰を下ろす。――また飛び上がる。

「私は君の言うことを信じない。君は病気なんだ。君は嘘を言っている。どうしてだか分からないがね。何にも聞きたくない」

大声で、

「君は無実だよ！」

彼女は彼を見つめる。

「もっと静かにして！　人に聞かれたらおしまいなのよ」

彼はぎくりとする。彼は椅子にもたれかかり、半ば背を向けながら、額を手で抱える。一方彼女はドアの外で、陰の中を行ったり来たりしながら話しかける。

「誰に申し開きをしたらいいの。私が他人には責任をかぶせないってことを、喜んでもらいたいものだわ。私みたいな人間はこの世に生を享《う》けてはいけなかったの。それは――そう、他の人達皆の生に対する否定なのよ……十四歳の少女の時にはもう、老人にも無用の事柄を知ってしまったわ。人間には目的もないし、本性を改善する見込みもないってことをよ。どんな嘘も、汚れた感情も、私に消し難い痕跡を残した。血の混じった印象を。私には人の心を見抜く才能があったわ。だから、テーブルの向かい側にしかめ面の人間が座っているように見える日もあった。そうなると、そこから逃げ出すしかなかった。その時既に、私はよそ者だったの。そして他人は今日の招待客と同じように、私がよそ者だと見抜いていたのよ。行為に及ぶ必要なんてなかったのよ」

彼女は嗚咽《おえつ》する。

「ガブリエーレ！　君のやったことを取り戻すために私の命を賭けるよ」

「何しろ鏡こそが最悪の存在ですからね。私は他の誰よりも憎むべき人間だった。なぜなら他の人の悪さに加えて、悪さを見抜くことが出来たのだから……夢がなかったら自殺していたでしょう。愛することの出来るもっと優しい、知的な人がいるという夢が。遠い所に、あるいは将来、そんな人達がいるはずだったわ。他人の心を容赦なく読めれば読めるほど私は未知の人達に愛の憧れを感じたの。私は周囲の人に同情するようになったわ。夢見ることで私はそんなに強くなったのよ。私は大人になり、美しくなった。そんな時あの人を見つけたのよ」

彼女は一瞬、中に入って来るかのように取っ手に手を掛け、少し体をドアに預ける。

「あの人は立派な医者だったわ。何百人も救った。それでも彼はその人達の病を、醜い所を知っていた。彼なら私が望んだことをしてくれる。たくさんの人達を救ったんですもの」

彼女はドアに背を向ける。

「あの人も私と同じ感情を持っていたはずではないかしら？　彼は知識があるために孤独だったわ。彼は名声を背負っていた。私達よそ者二人はお互いを信頼し合わなければならなかったのでは？」

彼女は部屋の真ん中へ走って来る。指を広げて手を振る。

「そうはならなかった。物事の無意味な残酷さに感心してもいいわね。彼は自分自身をも、私をも理解しようとはしなかった。あの人は恐れを抱いていた。今になってみるとそれが分かるの。無自覚で、たちの悪い人生を送りながら得意がっていた。彼は脱獄囚のように、そんな人生の中をころげ回っていた。本当のことを思い出させた私に対して、憎しみを持つようになった。彼は私を認めなかった。連れ添った伴侶を性の奴隷にしようとしたのよ。聞いている？」

彼は頭を垂れる。

「私には、私たちが歩いてきた道が分かっているわ」

しかし彼は身震いをする。

「いや、この道じゃないんだ」

彼女は一歩彼の方へ進む。

「いいえ、この道よ。あなたと知り合ったとき、私は欲望にさいなまれていたの。嫌悪感と貪欲さに振り回されていた。私を愛した男がいれば、その人を抱擁して静めようとしたでしょう。私自身の心とこの世界をも静めるために。社交の場では、絶望した私を人は華やかな存在と見誤っていたわ。そして、危険な動物のように夫の嫉妬に監視されながら、彼の診察室の陰で自分の悪意に苦しんでいた女犯罪者の存在には、誰一人気づかなかった。誰もね。ただあなただけは分かっていた」

彼は彼女へ両手を差し出す。

「君を救うために、君を愛したんだ」

「私があの人を憎んでいたことを、そしてどんなにあなたを自分のものにしたかったか、あなたは知っていたのよ。彼を裏切ることが出来なかったわ。あなたを手に入れることが出来なかった。私達は共犯なのよ。お互い愛し合ったのだから」

彼は身をそらす。

「そうじゃないよ。私は罪を犯していない」

「もしあなたが私を救いたいのなら、私の人間的な部分を救いたいと思うなら、私と同じ考えのはずよ」

彼は両腕を上げ、身をよじる。

「私は君のやったことには何の関係もないんだ」

「あなたは彼が死ぬのを望まなかった?」

「どこに証拠があるんだ!」

彼女は小声だがきっぱりと言う。

「無罪判決の後、どうしてあなたは私たちが愛し合っていたと言わなかったの?」

「それは――」

彼女は頷く。

「それは裁判所と世間を欺くために必要だったのよ。他のことでも欺いたけれど。あなたは現場の状況を隠すか、偽装したわ。彼の血の中を引きずって行ったドレスは染物屋にあった。それをあなたは、既に彼が死ぬ前から、私がモニカに持って行くように言いつけたと思い込ませたのよ。あなたは彼女と示し合わせたの。あなた自身の疑いを隠すのに苦労したでしょう!……おや、驚いたのね。物事はあなた自身にはね返ってくるのよ。救い主という立派な役割を演じながら忘れてしまいたいと思っていたでしょうけれど。出て行ってよ！　自分を偽らないで。私たちは色々してきたけれど、この先それが二人の接着剤になってくれるでしょう。あの人みたいに私をないがしろにしないで」

彼は呻《うめ》く。彼女は彼に近寄り、面と向かって話し掛ける、優しく、甘く。

「何を怖がっているの。私たちが罪を犯すほどに愛し合っていたなんて誰も知らないのよ。死んだあの人が知っているかもしれないわね。それは私たちの楽しみにとって一種の隠し味よ。あの人に私たちのことを知ってもらいたいから、死後の世界があればいいと思うわ」

「君は恐ろしい人だ。私を破滅させるんだね」

「あなたには生きていてもらうわ」

お互い相手の腕をつかみ合う。それはまるでもみ合っているかのようだ。二人の顔が触れ合わんばかりだ。彼は歯を食いしばって言う。

「君の輝くような白い肌には恐ろしい事柄が映し出されているんだね」

「ただあなたの欲望だけよ」

「君は目の奥底で誘惑し、飲み込んでしまう」

「ただあなたの悪だけをよ」

「君の口は――」

「そこにキスして！　あなたにキスしてもらうために私はあんなことをしたのよ！」

彼らの唇は烈しく重なり、舌がからみ合う。

彼は身をもぎ離す。

「殺人犯はこんな風にキスをするんだ！　私は気が狂っている！」

「私って血のにおいがする？」

彼が彼女をカーテンの方に押しやったので、

「もうこれ以上話すことはないわね？　今こそ楽しむことが必要なのよ」

彼女は彼の目の前でカーテンを閉める。頭をカーテンに当てて、

「私が呼ぶまで私のことを考えていて！　私のことを考える勇気はあるわよね？」

そう言って彼女は姿を隠す。

Ⅲ

彼は顔をカーテンに向けてじっと立っている。少しずつ脇へと退く。両手で目を覆いながら、カーテンのそばで壁の方によろける。

彼女の声。

「静かなのね。でもあなたが何をしているか分かるわ。泣いているのよ」

彼はびくっとする。

「君は私を弱虫だと思っているのか？　そうじゃないよ。私は君のやったことに耐える。犯した罪も含めて君が欲しいと言えるんだ」

彼は胸を叩く。

「ほらご覧！　今だって君を愛しているよ。ずっと深く愛しているんだ、ずっと深く！」

その時彼は身を固くする。カーテンの後ろで彼女が甲高く笑う。

「英雄なのね、あなたって！」

彼女が出て来る。

「あなたは私が無実だから愛したんじゃないの？　でも罪にもそれなりの魅力があるわ」

彼に触れられると、

「もう出て行ってよ！　英雄ぶって私に迫るなんてむかむかするわ」

「私が嫌なのかい？　そんなことを言うのかね？　私を破滅させた君が」

彼女は彼を見つめる。

「私が破滅させたわけじゃないわ……あなたが犠牲になることはなかったのよ、英雄さん。何もかもただの冗談だったのだから」

「嘘だ」

「感じのいい冗談じゃなかったわよね。でも、私を大目に見て。私は一年前から恐怖の中の生活に慣らされてきたの……今はどう？　私はまだあなたの無実の妻。あなたはまだ私の救い主。何もかもあなたが望んだ通りね」

「おもしろいかね？」

「またむきになる！　あなたは裁判の時、どんな反論に対してもそれを否定したわ。あなたは血の中を引きずられたのは私のドレスではなく、彼が最後の力を振り絞って掴んだカーテンだったことを知っているわ。彼は窓際でナイフで刺されて倒れ、敷居の上で初めて血を流したと、法廷で証言したら良かったのに」

　彼は両手を広げ、首を横に振る。

「誰が今度また、君の無実を証明してくれるかね？」

「家具に付いていた見知らぬ男の手の跡をあなたが自分で立証したのよ。いつもの晩のように、私が外から鍵を掛けられて部屋に閉じ込められていたとあなたが証明したのよ。共犯者が私を閉じ込めたのかしら？　でも、あなたはそれが分かっているわね。あれはあなただったかもしれないものね」

「私は先ほどの君を見ているんだ。私は君に——キスをした。君が芝居をしていたなんて思わせないでくれ」

「お芝居をしていたのよ。私はあなたの英雄的な行為を試したの」

「それなら言うが、品のないお芝居だね」――そう言って彼は椅子を床に突き倒す。「もっと心のこもった感謝の言葉を期待したって良かったんだよ」

「それは感じていたかもしれない――強すぎるぐらいに」

「君のような人生を送ってきた人間は私を支配者だと思っていたんだ。そんなの君達女が許さないよね。ああ、これが女の復讐なんだ。私達は相手が良く分かったり、お高く止まっていてはいけないという訳だ。私達を引きずり下ろし、輝きを奪ってしまうために、性という浅ましい手管《てくだ》を使うんだな」

手を首に当て、彼女にじっと見つめられながら、彼は歩き回る。強いて落ち着いた調子で、

「事件は君にとっては気の毒だった。何よりも大事な君――その君にしても、男の抵抗力を試そうとする一人の女に過ぎなかったのだね。君は女優だよ。何と汚い芝居をしたもんだ！」

「確かにお芝居はしたわ……でも、あなたが現実と呼んでいるものがお芝居でなかったという確信、それを私は持っているのかしら？　殺人と、それから私の身に起こったことはどう？　あれは皆何のためだったのかしら。どうしてまじめに受け取らなくてはならないの。私はいつも孤独で他人とは違った存在だった。それで私の運命も行動も、感情すらも、すべてが結局は大したことのない芝居だと思ったわ。私はあなた達がどんな生き方をしているか知らないわ。私にはどうやって生きていいのか分からないし、死に方も分からない。私はその二つとも恐ろしい。それでその二つの芝居を演じているのよ」

彼は立ち止まる。

「君がひどい目にあってきたのは本当だ。私の利己心は沈黙せざるを得ない。私は君に同情を禁じ得ない。君は大目に見てもらって当然だ」

「そうでしょう？　あなたは私の救い主になれて、優越感に浸っているのね。私はあなたにとって無実の小娘。ペルセウスとアンドロメダ〔怪物メドゥーサを退治したギリシア神話の英雄と、その後、彼の手によって海の妖怪から救われ妻となったたエチオピアの王女〕ね。本当に幸せ。でも正直なところ、私にはあなた達に罪がないというのが分からないの。私は殺人の幻影に取り囲まれて、一年間監獄で過ごしたのよ」

「分かっているよ。だから君の前で皆の罪を引き受けるよ」

「私は殺人犯。一年間というもの、どの人の目も、裁判官の言葉も、私を救うためのあなたの策略も、そう語っていたわ。昼となく夜となく私は事件を思い浮かべた。そしてあなた達がそう望んだように、私自身の姿がその中で歩き回り、私は腕を高く上げた。その時――」

彼女は身をかがめ、床を指さす。彼女はドレスの裾をつまみ、脇へよける。あたりを見回しながら、

「私が――私がやらなかったなんて言わないわ」

彼は駆け寄り、彼女の手を両手で握る。

「ガブリエーレ！　よく考えるんだ！　君は病気なんだ！　私は君を愛さなければ！」

「それを言わないで！」彼女の視線はおずおずと彼をかすめる。彼女は凍えたように身を縮める。

「いつ私があなたに本当のことを言ったのか確信がないの」

「確信がないって?」

彼は笑う。

「君が覚えていないなら、私の口から言わせてくれ。君は無実だよ」

「あなたは私を愛している。あの年取ったモニカも私を愛している。彼女は私がやったのだと確信しているわ」

彼の笑いが消える。彼は彼女を離す。

「私達はまた着くべき岸を見失って良いのかい? 私に考えさせてくれ。君はやらなかった……やったのか?」

「分からないわ」

彼はこめかみを両手ではさむ。

「君にはそれが分かっていない。君は砂のように私から逃げて行く。君は私の揺るがぬ大地だった。君は私の自信だった」

「私はあなたに才能をあげたわ。最高に男らしいものよ」

「ああ! 私たちが精魂を傾ける存在。女だよ! 女なんだ! 私達は生涯、あの世までも女を信頼し、当てにする――それなのに私達には女が分かっていない」

彼は腕を下ろす。物憂げに、

「この一時間で、私にはもう自分自身のことが分からなくなってしまった。それは君のせいだ。君は私がこの世で可能だと考えていたよりもずっと多くのことを経験させてくれた。一時間で君は私を老人にしてしまった」

「魂を持って生きている人がどんな気持か、これで分かったでしょう。いい？　私は人間については、手に入れられるものは皆経験したわ。認識と感受性とのお陰で、私はすり切れてしまったわ――」彼女は自分の体をさする。――「まるでこの皮膚が全部すりむけたみたい……それなのに私が無実かと訊くのね」

「君がほかの女とは違っていることは分かっている」

「ほかの女と同じよ」

彼女は自分の胸を叩く。

「あなた達もどうか人間らしくして！」

長い間彼を見つめる。

「あなたは私の無実があなたの仕事になるから私を愛したのよ」

「私がエゴイストだったことは認めるよ。でも愛の身勝手さに耐えられない人は犠牲的な愛を捧げられるにも値しない」

「あり得るわ。あり得ることよ」――彼女は隅まで引き下がる。

「あなた達にとっては無実とは、行為がなされなかったことでしょう。無実だから私を愛しているのね。そこにいるあの人にとっては――」

彼女はドアの陰の方へ半ば向きを変え、

「――不実のことだった。あなたにとっては、殺人だった。でも私が無実なのは、あなたを愛していたからこそ。そしてあなたは殺人犯になるか救い主になるかだった……ああ！　そこにいてちょうだい！　私を一人にしておいて！　あなたはずっと私を一人にしてきたのよ」

彼女はカーテンの襞の中に身を隠す。後ろ手で壁に触れる。虚ろな眼差しで、

「私はあなたを心から愛してしまうところだったの。私の愛は素朴なものだったでしょう。人生で色々経験してきたからかえって素朴なの。暗闇の中で目を閉じて何も訊かず、徳も悪徳も持たず、求めたり戦ったり、暴露合戦をしたりする人達の苦しみを遥かに超える――そんな愛のために。まるで動物か天使のように、秘密のただ中にいるのに開けっぴろげで素朴な愛」

「ガブリエーレ！」

彼は彼女の前に走り寄る。彼女は彼の髪を手で撫でる。さらに情熱的に、

「そして限りがないの！　最近の男たち女たちの抱擁は、なんて弱々しく不完全なんでしょう。彼らが生と呼ぶものは、私の遥か後塵を拝しているわ！　人は私同様、他人から苦しめられた経験がなくてはいけないの。一人の人間を私のように愛するためにはね」

「ガブリエーレ！　どうして君は私の手を離れてしまったんだろう」

「あなたは分かっていないのよ。私があなたに何を夢見たのか、あなたの中にどんな人間を見たの

か、分かっていないのよ。裁判はあなたの思う通りになったわ、そしてその裁判をあなたは軽蔑しているようだった。まるで私にこう言っているみたいだった。辛抱しなさい！　遅々として進まないこの乱雑な裁判もやがては片づいて二人だけになるんだ、って。私達にとって有罪や無罪って何なの。この世を超えて、二人きりで沈黙し、地上の偶然から解放され、お互い信頼感を抱く、そんな状態で私達は愛し合おう。そう言わなかった？」――彼女は彼の目を見つめようと彼の顔を両手にはさむ。――彼女は手を離し、身を翻そうとする。

「あなたが私についてきてくれるとは確信していなかったわ。私は既に一度失望を味わったの。しかし私はあえて希望を持ったわ。うっとりするような希望を。もう一度私は格子のはまった窓を星に向かって開け放ったのよ」

彼は彼女から離れ、背を向けて腰掛ける。彼女は目を閉じて言う。

「あなたは私が知らない人。それでいて私のすべて。私のことを何もかも知っているのに、何も知らない人」

彼は自分の額に手を当てる。

「いったい私に罪があるのだろうか。私は君を、一人の男が一人の女を愛するように愛した。いま私にはもう何も残っていない」

彼女は彼の方へ急いで歩み寄る。彼の肩越しに、

「手に入れられるものは全部残っているわよ。私だってそのためにいるのよ。監獄が私に不健康な

夢想の数々を紡がせたのね。私はあなたを苦しめ、疲れさせたわ。許してね」

彼は彼女に手を伸ばす。

「私たちは愛し合えるんじゃないかね？」

「確かにそう、人間同士が愛し合うようにね。人はある程度まで信頼し合えるわ。寛大を仲立ちとして理解し合えるのよ。人間は一つよ、条件つきだけれど」

「私を愛しているかい？」

彼女は彼の前に膝を着く。彼は彼女をますます強く抱きしめる。

「私を愛している？」

彼女は彼の唇の下に額を当てる。

ハデスからの帰還

I

パンディオン〔この名前は「まさに神のごとき者」を意味する〕は背後に奴隷のオレステスを従えて、葡萄に覆われた宿の四阿《あずまや》から出てきた。腕を上着のなかで組み、通りを下っていった。白い小さな家々が肩を寄せ合うように質素に並んでおり、その上に靄《もや》のような薔薇色の光が斜めに降り注いでいた。どの家の正面にもヘルメ〔ヘルメス神、あるいはそのほかの神々の頭部をかたどった柱像〕が置かれていた。パンディオンは美しい子供の姿をしたそのうちの一つに接吻した。熱を含んだ敷石のぬくもりをいまだにその裸の足裏に感じていた子供たちがパンディオンを嘲笑した。地面にうずたかく積まれた油甕《あぶらがめ》の背後にある酒場の野外席では、頭に花冠を戴いた若者たちが酒を酌《く》み交わし、あたりには葡萄酒が飛び散っていた。彼らはこの見知らぬ男になかへはいってくるようにと誘った。しかしパンディオンは胸に手を当てて会釈をした。

「お許し願いたい」と彼はその修練を積んだよく通る声で言った。「あまりにもすばらしい幻影がもたらした陶酔を忘れることのできぬこの私を酔わせるものが酒であってはなりませぬ。というのも、ご覧になっておるように、私はハデス〔ホメロスではアイデスと呼ばれ、冥界の支配者、あるいは冥界そのものを意味する。ここでは後者の意味で使われている〕からの帰路の途中にあるのです」

男たちが嘲りの笑い声をあげたので、彼もまた笑みを浮かべた。

「よくわかっておりますとも。私がお知らせせねばならぬことは、人品卑しからぬあなた方にふさわしいものではありませぬ。ゆえに私もあなた方に対しては、私のあとについて市門の前へくるようになどとお誘いはいたしませぬ。そこには大衆に集まってもらおうと思っておりまするゆえ。では失礼」

彼らはパンディオンの背後から叫んだ。

「冥界の石榴《ざくろ》の実を食べ、それでもなおその国から逃れてきた〔穀物の女神デメテルの娘ペルセポネは冥界の王ハデスに略奪され、その妃となったが、母デメテルの切なる願いによって地上へ帰ることが許されたあとも、冥界で食べた石榴の実の数と同じ月を毎年冥界で過ごさねばならなくなったという神話に基づく〕亡霊よ、このシラクサ〔シチリア島南東部の都市〕の酒でお前を完全に生き返らせてやろう！」

この酒の名を聞いて、奴隷のオレステスは目が覚めたかのように見えた。彼はシンバルを取り出すと、大きな音でそれを打ち鳴らしながら叫んだ。

「アカイアの人々〔本来は古代ギリシアの種族の名前だが、広義ではギリシア人の総称〕よ！　急いで偉大なるパンディオンを見にこられよ。彼は汝らの先祖である英雄らが住むところから帰ってこられたのだ。ハデスから帰ってこられたのだ」

　しかしパンディオンはオレステスに黙るよう、そしてもっと急いでついてくるようにと合図して言った。

「あの方々は私がハデスからの帰路にあると言ったところで、信じることはできまいよ。英雄や怪物や神々が彼らの胸のうちに住むのでなければ、いったいどこに住めるというのかね？　彼らは英雄のように怒れる戦士でもなく、ましてや怪物のように邪悪でもないし、神々とはくらべようがないほどにお上品なのだからね。私は大衆のところに行きたいのだ」

「仰せに従います、ご主人様」とオレステスが言った。それから二人は門の暗いアーチの下に足を踏み入れた。

「風は」とパンディオンは言って、東から南の方向へ手を動かした。「もう緩やかに沼を越えてこちらへ吹いてきているのではない。激しく音を立てて、海の香りを運んでくる。人の心はより開放的になり、私の言うことに喜んで耳を傾けてくれるであろうよ」

　ずっと向こうの下のほうで、鬱蒼《うっそう》と繁るオリーブの木のあいだから青い大海原が力強く輝いていた。オリーブの木々は節くれ立って畑を這い、貧しい農夫のように身を屈め、それでもなお軽やかに豊かに銀色の葉を戴いた樹冠を神々の住む晴れやかな天空へと突き出していた。男たちは鍬を手に、女たちは頭に甕をのせて、階段状になった丘を登ってきた。オレステスは彼らのほうへあゆみ寄っていき、シンバルを鳴らした。

「立て、ギリシアの民よ！」とパンディオン自身が叫んだ。「それというのも、世にも稀なる知らせが汝らの耳に達することになるからだ。我パンディオンは生きておる、にもかかわらず、ハデスを見たのだ。今汝らの土にその跡を刻んでおるこの足、これこそ昨日にはまだタルタロス〔ハデスのなかでも最も暗い奈落の部分〕の青銅の地面を踏んでおったのだ」

「なんだって」と町からきたある男が叫んだ。「そんなに急ぎの旅をしてきたというのか。お前はきのうイテュスの宿で寝ていたのではないか」

「ヘルメス〔羽の生えたサンダルを履いて天空から冥界まで自由に行き来する両義的な神。泥棒や商人の守護神であると同時に、旅人の導き手であり、特に死者を冥界に導く神とされた〕みずから、私にご自分のサンダルを貸してくださったのだ。私がトロイアの家臣どもにいまふたたび略奪されたヘレネ〔ゼウスとレダの娘でスパルタ王メネラウスの妻であった。アフロディテ、アテネ、ヘラの三女神がトロイアの王子パリスに誰が最も美しいかについて審判を仰いだところ、パリスがアフロディテを選んだため、アフロディテは褒美として美女ヘレネを与えると約束した。こうしてヘレネはパリスによって略奪され、トロイア戦争が勃発した〕に力を貸したからなのだ。なぜなら、アカイアの人々よ、汝らの先祖たちの戦いは不滅であることを知っていて欲しいからだ。いまだパトロクロス〔トロイア戦争で親友アキレウスと肩を並べたギリシア軍の英雄〕は血を流し、船は燃え、城壁のまわりでは亡霊ヘクトル〔パトロクロスを殺したトロイア軍第一の英雄。アキレウスによって討たれた〕を亡霊アキレウスが狂ったように追い回す。木を裂く斧のごとく、剣がからだめがけて打ち込まれる。『私はここだ！』とアイアス〔サラミスの領主テラモンの息子でアキレウスに次ぐギリシア軍第二の英雄〕は叫び、猛り狂う。彼はたった一人で柏の木を背にして立っている。策謀に長けた神〔アポロン神のこと〕敵を何千にも増やす。英雄らはぐらつき、ああ、なんということか、地面にくずおれる。

――しかし彼らを受けとめる草が、ふたたび生気を与えてくれるのだ。喉の渇きにほてるからだは、レーテ〔冥界にある河の名。レーテとはギリシア語で忘却を意味し、この河の水を飲んだ者はそれまでの人生を忘れるとされる〕のほとりにひざまずき、その水を飲む。――すると、彼らの行為はその頭から消え、彼らの誉れも身に覚えなきこととなる――いま一度トロイアは征服されねばならず、いま一度涙を流しつつ死なねばならない。すると、亡霊たちの流す血から、彼らの戦いによって踏み拉《しだ》かれた草の上に新たな花々が咲き出すのだ」

パンディオンは地面に身を屈め、両腕を開いた。金髪の女が後方に飛んでいって、草のあいだに咲いている一輪の花の上にすばやく屈み込んだ。亡霊の流した血のように輝く花だった。山羊皮を纏った羊飼いらが輪になって近寄ってきた。彼らの眼は大きく見開かれていた。その背後で雄山羊どもがひしめき合っているあいだ、パンディオンが身振りで一人の英雄が倒れる様子を示すと、男たちは荒々しく喉を鳴らしながら棍棒《こんぼう》を握りしめ、アキレウスが彼らの復讐をするぞと言って笑い声をあげた。

市門から騒々しい音とともに、少年の一群が飛び出してきた。少年らは大人の足をくぐり抜けていく。突然彼らは静かになって耳を傾けた。年配の女らはあゆみをとめて荷をおろした。茶色の衣服に身を包んだ職人らが近寄ってきた。

「ようこそ！」とパンディオンは叫んで、手のひらを見せて挨拶をした。「ようこそ、ギリシア人よ、ヘレネの救い主らよ、汝らの姿も私は見たぞ、エリュシオンの野〔この世の西方にある楽園で神々に愛された英雄たちが死後に行くところとされた〕で出会った亡霊たちには汝らの面影があった。この亡霊たちはおそらく汝らのうちの誰かの父、あるいは兄弟であったのだ。彼らはそのかけがえのない血を祖国ギリシアのために流すか、あるいは敵の襲撃を受けたときに、ガレー船が大破して海にその命を散らせたのだ。英雄たちは汝らに見覚えがないなどと考えてはいけない。威厳に満ちたネストル〔ピュロスの領主でギリシア軍の最長老〕が汝らと同じような男たちの頬に接吻をして、歓待のために天幕のなかへ案内したとき、私もその場に居合わせたのだ」

　彼らは顔を見合せ、賛意のささやき声を交わした。落ちつかない眼をした背の低い汚らしい老人があたりをうろついていたが、ついに片腕を前に突き出してしゃがれ声で叫んだ。

「ならば教えてくれ、風来坊よ、お前はどのようにしてハデスにたどり着いたのか。あそこの暗く淀んだ気は生ける者の息の根すらとめるというのに。よいか、ここの連中はみなわしを知っておるのだからな。わしはクテシッポス、かの偉大なオデュッセウスと同じく、およそ人の住む世界ならば隈なく旅した者だ」

　老人は一瞬しかめ面をして、身振り手振りをまじえて大衆に訴えた。

「皆の衆、わしはお前たちに幾度となく、この杖であらゆる国々を砂の上に描いて見せたのではなかったか？　お前たちに教えてやったのではなかったか？　お前たちに驚きと恐れを与えたのではなかったか？　ほら、見るがよい、これが馬の国だ。ここではわしは軛《くびき》に繋がれて走らねばならなかった。これが三つ足巨人の国だ。この国では地下を通って旅したのだが、それほど恐ろしいやつらだったのだ。が、ここからはキンメリオイ族〔『オデュッセイア』に出てくるハデスの近くに住む民族〕の国が始まる。この民からは何でも好きな物を盗むことができる。というのも彼らは目が見えぬからだ」

「むろん、あんたは何も持っては帰らなかったが」と誰かが言うと、別の者が言った。

「クテシッポスはたしかに利口な男だし、我らと同じ国の人間だ。だがあの男はどこからやってきたのか?」

オレステスはすべての雑音をかき消さんとして、シンバルを打ち鳴らしたが、パンディオンは静かにするように命じた。

「クテシッポスに話をさせてやるがよい!」と響き渡る声で叫んだ。「それから私自身の話すことを聞いて、どちらが優れているかお決めになるがよい!」

一同は口をつぐみ、汚らしい老人はあたりにお辞儀をして回った。

「皆の衆」と老人は言った。「蛮人は言うに及ばず、ほかのすべてのギリシア人よりも公平で賢い者たちよ、お前たちは、わしのように経験豊かな者が、ハデスの門をも見たことを疑いはすまい。その門は萎えた鳥どもの国にあり、黒金でできておる。地下へ向かう階段は火炎を上げて熔け、黒い雲の向こうに消えている。ここに顔を近づける者は正気を失うのだ。硫黄の蒸気に包まれた奈落を飛び越えようとした鳥たちはみな、黒こげになってそのあたりに落ちておる。さもなくば、翼をもがれて悲しげな声をあげながら、荒涼としたあたりの地面にうずくまっているのだ。この嘘つきめがハデスにおりていっただと? お前たちの知るこのわし、クテシッポスはその場から急いで退散しながら、マントを頭に被ったわい。マントを掴んだこの手は、残念ながらむき出しであったがために、ハデスの吐き出す息によって萎えてしまい、いまだ震えがとまらぬ。というわけで、若いころとは違って、もはやお前たち男どものひげを焼き切ってやることもできず、住民たちはわしをその手柄ゆえに養ってくれているというわけだ」

「もう何年間もな。それはほんとうだ」

「クテシッポスの言っていることは間違いない。彼は私の身内だ」

「私とて」とパンディオンは叫んだ。「疑いはしない。汝らの知るクテシッポスは、ハデスの入口を見て恐れをいだき、パンディオンは叫んだ。――いまでもまだ震えておるが。しかし汝らの知らぬこの私は、目をつぶり、そのなかに身を投じたのだ。私の言うことを信じて欲しい！」

そう言いつつ、彼は手を開いて順番にすべての人々の目をのぞき込んだ。幾人かの者は指を開いて何かを言わんとしたが、パンディオンの眼差しに遇って黙り、退いた。若者らは手をたたいた。

パンディオンは言った。

「私に拍手を送ってくれるのだな、ギリシアの少年たちよ。なぜなら汝らは心のなかで、汝ら自身もクテシッポスのようにではなく、パンディオンのようにふるまったであろうことがわかっておるからだ。汝らはその血のなかに物欲しげな恐怖心をいだいて世界を旅したりはしないからだ。たとえその命と引き換えになろうとも、汝らの心が知っておる偉大なるもの、英雄、怪物、神々の目のなかをのぞき込むであろう」

するとみんなが手をたたいた。クテシッポスの姿は消えていた。奴隷のオレステスがシンバルを打ち鳴らした。

「アカイアの人々よ！」と彼は鼻声で歌った。「ハデスより帰還せし偉大なるパンディオンの言うことを聞くがよい、彼は汝らに世にも稀なることを語るのだ！」

「汝らは彼らの目をのぞき込むであろう」とパンディオンはもう一度叫んだ。「テルモピュライ〔ギリシア南東の都市で紀元前四八〇年にスパルタ王レオニダスがペルシア軍と戦って破れたことで知られる〕で果てた三百人の若者らはそうしたのだ。ハデスには門が一つしかないなどと信じてはならぬ。テルモピュライも一つであったが、死者の国へおりていくためにそこを通り抜けた三百人すべてのいまわの際にヘレネが現れたのだ」

その声はより小さく、迫るものになった。

「よいか、なぜなら、晴れの日にギリシア人の導き手となるべく、ヘレネがその姿をお見せになったのだ。テルモピュライにいるギリシア人の面前に次から次へと現れ、彼らの攻撃力を破壊的なものとなし、一撃ごとに千人もの蛮人が倒れるようにしてくださったのだ。そうして最後のギリシア人とともにハデスに戻られた」

パンディオンは背筋を伸ばし、頭を誇らしげに反らせ、ゆっくりと笑みを浮かべた。突然彼が叫び声をあげたので、みんなは身をすくめた。

「私はハデスで彼女を見たのだ。かの三百人はなお一度そこで、トロイアの英雄と同様に、ヘレネ奪還のために戦っていた。我らが幼少のころに聞いたこと、英雄への愛という乳を我らに与えるほど母たちの心を動かしたあの出来事が、亡霊たちの国では永遠に続いていくのだ。岩の門が立てられ、ギリシア人の背後には鉄のような暗闇が広がっている――

――地下の国の鈍色の光のなか、象や三頭立ての馬車のまわりに果てしなく群れをなすクセルクセス〔古代ペルシアの王（紀元前五一九頃―四六五）。紀元前四八〇年のサラミスの海戦でギリシア軍に敗北する〕の大軍が地の底からわき出てくる。黄金の塔に鎮座するクセルクセスが合図の手をおろすのが見える。すると、一万もの奴隷らがその身を投げ出し、踏み拉く象の足が彼らのからだを階段として登りゆく。スパルタのレオニダスは嘲ってこう叫ぶ。『まことにペルシア人のからだとは安いものじゃ。クセルクセスよ、それでギリシアの滅亡を買い取ろうなどとするは笑止千万！』そして家来たちを力強く激励しつつ、自分の胸の鎧に揺れている矢を振い落とす。戦士カロゲイトンが前に飛び出し、友ピュロンを脅かしていた十二人の槍兵をすさまじい攻撃でなぎ倒す。

『汝らの屍の堡塁《ほうるい》で、汝らの王を戴いた緋衣の象を守るがよい。ピュロンを守るのは、この生きた心臓だ』

　アクソメノスが剣を振るいつつ歌う。

『スパルタは自由なり。我は石のごとき臥所《ふしど》に身を横たえ、この身を鍛う。暴君を迎え撃つに足る強固なからだとならんがために』

　そのとき、一本の矢が彼のむき出しの喉を貫く。故郷でもっとも親しい遊び友達であったアリスタルコスにもたれつつ、彼は戦い、歌う。『おお、輿《こし》の高みより自由なるギリシア人の死を眺めるペルシアの高官どもよ、ゼールス人の布〔ゼールス人は中国人を、布とは彼らが商っていた絹を意味する〕に包まれ、脂粉を施した柔肌が何の役に立つというのか、王の合図一つでその肉が腐肉と化すというのに。見事に香油を塗り込めたひげが何の役に立つというのか、ひげの背後の首には、すでに王の合図を待つのみの紐が巻かれているというのに』

おお、アクソメノスよ、お前の血は泉のようにほとばしる。お前の声は絶え絶えとなり、こうつぶやく。

『諸公たちよ、囲いしあまたの愛妾も、汝らの栄光が失せると同時に逃げ去っていくであろう。されど、スパルタでは、茶の目をした金髪のヨーレが夫を待っている。夫が帰らねば、彼女の涙は息子に暴君への憎しみと祖国への愛を植えつけるであろう』

アクソメノスよ、お前はくずおれ、友がお前をかきいだく。されど、かすれゆく眼差しの前は黄金に輝いている。茶の目をしたヨーレの金色の髪とともに、ヘレネの亡霊が眼前をよぎるのだ」

パンディオン自身青ざめ、その目を閉じた。突然彼は両腕を突き出し、前方に身を乗り出した。

「友の仇を討つはアリスタルコス！」まわりの若者らは熱い夢を見ているかのような息をし、しゃくりあげていた女らは顔から両手を離した。

「アクソメノスの死がもたらした苦しみはアリスタルコスに百の手を与え、ペルシア人どもをなぎ倒す。死体のなかに道を開き、『ギリシア人らよ！』と叫ぶ。『王めがけてかかれ！』すると戦士らは突進し、うなりをあげて飛びゆくペルシア軍の矢はハデスの鈍色の光をさえぎり、諸公らを戴く象は味方の軍を踏み拉く。カロゲイトンの恐ろしげな声がクセルクセスの黄金の塔を震撼させる。クセルクセスは後ろを向き、すでに退却を命じるべく手をあげている……」

パンディオンのまわりの若者らは互いに目を合わせて笑った。歓喜の荒々しい声が羊飼いらからあがった。一人の女は、まるで戦いに赴かせようとでもするように我が子を肩の上にかかげた。オリーブの森はさらに暗くなった。下の方では、重い網をかかえて海からあがってきた漁夫らの裸のからだがほのかに光っていた。そこで節くれ立った腕を差し出しているのは人間だろうか？強風でねじ曲がったオリーブの木も闇での戦いに疲れきっていた。しかし草原の向こう、西側にある柏の森では黒っぽい炎があがっていた。パンディオンはそちらを指して、嘆きながら頭髪を振った。

「すると、ハデスの闇をぬって、いまだ新しい楯、森に生える木々のごとき無数の槍が鈍い金色を放つ。我らに敵意をいだく神アポロンがそれらをアジアの奥深くから呼び出してくる。眠っていらっしゃるのか、パラス・アテネ〔パラスは女神アテネの称号。アテネはトロイア戦争においてギリシア軍の味方であった〕よ？　味方の戦士らは言語に絶する混乱のなかで互いの名を呼び合う。ああ、カロゲイトンよ、お前はもう答えはせぬ。ピュロンにはお前の姿が見えぬ。幾千もの矢が雨のごとく降り注ぎ、まわりには剣に切り取られた首が音を立てて飛び交うなか、幾百もの槍を両手で奪い取っていたピュロンが倒れる。オリュンピアで三度勝利者となり、スパルタにその名を馳せた男は、互いを知らぬ屍の山に埋もれるのだ」

パンディオンの周辺やオリーブの林の奥深くで、男も女もすすり泣いていた。自分の胸を打ち、すすり泣いていた。パンディオンはまっすぐ上方に両手を伸ばした。

「まだレオニダスは生きておるぞ！――そして力強く響く声で、まだ生き残っている男たちをかき集める。彼らは死体のなかを進んでゆく。額から足にいたるまで、黒い傷口からは血が流れている。しかし恐れを知らぬ彼らは死も蛮人も嘲り笑う。味方の数を数えることもせず、誰一人として、傍らで脱落してゆく仲間の安否を問う者はいない。槍は高くかかげられている。だがペレウスの子アキレウスはギリシアの被った災いに大きな怒りの声をあげながら、まばらとなった味方の隊列のなかに、みずから飛び込んでいく。すると、昔年の情熱にかられたトロイアの勇士らはみなアキレウスのあとを追う。大地は彼らの乱闘のもとで揺れ、彼らがひしめき合って進むにつれ、岩はひび割れる。そしてこの凄まじい混乱のなかでは、神々の叫びさえ空しく響くのみ」

パンディオンの話を聞いていた者はみな叫び声をあげた。奴隷のオレステスは彼らを戦いのなかに引き込まんと、シンバルを打ち鳴らした。

「勝利を、パラス・アテネよ！」とパンディオンはかん高く叫んだ。「勇士たちよ、汝らがトロイアに勝利したように、レオニダスやその家来らとともに勝利するのだ！　ああ、地平線に見えるは、暗き都市に建てられて間もなき鋸壁《きょへき》。その門からは絶えずアジアの黒い大軍がわき出てくる。かつてヘクトルを打ち負かしたアキレウスよ、今度はお前が負けるのだ。ヘレネの幻影はお前の沈みゆく手からすり抜ける。勇士らは下等な奴隷のごとく、ひしめき合いながら息も絶え絶えとなる。圧しつぶされた胸からギリシアの自由を悼《いた》む泣き声をあげながら、彼らはヘカテ〔三つのからだと頭を持ち、ハデスの三叉路に猛犬ケルベロスを従えて座す恐ろしい姿をした女神で、魔術、呪いをもつかさどる〕のおぞましき足元に果てるのだ」

パンディオンのまわりの顔は手で覆われ、深い静けさが暗くなった空からおりてきた。

「ハデスの夜がさらに暗く迫ってくる。その目をのぞき込む勇士はいないのか？」とパンディオンは子供のように嘆きながら尋ねた。「どうだ？　夜の眼差しが出会うのは血の気の失せた盲目の死体だけなのか？」

　ゆっくりとパンディオンは額をあげた。

「死体がテルモピュライの巌《いわお》のそばに溢れ出す。幾千ものペルシア人の屍に支えられ、死したレオニダスが聖なる門の前で両腕を広げる。蛮人どもよ、突進してくる前に汝ら自身の屍と戦うがよい！　あり得ないことだ、屍はその数を増やしていく、死が死を生むのだ。彼ら自身の闇のなかで、蛮人どもは窒息する、くずおれて窒息するのだ――そして陰鬱な光を放ちつつ、お互いの見分けもつかず、自分自身に身震いしながら、蛮人らの上を怪物どもが手探りで進んでいく。巨人ゲリュオン〔手足が六本、頭が三つある怪物で牛を飼っていたが、この牛を連れてくるという難行を命じられたヘラクレスによって殺された〕は、あたかも自分の牛の群れを見守るかのように六つの屍を抱きかかえている。ニンフのエキドナ〔上半身は女、下半身は斑のある大蛇の姿をした怪物で地下の洞窟に住む。ギリシア神話の多くの怪物、たとえばゲリュオンの犬オルトス、以下に登場するハデスの番犬ケルベロス、レルナの水蛇、キマイラ、スフィンクスなどの母〕は蛮人らの屍にその蛇体を巻きつけ、口を開けている。ああ！　臭気を放つ蒸気が火花を散らしつつ、こちらへ押し寄せてくる、臭い息を吐き出しながらお前たちが近づいてくる、スフィンクス〔女の頭と羽の生えた獅子の身体を持つ怪物〕とキマイラ〔牝山羊の頭を持ち口から猛火を吐く怪獣〕が！

　ヘレネは逃げる。軽やかな幻影はよろめき、輪を描く。彼女を捕らえ、飲み込まんと、レルネの沼の水蛇〔アルゴス地方の沼地レルネに住むという多頭の水蛇〕が五十の頭をもたげる。彼女の逃げるところ、捕らえんと互いに絡み合いつつ、身の毛のよだつような鎌首の集団が固まりとなって膨れあがる。我パンディオンは彼女の苦難を見る、ギリシアの高貴なる幻影が汚辱にまみれるのを見る。溢れる涙とともに前方に倒れ込む、すると、この世の人間たる我があゆみのもとで、怪物どもは暗き空気のごとく退散していく。私は衣よりこのヴェールを取り出すのだ」

「ほらこれだ」と奴隷のオレステスが叫び、そのヴェールを振り動かした。ところが、そのとき森のはずれから日の沈みかけた草原へと誰かの声が聞こえてきた。

「役者たちだ、役者たちがやってきたぞ！」

するど、パンディオンのまわりの人垣は、あっというまにちりぢりになった。女らは喜びのあまり金切り声をあげ、子供らはもう走り出していた。パンディオンはいっそう大声をはりあげた。

「汝らの女王の顔は不安にかられているときもなお、何と美しいことか！　ヘレネはもはや逃げはせず、目を覆い隠している。だが私は彼女に我がヴェールを投げかける」

「役者たちが馬車に乗ってくるぞ、仮面をつけている。松明《たいまつ》で森中が明るい！」オレステスはシンバルで彼らの叫びをかき消した。

「聞くがよい、アカイアの人々よ！　彼が彼女にヴェールを投げかけるぞ。偉大なるパンディオンがヘレネを救うのだ！」

パンディオンは歓喜の声をあげた。

「かくて、あらゆる悪しき者どもは諦め、退却していく。地下の国の薬草によってふたたび生き返った英雄らが起きあがる。されど、アキレウスやヘラクレスでさえ、この世の者の手が織ったこの軽いヴェールをヘレネの肩から持ちあげることはできない。かつてはあれほどに恐るべき英雄でありながら、いまは弱々しき亡霊と化した者たちは音もなく立ちつくし、悲嘆にかきくれる。だが、我パンディオンはヘレネとともに、ペガソス〔ペルセウスが退治した怪物メドゥサの血から生まれたという翼を持つ天馬〕の背に跨がり、上方のこの世へと飛翔するのだ」

パンディオンは腕を開き、この日最後の日の名残によって清められた顔をして、ハデスから逃れたかのごとく幸せそうに何歩か歩いた……が、立ちどまり、手の甲で額の汗を拭《ぬぐ》った。それというのも、そこにいたほとんどの者、オリーブの林にいた羊飼いや漁師らはすでに草原を越えて走り出していたからだ。はや森は赤い火に輝いていた。

「あれは何でもない」とオレステスは叫び、騒々しい音を鳴らした。「やつらは役者なんかじゃない。物乞いがお前たちをたぶらかしているんだ。だが、ここにはハデスを見たパンディオンがおり、ヘレネのヴェールもあるじゃないか。このしみを見るがいい、アスフォデロス〔ハデスの亡霊が住むところに生えるという百合に似た白い花をつける植物〕の花の汁が落ちたんだ。パンディオンがケルベロスを手なづけた蜂蜜菓子を食べてみたくはないか？」

そしてオレステスは走り去っていく者たちのマントの端を掴んだ。

「一オボルス〔古代ギリシアで使われていた小額の硬貨の名〕払え！　まったく、こんなすごい話を聞いたあとに、へぼ役者どものところに行っちまうとは」

パンディオンのもとに残っていたのは、ギュプスの酒場で見かけた花冠を頭にのせた紳士連中だけだった。彼らは小銭をオレステスのシンバルの上へじゃらじゃらと投げながら言った。「ほら、わかったろう、パンディオン。卑しい民には君の言うことは理解できないのだよ。やつらには君がただひたすら高尚な芸術のためにしゃべっているなんてことはわからないのだ。あの強情な連中はまだハデスがあると信じている。やつらにはどんなに卑しい嘘をついてもまだ足りんからなあ。君じゃだめだ。やつらにはクテシッポスがお似合いだ。なぜ我らのように人品卑しからぬ者のところにいようとしなかったのだ？　金持ちにしてやれたのに」

　こうして彼らはさらに金を与えた。

　パンディオンは自分の組んだ腕を見おろしていた。奴隷のオレステスは厄除けのために金に唾を吐きかけ、紳士たちの前でお辞儀をした。

「やんごとなき生まれの方々のおっしゃることはごもっともで。芸術家であるこのオレステスもよく存じてますとも。偉大なるパンディオン様は神と交わるうちに人間の理性をなくしちまいまして、卑しい輩とは気脈が通じておりまする。なのに連中はかように芸達者なパンディオン様をうっちゃって、役者どものところに行っちまうんですからなあ。私も皆様方のご好意に感謝しておいとまいたしましょう」

　紳士たちもまた草原を越えていった。長い影が森のほうからこちらへ延びていた。森はあたかも燃えているかのようであった——人々の黒いうねりの上に列をなす松明が燃え、彼らの背後からテスピスの一行〔テスピスは紀元前六世紀の詩人。ギリシア悲劇の創始者、かつ最初の俳優でもあったとされる半ば伝説的人物。彼が荷馬車を舞台として用いたことから「テスピスの荷馬車」とはのちに旅役者の一座をも意味するようになった。先にパンディオンの語ったテルモピュライの戦いは紀元前五世紀の出来事であり、時代的には矛盾するが、ハインリヒ・マンはそれを承知の上でここにテスピス自身の率いる一座を登場させたとも思われる〕が近づいてきた。からだを朱に塗った一人の非常に太った男が驢馬《ろば》の上に乗り、杯を振り回しながらしゃがれ声で歌っていた。馬車を引いているのは前後に繋がれた三匹の騾馬《らば》で、その上で仮面をつけた男たちが松明をかかげていた。一番前にいる男は兜をかぶり、槍を携えていた。馬車のなかには子供を連れた女たちがすわっていた。そのうちの一人は子供に乳を吸わせ、二人の女は群衆に流し目と投げキスを与えていた。歓声と拍手が起こったが、それは一人の女が立ちあがり、ゆっくりとその裸体の上のペプロス〔古代ギリシアで女性が身につけていた上衣〕をはだけたからだった。それに合わせて傴僂《せむし》の男がひっきりなしに踊っていた。またそのあとから、パンを噛む二人の貧相な若者がのろのろとついていった。

　馬車の車輪が草のなかで回転した。群衆は後戻りをして馬車を取り囲み、馬車が市門にはいっていくときにはひしめき合って歓声をあげた。小路の隅々は松明で明るく輝き、そして暗くなった。足音は遠ざかっていった。いまやあのシレノス〔ディオニソスの従者で泥酔状態にある禿頭の太った老人の姿をしているが、ここでは上記の杯を手にした太った男を指す〕の歌もやんだ。パンディオンは頭をあげ、深く息をついた。あたりは一面暗くなっていた。市壁の上には見張り番の小さな明かりが光っていた……すると、森の黒い梢の一つがわずかに銀色の光を帯び、細く密やかに三日月が浮かびあがった。

「先を急ごう」とパンディオンが言った。

「ご主人様」とオレステスが答えた。「森には盗賊どもがおりますよ」パンディオンは言った。

「やつらも人間さ。英雄たちの話をしてやろうじゃないか。この町の浅薄な住人どもよりやつらのほうが英雄に似ておるかもしれんぞ」

「ご主人様」とオレステスが言った。「あなたは人間たちのうちでいつも遠くにいる者をお望みなんですね。神々ならあなたが正しいとおっしゃるかもしれませんが、商売は散々でしたよ。ともかく金のはいった袋をからだの一番人目につかないところに隠さねば。それに二時間働いたんだし、旅の前に腹ごしらえするのを忘れないでくださいよ」

「そうだな」——パンディオンは奴隷のあとから市門のアーチをくぐった。オレステスは市壁のそばのベンチに腰をおろした。パンディオンは月が昇ってくるのを眺めていた。森が青銅色に輝きはじめ、青みがかった帯状の光が草地の上をゆるやかに流れていくのを眺めていた。そのとき、あたかも木々が分かたれたかのごとく、月の光の帯をまるで道のようにあゆんでくる一つの明るい姿が現れた。

Ⅱ

その姿はゆっくりと近づいてきた。それは女だった。月の光が衣を貫いていたため、女が足の上に身を屈めたとき、幻のように消えてしまうのではないかと思われた……しかし女は身を起こした。するとパンディオンには、高く結いあげた髪の毛の上で帽子が繊細な木の葉のように揺れ、桃色と月光を織りまぜた衣がその腰のあたりで震えるのが見えた。そして女の顔を眺めた……彼はためらい、前方にのめりながら両腕を開いた。

「ヘリオドーラ！」

女はさらに三歩進んだ。マントの襞がそれに合わせてかすかに揺れた。

「パンディオン」と彼女はその軽やかな声で、嬉しげに、嘲るように、驚いた様子も見せずに言った。それから待った。パンディオンは腕をおろし、早い息をしていた。「ということは私たちはまた出会ったというわけか？」とパンディオンはつぶやいた。彼女はその明るい目を落ち着き払った様子で彼の目と合わせながら言った。

「二人ともギリシア人の土地を放浪しているのに、いつか出会わないなんてことがあるかしら」

パンディオンがただ首を振っただけだったので彼女はさらに続けた。

「夜は素敵だったわ。森がいい香りを放っていて、私は馬車からおりたの。それでほかの人たちに遅れてしまったのよ。そしたらサンダルの紐が切れてしまって。ほら、かわいそうな足から血が出てるでしょ。もうほとんど歩けないわ」

パンディオンは飛びあがった。

「足から血が出てるだって？」

彼はひざまずいて、彼女の足を両手に取った。

「昔はこの可愛い足をどんな木の根の上でも運んでやったものだが！」

彼女は足を彼に預けたままであったが、笑い声をあげた。

「いまはもうどんな木の根でもとっくに私を知ってるわ。溝も海辺の断崖もね。ああ、パンディオン、あなたが話しかけているのは、もういろんな経験を積んだ女よ」

すると彼は立ちあがり、背を向けた。

「私の奴隷にサンダルを修理させよう。オレステス！」

彼はオレステスに修理を命令し、ふたたび戻ってきた。

「さてと、美しいヘリオドーラ、あの連中の面前に登場するまでは私のそばで我慢してもらわなくちゃならんよ。連中のためにコトルヌスを履く〔コトルヌスは古代ギリシアの悲劇役者が背を高く見せるために舞台で着用した靴で、これを履くとは演技することを意味する〕つもりだろう？」

「どこでもそうよ。で、パンディオン、あなたはどうなの、あなたの名声は人の住むところなら世界中どこでもたちまち伝わるんでしょ？」

「私の出番は終わったよ。言葉の力で英雄たちの偉大さをやつらに見せてやったのだ。ギリシア人であることの誇りを教えてやったさ」

市門から一人の番人が出てきた。

「おい、そこの二人！」と彼は叫んだ。「閉めるぞ。なかにはいれ！」

パンディオンは男に近づいた。

「私を知っているかね？」

「あなたはハデスからやってきたパンディオンですね」——番人は会釈した。「じゃあそこにいてもいいですよ。待ちましょう」

パンディオンは女役者の腕を取った。

「わかったかい——」と彼は言い、片手を彼女のほうへ伸ばした。

彼女は彼を見つめた。

「どこからきたですって？」

「ハデスから」

彼女は眉をつりあげ、うやうやしげにうなずいた。

「おお！　ハデスからね」

「で、ヘリオドーラ、君はどこから？」

「ただのリュケネよ。でもそこでは褒められたし、愛されもしたわ」

彼はしきりに微笑んだ。

「愛されたというのは信じるよ」

「でもひょっとしたら——」と彼女は銀色の大気のなかに目を馳せた。「彼らが愛していたのは、私が演じたニンフや女王だけだったのかもしれないわ。それでも」と彼女は微妙な目つきになった。「あの神々しい女性たちはみんな、ヘリオドーラの声と手足があればこそ、命を得ることができたのよ」

月が彼女の顔をはっきり照らし出した。白粉と蜜蠟の頬紅がしなやかな仮面のように顔を覆っていた。小さな震える鼻、サフランの髪粉、黒く隈取られた縁のあいだからのぞく目は、測り知れぬ深みから次々と現れる明るい海のヴェールにも似た綾を織りなしていた――くっきりと輪郭を描かれた薄紅色の唇は、女たちの多彩な魂の住処でもあるかのごとく、巧みな動きを見せた。パンディオンはヘリオドーラの腕を放し、彼女から離れた。

「私が捨てたときには少女だったが、再会したときには森や村々を駆け抜ける女ケンタウロス〔山地に住む半人半馬の一族〕、羊飼いの夢に現れる女ファウヌス〔好色な半人半獣の野山の精〕、花冠と香炉を携えて町中がお迎えにいく女祭司というわけか」

彼女は響く声で笑った――それから黙った。

「あなたの言ってることは真実よ。どれだけ真実かわかってればねえ。このあいだミュロスの海岸で泳いでいたときのことよ。この町の若者が波のなかを私を追ってきたの。岩の上で私を捕まえたわ。でも私たちが愛を交わし合っているあいだに嵐がやってきて、嫉妬にかられて私から彼を奪って岩に叩きつけてしまったの。海岸で彼の死体を見つけたんだけど、かわいそうに、からだは引き裂かれて内臓が散らばってた。私、ぞっとして逃げてしまったわ。でもミュロスの人たちは彼の墓石にこう書いたのよ。『ナイアデス〔泉や川に住むニンフ〕が奪いしこの若者はピュロスなり。彼女は彼を返せども、その心臓《こころ》は返さじ』」

パンディオンは黙り、ため息をついた。彼らはゆっくりと白い草原を抜けて森の端のほうへ歩いていった。そこに着くと立ちどまった。パンディオンは彼女に向かってうなずいた。

「じゃあ、可愛い役者さん、君は人の住むところに現れては、ひっかき回すというわけだね。君が演技をすれば、彼らはこれ以上にすばらしいものはないと思い込む。たくさんの女たちが君のせいで苦しむのだ。時々若者が死ぬこともある。けれども君は通り過ぎてゆくだけだ。ねえ、君はそれで幸福なのか？」

彼女の顔は険しくなった。彼女は言った。

「まず自分がその質問に答えなさいよ、パンディオン」

「そうして欲しいかい？」

彼は身を起こした。

「私は神のようだと言われたよ。アテネの広場では、私のような役者風情じゃなく、評議会と戦いに通じた男たちから栄冠を授けられたのだ。町中の男から崇められていたライス〔紀元前五世紀から四世紀にかけて古代都市コリントにいた多くの遊女の名前。ただしアテネで最も有名な遊女の名前はフュリィネであった〕も、まるで子犬のように私を追って船に乗り込んできた。でも君にはわかっているかもしれんが、私はあの家、あの庭のことを思うといつもつらかった。葡萄に覆われた四阿の端からは海が見おろせたな」

「でも向こうの山の頂にハデスへの入口があることを知ってたのね、パンディオン。あなた、あそこをしょっちゅうのぞき込んでいたもの」

「ああ、ヘリオドーラ、君はそのあいだ行き交う船を眺め、世界へ出ていく夢を見ていたのだね」

二人はお互いを嘲るように、敵として見つめ合っていた。突然パンディオンは胸に手を当ててお辞儀をした。

「責められるべきはこの私だ。君を愛していたときは幸福だった。そしてこの腕はその幸福を二度とふたたびいだくことはないだろう。君には両親、兄弟姉妹《きょうだい》がいたのに、私のために故郷の町を捨てたのだ。君はさすらい人であるこの私が安らげる唯一の場所を与えてくれた。若かったなあ。二つのありのままの心、そして幸福。私たちの小部屋の壁は白く塗られていたね、ああ、でもヘリア、君の目、君の手足の魅力的な動きからは、アペレス〔紀元前四世紀後半のギリシアの画家〕さえ描いたこともない姿や幻がその壁の上に溢れ出していた」

彼女は頭を反らせた。

「そうね、あなたの言うとおりよ。いつも甕を肩にのせて泉から帰ってくると、門がきしんで、さわさわという音を立てて草が風に揺れていたわ。日の光が軽やかに私の……」

「君の金髪に戯れていたね、日の光が！」

「でもあなたは家のそばのベンチに腰掛けて書きものをしていたわ。すると私は走り出した、苦労して担いできた甕をほうり出してあなたに向かって両腕を広げて走っていったわね」

彼女は肩をすくめ、親しげに微笑んだ。

「でも私は同じ家で生き、死んでいく女たちには似ていなかったし、あなたもほかの男とは違っていた」

彼はつぶやいた。

「私が君に何をした？」

「もう忘れたの？　ああ、あなたは私をとても愛してた。私はあなたのもとにハデスから現れた幻影、女神だったのよ。ヘレネとかペルセポネとかね。私の唇の上で、あなたの心のなかにいる女性みんなに口づけをしていたわね。私はあなたの創造物だったのかしら、どう？　上品な比喩でしょう。私を崇めながら、軽蔑してたのよ、だからあなたを憎んだの」

彼は額を垂れ、口ごもって言った。

「私たちはどれほど愛し合っていたことだろう！　君は私を侮辱するために女神たちを否定するのか、しかし誇り高い君は、君自身を彼女らの仲間に数えていた。君はすべての女神たちを嫌ったが、それは私が彼女たちを知っていたからだ。君は私に追いつこうとした、深遠な事柄について、私よりもっと知りたいという欲望にかられたのだ。君は嫉妬深く意地悪で、落ち着きがなく泣いてばかりいた。私も君を憎んでいたのだ」

彼女は甘い声で繰り返した。

「私たちはどれほど愛し合っていたことかしら！」

「私がハデスの上に屈み込んで地下の蒸気を吸い込んでいるあいだに、君は森の神に犯されたなんていう嘘を思いついたのだ。あれは嘘じゃなかったのか？……君は黙っているね、いまだにそうなのか？」

彼女は甘い声でただこう繰り返した。

「私たちはどれほど愛し合っていたことかしら！」

パンディオンはうめきながら言った。

「そこで私は君がただの人間だったということがわかったのだ。君は私を笑わせ、おののかせた。私は羞恥心にさいなまれた」彼はマントで目を覆い隠した。彼がマントを取りのけたとき、二人はもときた道を引き返した。二人はオリーブの林に向かって道を下っていった。パンディオンはしばらくしてからこう言った。

「それから、ある日のこと、黄金の空から風が吹いてきて、君からヴェールを奪い、山のほうへ吹きあげた。私は不思議な不安にかられてそのあとを追いかけた。だが地下の国の大きく開いた割れ目のなかへ吸い込まれてしまった。そのヴェールがひらひらと舞うのが見えたが、青みを帯びた小さな雲のようで、私はそのあとを追っていった。どうしてそうなったかわからないのだ。なぜなら、君を捨てようなどとは考えたこともなかったのだから。神々が私の行くべき道を定められたのだ」

彼女は穏やかに笑った。

「神様ってなんていい方たちなのかしら！　私にも行くべき道を示してくださったんだもの。あなたが書きものをしていた紙が飛び散って、私はそれについていったわ。あの朝あなたが帰ってきたとしても、ヘリオドーラの姿を見つけることはできなかったのよ」

「神々のことをいい方たちなんて言ってはいけない」とパンディオンは言った。「神々は私たちにふさわしいものを与えてくださるのだ。そして、私たちの幸福とは必然性なのだ」

「じゃあ、選ばれし人のあなたはやっぱりハデスを見たのね。どんな風なの？」

「いつもその甘美な手足に光を浴びていた美しい君が、ハデスを見ようなどという気を起こしてはいけない。まず黒い壁に沿って進んでいくのだ。その壁の上には、まるで音も立てない暗い水が流れているかのように、いつも亡霊たちがつきまとう。まず一番に淀んだ空気を動かすのは自分の息だ。そこの空気は老人の毛髪のように灰色で、黒い木々の生える森がある。だが、決して森の木の葉がそよぐことはない。亡霊たちの手が黒い果実に伸びるのだが、決して実を折り取ることはない。まだ血管に力をみなぎらせたまま、実を一つ摘み取るとする。すると、まろやかな果汁がからだをめぐるにつれ、まさに悲しみそのものを味わうことになるのだ」

「でも英雄たちと不滅の行為があるじゃない、偉大なパンディオン、あなたはそれで民衆を感動させるんでしょ！」

オリーブ山の銀色を帯びた夕闇のなかでは彼の顔を認めることはできなかった——にもかかわらず、彼は顔を背けた。

「トロイアはくる日もくる日も征服されたのだろうか？　悲惨と無気力もまた不滅なのだ。そしてそれらは英雄らの心のまっただなかで生きている。あの下に住む名前も知らない、また知りたくもない一人の男がこう言っていた。『俺もまたヘレネを愛していた。彼女は知らなかったが、俺は英雄たちのあいだで戦ったのだ。彼女の目が俺の上を通り過ぎていったとき、彼女は俺がどんな名前かも考えてはいなかった。その目は俺に勝利も死も合図してくれなかった。俺が倒れても、彼女は悲しみも喜びもしなかった……彼女に猿轡《さるぐつわ》をかませ、引きずっていって、辱め、野良犬たちの餌にくれてやればよかった。こうして、彼女は光のなかにいるのに、俺は冥府へおりていくはめになったのだ』」

「だってそれはペレウスの子〔アキレウスのこと〕じゃなかったでしょう」とヘリオドーラが言った。

「ペレウスの子ではなかった」とパンディオンが言った。「なぜならその男を見つけたとき恐怖で青ざめ震えていたからだ。『俺がもし』と彼は嘆いていた、『家でうまいものを食べ、いちゃつきながら人生を送っていたなら！　記憶というものを勘定に入れていたなら、俺もあんな行為をやろうなんて気は絶対起こさなかったのに。記憶は行為を動かぬ不変のものとしてしまうのだ。いまや俺は何千年もこの怒りとすさんだ心をかかえていかねばならぬ。君たちと同じく人間であったこの俺が！』

　重荷に押しつぶされたように地面に横たわり、この弱々しい亡霊は音も立てずに嘆き悲しんでいた。『トロイアの炎上はつらかった。ああ、つらいことだ、トロイアが燃えるのはいやだ！　俺の誉れであったヘクトルの死体が、埃のなかを引きずられていくのはいやだ！　ヘレネなどいやだ！』

　彼がこう言うのを聞いたとき」とパンディオンは片手を伸ばし、目を逸らせた――「私はぞっとして、彼と同じようにこう叫んだ、『ヘレネなどいやだ！』しかし目を開けると、どうしてそうなったのかわからないが、私は彼女の目の前にいたのだ——そしてヘレネの胸の上には、いまだ花の盛りのへリオドーラよ、聞いているか、君のヴェールがあったのだ！　かわいそうに、彼女はそれを取りのけようとしたが無駄だった。で、私がそれを取ってやったのだ。ほら、これだよ」

パンディオンはヘリオドーラを明るいところへ連れていき、ヴェールを広げた。彼女はそれに触れ、ぞっとした表情を顔中に浮かべて身を引いた。

「あのヴェールだわ！　じゃあ、あなた、本当にハデスに行ったの？」

パンディオンは彼女をじっと見つめた。

「私には、君が最初に疑う人間になるとわかっていたよ」

彼女はまだ躊躇しながら前屈みになった。

「なんて汚れているのかしら！　あなた、これを蟻塚からひっぱり出してきたんじゃないでしょうね？」

彼女は響く声で笑った。

「よしてよ、パンディオン！　私たち、お互いのことはわかってるわ」

彼はぼんやり目の前を眺めていた。その声はこもっていた。

「私はヘレネが偉大な力を持っていた日々について彼女に話して聞かせたのだ。だが彼女には私の言うことがわからなかった。こんなことがあるだろうか？　彼女は自分のせいで起きた民族間の戦争や、自分のために果てた英雄のことなど、ほとんど覚えていなかった。かつて心が体験した大いなる出来事をすべて忘れていたんだ。『パリスは』と彼女は言った、『侍女たちと浮気をしてわたくしを裏切ったのです。そして男たちの戦いが、たいそうな家庭不和を引き起こしました。そのあとメネラオスのところへ帰ってからは、糸を紡ぎ、子供を生んで、厳しい生活を余儀なくさせられましたけれど。それから、とうとうヘルメスが後ろからわたくしの肩に手を置いたとき、この世とお別れしなくてはならなくなりました。リュパロスはそばで泣いておりました』――『リュパロスとは誰なのです?』

――『犬ですわ』こう言って彼女はしゃくりあげた。しかし私は逃げたのだ」

「何がつらいの」とヘリオドーラは言って、震えているパンディオンの肩に触れた。「亡霊たちは弱虫なんだから許しておあげなさい。彼らが偉大な時代を忘れてしまったとしても、あなたはそれに通じているし、それを告げ知らせることで人々の心を酔わせるのだわ。だからこそまた人々はあなたを偉大だと言うのよ。それ以上のものはないわ」

パンディオンはぐったりと木にもたれかかっていた。

「私は偉大なものとつまらないものを知っている。私たちの心の気高さと汚辱を知っている。だがそうなると引き返すのは苦しいのだ。一度ハデスに行ったなら、何もかも亡霊となってしまう。二度と連れ合いを見ることはできない。愛することを望み、温めてやろうと人間たちを探していたのに、彼らは生命のない存在のように見える、そして地下の国を見て以来、自分自身が自分にとって亡霊のように生命のない存在となってしまった。神々、英雄、怪物らが魂を磨滅させたのだ。ひょっとしたら、三日のうちに、心が感じ取れるすべてのものを味わったのかもしれない、そうして何年ものあいだ、それを人々に演じて見せるのだ」

「演じるってほんとにいいことね」とヘリオドーラが言って背伸びをした。

「私だって舞台で自分の胸に剣を突き刺したり、神様と話したりするときは一人ぼっちよ。神様みたいな役を演じてるときは、神様を信じちゃいられないの。私は役者のヘリオドーラを信じるだけ、愛してるときも自分を失わないわ。人生の真剣さなんて私には無縁なの、なぜなら、人間は弱くて、物事は意味がないと思うから。でも私が演じればそれらが意味を持つの、私は強いもの」

突然パンディオンはヘリオドーラに腕を巻きつけた。

「なんて君を愛してたろう！」

彼は彼女の頬にささやいた。

「まだ愛し合っているとそっと言い合おうじゃないか、私と君、どちらも一人ぼっちでさまよう者どうしだ」

彼は泣き、そして笑いながら、彼女を見つめた。

「地下の国の大きく裂けた割れ目に白い花が咲いていた。私はおりていき、また戻ってきた。すると、風がその花をさらってしまっていた」

ヘリオドーラもまた泣きながら微笑んでいた——そうして彼女は唇をパンディオンの唇へ近づけた。接吻をしているあいだ、彼は蜂蜜と芳しい草の味を味わった。そのあとで彼は自分のもとに戻ってきたこの顔を見つめ、輪郭を指でなぞった。

「君を見るのもいまが初めてだ、そして君は昔のままだ、いとしい可愛いヘリア！……だが私はどうだ？　もう年寄りかい？」

彼女の目は彼の目を見あげた。

「いまはもうそうじゃないわ」

「だがそれなら私たちは……」

彼は頭をかかえた。

「私たちの仲はまだ終わってはいないのだ。もう一度やり直すことができる。あのころのように愚かではないのだし。いまや私と君しかいないことがわかったのだ。お互い、しっかり相手を思いやることができるだろう！」

彼女は嘲るようにも悲しげな様子で首を振った。

「あなたは一度私たちの庭に飛び込んできた森の神が怖くないの？」

「森の神？　私から君を奪うというのか？」

彼は自分の前に片手を突き出した。

「神々などいないのだ！」

「でもあなたは自分の命を神々に預けたのよ。だからどんな家もあなたを引きとめておくことはできないわ。どの家もあまりにハデスの入口の近くに立つことになってしまうもの」

こう言われて彼はうなだれた。

「たしかにそうだ。時の輪舞から出てきた一つの時が、もう一度私たちのあいだを引き裂くだろうから。時は苦難という茨のはいった籠《かご》を携えてやってくるのだ」

彼女は彼の腕を取った。

「先を行きましょう！　私たちに家は必要ないの。地中海のまわりならどこでも月桂樹〔勝利と名誉の象徴〕が生えているわ」

「そして糸杉〔悲しみの象徴としてよく墓地に植えられる〕もだ」

「そんなことで私、怖じ気づいたりしないわよ。私の墓碑に『この女、愛を演じたり』と刻まれるまでに、まだたくさんの墓碑の前を踊りながら通り過ぎていくわ」

「ギリシアには通りは数えきれんほどあるからなあ」

「そしてこれからもたくさんの通りの上で、パンディオンとヘリオドーラは出会うわ」

Ⅲ

彼らは道を登り、草原を横切って市門まで帰ってきた。月はオリーブの林の背後に隠れており、あたりは暗闇につつまれていた。オレステスはベンチの上で眠っていた。パンディオンはサンダルを取り、女の足に履かせてやった。しかし彼が腰を屈めていたとき、ヘリオドーラは片手を伸ばして叫んだ。

「あら、見て、なんて奇妙なの！」

というのも、東の方角からびっこを引き引き、やっとの思いで歩いてくる人の姿が現れたからだ。長く伸びた髪に葦《あし》を絡ませ、腰からぶらさがった葦以外、何も身につけていなかった。傍らには、明かりを持っておぞましい叫び声をあげているもう一人の人間がいた。ようやくパンディオンにはその人物が誰だかわかった。それは床屋のクテシッポスだった。彼は片腕を振り回しながら叫んだ。

「ほらいたぞ！　神々を辱めるやつが。おい、民をたぶらかす嘘つきめ。お前がハデスに行っただと？　じゃあ、ここにいるこのお方が誰か言ってみるがいい」

パンディオンはただ肩をすくめただけだった。

「ただのご老体だ。だがクテシッポス、あんたは嫉妬深い毒舌家だ」

「神よ、お聞きになりましたか！」と床屋は金切り声をあげ、両腕を上に差しのべて老人の前でますます縮こまった。老人はわななきながら黒い杖を振りあげ、その長いもつれ合ったひげの奥からくぐもった声を発した。

「死を逃れぬ人間よ、恐れを知るがいい！　なぜならわしはアスクレピオス〔蛇に姿をかえる杖を携えたこの老人が医神アスクレピオスを暗示していることは以下の病気治療に関する話からも明らかであるが、ギリシア神話におけるアスクレピオスはアポロンとテッサリアの領主の娘コロニスの子であり、ケンタウロスのケイロンによって養育された〕、神であるからじゃ」

すると、突然その杖が蛇となり、しゅうしゅうと音を立てながら、パンディオンに向かって長い舌を出した。パンディオンは後ずさりをした。しかしパンディオンは蛇を老人からもぎ取り、その首筋を撫で、固い棒に戻したところでそれを老人に返した。

「おわかりだろうが」とパンディオンは言った。「私はハデスに行ったのだ、なぜなら私はあなたを知っているのだから」

ヘリオドーラはそこに立って響く声で笑った。

「なんて美しい神様かしら！　足はまっ黒で泥がしたたってるわ。これまでにたくさんの神様が私の恋人になったけれど、こんな美しい神様は初めてよ」

するとこの老人は彼女を威嚇し、怒りのあまり、黒い足で踊らんがばかりに地団駄踏んだ。クテシッポスが後ろで明かりを振り動かしていたので二人の影が交錯していたが、彼がこう叫んだ。

「売女を連れた浮浪者め！　待て！　二時間も走り回って神を住処の沼から連れてきたのに、それを無駄にさせてなるものか。この神の蛇がそのうちお前に噛みつくぞ。見ていろ！」そして叫び声をあげてクテシッポスは市門に突進した。はやくも人々が駆け寄ってきた。それほど彼の騒ぎようはひどかったのだ。

「こいつはあの方を、神を否認したのだ！」とクテシッポスは叫んだ。だが彼らはこの老人を見るやいなや、膝と額をついて地面にひれ伏した。老人は踊るのをやめ、杖で彼らの頭に触れた。触れられた者たちは立ちあがり、よそ者であるパンディオンを威嚇し、クテシッポスと一緒になって叫んだ。

「やつは神を否認したぞ！　やつを捕まえろ！」

だが彼らはそうはしなかった。すると神は激怒してあたりに唾を吐き、咳き込みながらやっとのことでこう叫んだ。

「こいつを叩き殺せ！　この男は冒瀆を働いた。死を逃れぬ人間であるこの男がハデスに行くはずはないからじゃ。だがこのわしは不死身じゃ」

パンディオンの背後でオレステスがささやいた。

「ご主人様、何してるんですか、あなたはこの馬鹿者たちの神に喧嘩を売っているんですよ。さあ、逃げましょうや。まだ連中の数は少ないし」

だがヘリオドーラはこう言った。

「戦う機会をみすみす取り逃がすなんてことはしないわよね？　私、わくわくしてるのよ、パンディオン、あなたとあの沼の神と、どっちが強いか見たいわ」

そこでパンディオンは腕を組み、いまや群れをなして市門から溢れ出してくる群衆に目をやり、大声で叫んだ。

「ギリシアの民よ！　汝らは私を知っている。私は汝らに神というものを感じるとはいかなることか教えてやった。これまでにこんなことをやってのけた者はいまい。私はハデスに行ったことがあるか？」

「ええ、あなたはハデスに行ったことがありますとも」と彼らが答えた。だが彼らの後ろにいた神がうつろな叫び声をあげた。

「神はわしだけじゃ！　やつをわしの生贄にせよ！」

そのとき、市門から松明をかかげた見張り番たちが出てきたので、みんなは炎の光のなかで神が天に向かって手を振るのを見た。彼らは仰天してそこにくずおれた。

「あなたは私に秘薬をくださいました」と一人の女が叫んだ。「そして、からだを蝕んでいく腫れ物から救ってくださったのです。あなたが神だということを認めない者に死を！」ほかの者たちが飛び起き、好き勝手に叫びあった。

「あなたは毒蛇から取った薬汁で大事な耳を治してくれた！」

「私は歩けなかったのに、いまはここにきている。神様が売ってくれたこの琥珀《こはく》の指輪のおかげだ」

「神様！　私もお助けください！　私も！」

手足に包帯を巻いた病人たちが人込みをかき分けて進んできた。彼らは喘ぎ、神を求めるあまり、その黒い口腔を開いてわめき立てた。そのあいだをぬって、床屋が金切り声で叫んだ。

「あいつを殺せ！　神の怒りを静めるのじゃ、お前たちが病気で罰せられぬようにな！」

パンディオンはもう一度みんなに向かって声を発した。「私は神ではないが、こんな老人より私のほうが汝らを利口にすることができるのだ。だがこの男は詐欺師だ――」そう言って彼は固めたこぶしを振りあげた。すると、突然みんなは静かになったが、それが感動したからなのか、嫌悪の念からなのかはわからなかった。クテシッポスでさえわめくのをやめた。ただ一人衣装泥棒だけが動いており、ある男の肩からマントをひったくって逃走した。当の男は取られたことをまったく気にもとめなかった。

「もうたくさんだ！」と男は愕然として荒々しく叫んだ。「あのようなことを言ってのける口がまだ生きていてもいいというのか？　石を拾え！」

「石を拾え！」とみんなが叫び、後ろにさがって腰を屈めた。パンディオンは腕組みをして待っていた。しかし彼のそばにはヘリオドーラがいた。彼女は上着を脱ぎ捨てた。いまや彼女は密な襞のある肌着を纏って立ち、松明の明かりが衣を通して、その四肢のなかに差し込んでいた。彼女は爪先立った。広げた腕をずっと後ろに曲げていたので、その花の蕾にも似た乳首が着物から透けて見えた。まるで自分の美しさにびっくりしたかのように、きまじめな愛らしさをたたえた顔をあたりに向けながら、彼女は踊りの一歩を踏んだ……驚いたように彼女はそこで動きをとめた。彼女が舞い昇っていくのを目にしていた群衆が息を呑んだ。彼女は、ああ、しかし、なんというたおやかな腰の動きであろう！　揺れる襞に愛撫され、目には見えぬ仲間たちの輪舞に誘い込まれて、長い曲線を描く腿が滑っていくさまときたら！　薔薇色の指が天上の神の指に触れるのを見るがいい！　髪が黄金の輝きを放ち、緋色の唇がアンブロジア〔オリュンポスの神々が不老不死を守るために食したという食べ物〕の香りを吹きかける——すると目にはいるのはただ花の渦だけ——そうなのだ、ヘリオドーラが憑かれたように踊りながら青みを帯びたヴェールをあたりに振り動かすと、目にはいるのは至福の天をひらひらと舞う紅白の花だけなのだ。

いまや彼女は立ちどまり、息をつく。すると、まわりの人間たちもふたたび息をつく。女たちがまず最初に拍手をした。若者たちが「ようこそ！」と叫び、膝を屈めて挨拶した。彼女はパンディオンにもたれ、黙ったまま、あの甘美な口をわずかに膨らませて彼らに謝意を示した——泣き声が聞こえた——だが突然大きな笑い声がおこり、一人の女が叫んだ。

「なんて醜いこと！」

そこでようやく、みんなはこの神も踊っているのに気づいた。足音も荒くよろめきながら、唸《うな》るような歌声を発しつつ、怒りで赤らんだ目をして踊っていたのだった。みんなは顔を背けた。年配の者たちは、この意地悪で醜い老人を恥じて身を隠した。床屋のクテシッポスだけが嫉妬心からくる不安に顔を歪めて、人ごみのあいだを走り回っては両腕を突き出していた。

「同胞たちよ！　ギリシア人たちよ！　何たることか！　神々の復讐を恐れよ！　お前たちもわしと同様、このお方が神であることを知っているはずだ。メラルゴスの沼に蛇の卵があったのではなかったか？　それが割れたとき、からだに蛇を巻きつけた少年が出てきたのではなかったか？　お前たちは奇蹟を見たのに、それを否認するのか？　パンニキス、クサント、お前たちはこの少年をその腕に抱いたではないか！」

「そのとおり」とクサントが叫んだ。「だから私もそのあとで玉のような男の子を産んだのさ。神様にさわったおかげでね」

人々の後ろからヘリオドーラに向かって役者たちがこっそり近づいていった。例のシレノスがその太い首を出してささやいた。

「可愛い子や、すぐにこの場を離れるんじゃ。わしらがこの町にやってきたのは、神々を演じるためで、神々を馬鹿にするためじゃないんだからの、生意気なおちびさん」

彼女は答えた。

「さあ、急いであっちへいって、ディオニュジオスおじさん、もしあの神様が私たちのうちから生贄の獣を欲しがりでもしたら、一番肉のついてるあんたが選ばれるわよ」

これを聞いてシレノスは青ざめ、へたりこんで群衆の背後に見えなくなった。クテシッポスはそのなかでせわしく働きまわっており、声はかん高くなった。

「どうだ？　その翌日にはその少年は若者になった。人間がそのように育つものだろうか？　ひれ伏すのだ、祈るのだ、三日目には若者のかわりに、この老人がとぐろを巻いた蛇の下から現れたのだ……あなたは神であらせられます！」と叫び、みずからそこにひれ伏した。そばにいた者たちも彼に倣った。まだ笑っていた者はびっくりして黙った。そのとき、何か黒い固まりめいたものが、ひれ伏した人々のまんなかをぬって近づいてきた。雨のせいで汚れ、手足が萎えてしまったトカゲのようだった。汚い灰色の毛髪の下は腫れ物だらけで、這うときにはそれぞれ動きをとめてしまうように見える手足と二つの乳房を持つこの生き物は、泥水のなかをずるずると這って、踊っている神の足元までやってきた。神はまだうめいていた。

「神を冒瀆する者に死を！　わしは神じゃ、やつをわしの生贄にするのじゃ！」

すると、この名づけようのない生き物は膿《うみ》のはりついた顔を彼のほうへあげた——突然老人は静かになった。胴と顔を後ろに反らせ、前より背丈が伸びたかのように断固とした様子でそこに立った。その生き物の膿んだ目に唾を吐きかけ、親指でその唾をこすった。すると「見える！　見える！」とその癩《らい》病病みの女がかん高い声で叫んだ。

「女の目が見えたぞ、女の目が見えたぞ！　神を冒瀆する者に死を！」——彼らは病気を恐れもせずに老婆を地面から抱きあげ、息を切らせながら力ずくで彼女をパンディオンのところにひっぱっていった。

「ほら、神が治したこの女を見るがいい、そして死ね！」

「そして死ね！」とがなり立てる声が四方八方からあがった。

もう彼らは飛びかかってきた。百のからだ、襲いかかるこぶし、憎しみをあらわにして喘ぐ顔……パンディオンは後退した。そこにいた番人たちが彼に加勢した。隊長は剣を抜くように命じた。

隊長は振り向いて言った。

「私はこの剣が恥ずかしい。私を英雄にしてくれた偉大なパンディオンよ、なぜならこの剣は君をあの腐った魔女から守らなければならないのだから。だが、この時点ではあの女は君より強いのだ」

この大騒動にひるみもせず、番人たちの後ろに安全に隠れつつ、ギュプスの酒場にいた紳士たちがゆったりとやってきた。彼らはパンディオンに言った。

「たぶん、あの薄汚い詐欺師はあの老婆を二十回は治しただろうな、いつも同じ女さ。だが君の気に入ったのはまさにその大衆の感受性と想像力だろ」

　ヘリオドーラは口をへの字に歪めて言った。

「あの人たちは騙して欲しいのよ。騙してくれる人なら誰でもいいの。とは言っても、下手な役者と上手な役者はいるけれど」

　こう言って彼女は紳士たちの秋波に答えた。

「やつを牢屋に入れろ！」と大衆が隊長に叫んだ。「裁判にかけなくてはならん」

　女たちは床屋と一緒になってわめいた。

「だめだ！　この場で殺せ」

　隊長は後ろを向いて言った。

「パンディオン、君は安全のために今晩私たちのところで過ごさねばならん」

「どうしてなの」とヘリオドーラが言った。「あの神様に幾ら欲しいか聞いてみなさいよ。パンディオンよりうまくやったんだもの。お金のほかに欲しいものがあるはずないわ」

　紳士たちが賛意を示したので、隊長は一人の兵士に人込みをかき分けて神のところへ行かせた。彼は戻ってきて言った。「あの神は二百ドラクマ〔古代ギリシアの貨幣で一ドラクマは前述の六オボルスに相当〕要求していますよ。身代金を払いますか？」

　パンディオンは黙っていた。奴隷のオレステスが現れ、震えながらつぶやいた。

「十二オボルス持ってますが、誓ってそれ以上はありませんや。この金を取り出すことにでもなりゃ、アソコを痛い目に合わすはめになっちまいますよ」

紳士たちが笑った。だが炎のきらめく暗闇のあちこちからは憤りの声があがった。

「聞くがいい！　あやつらは神を馬鹿にしている。消え失せろ！」そこでヘリオドーラがよく通る声で叫んだ。

「気高いギリシアのみなさん、あんたたちの神様は仲直りに二百ドラクマ欲しいんですって。だから私がそれをお払いするわ。あしたコトルヌスを履いた舞台姿をご披露するこの私がね」

彼女は番人の一人に向かって「あそこのふとっちょをつかまえて、逃げるつもりだわ」と言った。

シレノスは連れ戻された。彼はその肉づきのいい胸を叩いた。

「わしらは何も持っとらんよ。この見ず知らずの男にわしらのなけなしの金をくれてやろうなんて、お前は気でも違ったのかい？」

「あら、ディオニュジオスおじさん」と彼女は言った。「そのおなかの上に二百ドラクマ隠してあるってこと、百も承知のくせに。それはリュケネでキモンじいさんが私に払ったお金よ、私と情を通じる許可賃としてね」

シレノスがどんなに泣き言を並べても、金を服のなかから取り出さざるを得なかった。隊長みずからその金を神のところへ持っていった。神の肩を掴んでこちらへ向かせ、そっと耳打ちした。すると神は大股で立ち去っていった。

「散れ！」と隊長は叫んだ。「神は和解を受け入れたぞ。まだ文句を言う者がおれば、その者は濱神者としてこの刃に倒れるのだ」

松明を持った者たちが門をくぐった。みんなは暗闇のなかに取り残されるのが怖くて、ぶつぶつ言ったり笑ったりしながらあわててその後ろについていった。

……あたりはひっそりと息づく夜の闇に覆われた。パンディオンは自分の腕にヘリオドーラの腕が軽く置かれるのを感じた。

「ねえ、あなた」と彼女は優しく言った。「ごめんなさい！　私の気まぐれを許してね。そのせいであなたはあの沼の神と張り合う羽目になったんだもの。わかったでしょう、ヘリオドーラと出会うと、決まってあなたは不幸な目に会うのよ。でもあなたはあいかわらず偉大よ」

突然彼はひどく身震いをして、声をつまらせて言った。

「偉大だって！　人間でありながら、いったい誰が偉大であり得るんだい。ああ！　ほんとうにどこかの神を冒瀆し、その閃光のもとに倒れ、黒こげになって死んでしまえたらよかったのに！　私がハデスから持ち帰ってきたものは何もかも、やぶ医者のお粗末な手口ほどの価値もなかったのだ。なんとか残ったものはこの命だけだ。女である君が、君の愛を売った金で買い戻してくれたのだから。さあ、この命を受け取ってくれ、これは君のものだ、私を君の奴隷にしてくれ」

「パンディオン！」——その腕を柔らかに、柔らかに彼のからだに回して「あなたをこんなに愛したことはなかったわ。いま弱いあなたを目にしているからよ。それも私のせいでね。あなたが私の奴隷ですって？　見て、私があなたについていくのよ、暗い森のなかでも、不実な海の上でも、ギリシアじゅうだって、野蛮人のところだってついていくわ」

「そんなことができるだろうか」と彼はうめきながら言った。だが彼女はその涙を接吻で吸い取ってやり、深まる暗闇のなか、唇で彼の顔を覆い尽くした。抱き合ったまま二人は草原を越えて森のはずれへやってきて、抱き合ったままそこに倒れ込んだ。向こうのほうで市門がきしむ音がしてばたんと閉まった。

　パンディオンが目覚めたとき、まだ眠っているヘリオドーラの顔がちょうど最後の闇のなかから現れるところだった。彼はすっくと身を起こし、睫毛に優しく覆われたあたりが明るくなっていくその顔を眺めていた。放心したように彼は微笑んだ……それからこめかみを両手で押さえ、飛びあがって途方にくれたように何歩か歩き、戻ってきて膝をついた。一番鳥がさえずり始め、木々の幹のまわりには赤みがかった光が射し、ひんやりとした朝の息吹が漂ってきた。だがパンディオンはこの静かな顔を不安げにのぞき込みながら言った。

「おお、ヘレネよ、お前は瞼の上にトロイア戦争のすべてを担っているのだ」

　彼は頭を振り、そっと立ちあがって、眠っている女の上に掛けてあった自分のマントの乱れをそっと直してやった。

「お前がいま目を覚ましたなら、私はどんなに驚くだろう！　私がまだここにいることがわかったら、お前はどんなに驚くだろう！」

　彼は奴隷のオレステスを藪のなかから呼び出すと、振り返ることなく森のなかへはいっていった。

裏切り者たち

リアーネ・ヴァンローはホールを抜けてフォン・プファッフ将軍を出迎えにいった。

「閣下、申し訳ございませんけれど、心の準備をしておいてくださいまし。私たちのところにラーベナーさんがいらしてますの」

「あなたがたのところに？」

「なかで主人やクラルさんと話し合ってますわ」

フォン・プファッフの顔は赤く膨らんだ。「ともかく、わしがもうシルクハットを頭にのせてきたのは幸いだな。となると、わしはやっとあいつに個人的見解を述べてやれるわけか。わしが怖じ気づいているとお思いかな」

「どうして私がそう思うんですの。でも困るのはあの方があいつと呼ばれるような人じゃないことですわ。ほんとうは私たちの側の人ですもの」

クラル夫人が近づいてきて言った。「あんな社会民主主義者、上流階級の人間なんかじゃないわ。こっち側へやってきては、私たちの労働者をけしかけるんですよ。主人が申してましたわ、あんな男、車で轢《ひ》き殺してやったってかまわないはずだって」

クラル夫人の顔も紅潮していた。将軍はクラル夫人の見事な見解を褒めた。テルヴァング伯爵夫人は皮肉な笑いを浮かべていた。リアーネは言った。「私たち、あの方にサン・モーリッツ〔スイス南東部エンガーディン地方の高級リゾート地〕で出会いましたの。非のうちどころのない方でしたわ。何をなさっているかはもちろん知りませんでしたけれど」

「では奥方に罪はない」とフォン・プファッフが述べた。伯爵夫人がわきから訊いた。

「あの方、ヴァンロー夫人が以前女優だったたって、ご存じだったのかしら」

そのときドアが開いた。クラルは将軍の姿を目にするやいなや、大喜びで取り入り始めた。通りすがりにヴァンローは妻にささやいた。「どうしようもないよ」しかし彼女はすでにそれを見て取っていた。彼女はその見せかけの気力を熟知していたのだ。ラーベナーは暇《いとま》を告げた。ヴァンローは両手で彼の両腕を押さえて言った。「まだいてくれるだろう。用件は片づいたが、人間らしいつき合いも必要だよ！」それからヴァンローはラーベナーをフォン・プファッフ将軍に引き合わせた。ラーベナーは疲れた顔で軽く会釈した。フォン・プファッフは予想されていた以上に深く会釈を返し、いっそう顔を紅潮させて言った。

「よろしく」

リアーネはラーベナーに近づいた。

「私たち、今年は海へ行くんですのよ。たぶん、オーステンデ〔北海に面したベルギーの港町でリゾート地としても有名〕の近くですわ。で、あなたは？」

「僕がどんなに忙しいか、ご存じでしょう」

リアーネはすぐさま切り返した。「あのとき私におっしゃったことがいまになってわかりましたわ」

彼はそれが何を意味しているのかすぐに理解できた。「僕は言いましたね、あなたはご自分が身を置いている世界について勘違いなさっていると。あなたが貴族や金持ち連中の側に立とうとするのは正しい行為ではない、あなたご自身のほうがずっと気高いと申したのです」

「そうおっしゃったのは、あなたが民衆の味方で、あなたにとっての気高さとは民衆を意味するからでしょう」

するとラーベナーが言った。「そう言ったのは、あなたが心を糧に生きていく術を心得ていらっしゃるからですよ」

彼女は異議を唱えた。「私はあなたより正直でしたわ。私は夫の世界に生まれついた人間じゃないって告白しました。なのに、あなたは――」

彼は続けた。「あなたとお話ししたときには、僕は別のもの、つまり、政党のために働いていることを告白するのを忘れていただけなのです」

向こうのほうからクラル夫人が太ったからだで息をしながら叫んだ。「あんなストライキなんて、まったくとんでもない話だわ。私たちが幾ら稼いでいるか、あんなならず者たちに何の関係があるっていうの？」

ヴァンローは懐疑的な笑みを浮かべた。労働者が企業利益の分配に与かるのは時間の問題だというのがヴァンローの意見だった。しかしフォン・プファッフ将軍はほとんど窒息しかけながら、そんなことは神を冒瀆する行為だと言った。軍隊を使うという手もまだあるのだし、という彼の言葉にクラルが大喜びで賛同した。「割ってはいってやろうじゃないか」と将軍が怒鳴った。工場主は犬のように忠実な目つきで彼に謝意を示した。

ラーベナーはリアーネをじっと見つめていたが、彼女は彼の微笑みに答えようとはしなかった。

「私があの人たちを軽蔑することをお望みなの？　そんなことはしませんわよ。自分自身を否定することになりますもの。私は自分の階級を自分で選んだのですから」

彼は言った。「僕も自分の階級を自分で選んだのです――でもその階級に盲目的に従うためじゃありませんが」

「じゃあ、何がお望みなの」

「あなたを敵陣じゃなく、自分のほうへ引き込みたかったんです」

彼女はうつむき、その眼差しは動かなくなった。ふたたび目をあげたとき、彼女は相手の表情に、自分自身の感じているのと同じ不安に満ちた苦悩が現れているのを見て取った。あちらではフォン・プファッフが自分の仕える皇帝の強力な援護を称賛しており、クラルは自分の所有しているもののうち、喜んで皇帝陛下に捧げないようなものは何一つないと断言していた。クラル夫人も全面的忠誠を誓っていた。将軍は嬉しそうな笑い声をあげ、テルヴァング伯爵夫人は皮肉な笑みを浮かべていた。ヴァンローはその場を離れ、じっと動かないでいる向こうの二人を窺《うかが》った。ラーベナーの唇が幾つかの言葉をかたちづくり、ヴァンローはそこに「あなたを愛している」という言葉を読み取った。彼が近づくと、二人はびくりとした。

「ラーベナーさんって、何ていい方なのかしら」とリアーネが言った。「この嬉しい使命を引き受けてくだすったのは、もっぱら私たちに再会するためだったんですってよ」

「嬉しい使命なんかじゃありませんよ」とラーベナーは言った。するとヴァンローが続けた。「何たって必要があるからだよ。我々人間自身が行動するのではなく、事それ自体が行動するのだからね。我々は敵じゃなく、戦う相手に過ぎない。ラーベナーさん、あなたは私と同じくそれがおわかりだ。それでこの会合を拒否なさらなかったのですね」

「でもベルリンの人たちが何て言うかしら」とリアーネが続けた。

「言いたいことを言うでしょうね」と言いながら、ラーベナーは微笑んで会釈した。「このストライキは我々の勝ちですね。そして僕はこの晩をあなたがたと過ごすってわけです」

一同は階段をあがっていった。ヴァンローは妻を引きとめた。「ちょっと待ってくれ……お願いがあるんだが、一人でお客たちの相手をしてくれないか。私はこれからすぐにケルンへ行かなくちゃならない。だが君はそのことをほかの連中にはしゃべらないほうがいい」

「でも今晩中には帰っていらっしゃるんでしょう?」そしてヴァンローがくたびれた様子でひじ掛け椅子に腰をおろしたので、こう続けた。「疲れてらっしゃるのね、あなた。あの人たち、あなたをいじめたんでしょう」

美しい手を握りしめながらリアーネが言った。「あの人は大嫌い。あんな侵入者にはどんな手段を使ったってかまやしないって思うけど」

ヴァンローは充血した目をあげた。「どんな手段でもだって?」

「やっつけてやるわ。仲間に言ってやるのよ、あの人が私たちのところで夕食を食べたってね」

「でもどうして彼はそんなことをするんだろう?」

リアーネは夫の顔をのぞき込んだ。その顔の懐疑的な笑みは恐怖に震えていた。

「私には全然関係ないことだわ」とリアーネが言った。彼は立ちあがった。

「リアーネ、私たちが彼をやっつけようと、やっつけまいと、ストライキはあす早朝までにやめさせなくてはならないのだ」

「どうしても?」と彼女は尋ね、後ろへ身を引いた。「もっと待てないの?……ケルンへ行くことがそんなに大事なの?」

ヴァンローは前屈みになった。彼はなんて老けて見えたことか！「これが最後の手段なのだ」

「私たち、もうおしまいなの？」

「もっと小さな声で！　いまそれを知っているのはお前だけなんだからね。どうするつもりだい？」

「私？」とリアーネは意味ありげに言った。「復讐してやるのよ。期待してて」

彼は乾いた笑い声をあげた。「お前にとって大事なのは復讐することなのかい？　不幸を回避することより大事なのかい？　私がどんな立場にいるか、あいつが知るようなことがあってはならん」とヴァンローはおずおずとあたりを窺いながら言った。

彼女は驚いて視線を逸らせた。「何をおっしゃりたいの？」

「お前はあいつに影響力を持っていると思うがね」——彼も同じように彼女の視線を避けた。それから気を取り直して言った。「私の言葉が、表向きとは違うことを意味しているとしても、お前にもそれがわかるだろう。お前と私はお互いを知っている。お前は私の相棒だ」

リアーネは夫に手を差し出した。「まかせておいて」彼はさらに声を落として言った。「プロレタリアの要求を代弁する身なりのいい教養ある紳士という役柄は、お前を征服するに足るほどロマンチックなものじゃないよ。その役柄がお前に影響を及ぼさなければいいと言ってるんじゃないがね。名女優の君にもう一度演じて欲しいんだ！」

「うまく演じてみせるわ」

彼女の顔をのぞき込みながらヴァンローが言った。「忘れるんじゃないよ、お前は私の秘密を握っている。うまくやるんだよ！　あすのことを考えるんだ！」

彼女は頭を反らせた。「私はあなたの味方よ」

ヴァンローは出ていった。外から一人の男がホールにはいってきて、ラーベナー氏に会いたいと告げた。ちょうどそのとき、ラーベナーその人が上からおりてきた。リアーネは彼の背後をすり抜けて階段をあがっていった。「フリッチェ君？　電報ですか？」とラーベナーが言った。彼は電報を読み、それをポケットにしまい込んだ。「どうしてあなたがこれを持ち出してきたんですか？」

相手の男は帽子を回しながら、横目でラーベナーを眺めていた。

「ふむ、そりゃたぶん、ベルリンからでしょう」

「いや、あなたが思っているようなものじゃない。これは私だけにかかわることだ」

それについては自分なりの憶測があると男は言い、声を荒らげて「連中はあしたは仕事を再開するつもりでいますよ。くだらん、党首が何だってんです。それはあんた一人のことじゃないですか。あんたが有名になるために、ここで俺たちにひもじい思いをしろとでも言うんですか？　党のことを考えろだって？　党なんかおしまいですよ。連中はもう俺の言うことなんて聴きゃしない。これも奇蹟ってわけですかね。連中はひもじい思いをしてるってのに！」

「もっと小さな声で！」とラーベナーは頼んだが、男はますます大声になった。

「一度あんたが腹をすかせてみりゃいいんだ。そうすりゃ、あんたの色気も消えちまいますよ」

ここでラーベナーは威厳を見せた。

「言いつけに従いたまえ！」

とたんに男のからだはすくみあがった。

「はっ」

ラーベナーは男を外に連れ出して耳打ちした。「もう一日だ！　あの男は耐えられないよ。降参するのは間違いない。私はそうなると確信している」相手の男はぶつぶつと不平を言った。「あんたはただしゃべってればいいが、俺はいずれ厄介払いされるってわけだ、あの男からも、労働者たちからも」

リアーネは上の階段から身を乗り出していた。二人の男は出ていった。しかしそうこうしているうちに、ほかの客たちの姿が現れた。クラルとその妻、伯爵夫人と将軍、みな一度に家路につこうとしていた。もう夜も更けたし、奥様もお忙しそうな様子だしという理由からであった。リアーネはそそくさと詫びの言葉を述べた。「なんて日でしょう！　主人は急に出かけてしまったんですのよ。ラーベナーさんと一緒にだと思いますけど」

「そうね、ラーベナーさんもいないとすればね！」とクラル夫人が言い添えた。テルヴァング伯爵夫人は皮肉っぽく「お芝居をなさっていたとき、あなたが慣れ親しんでらした類の男性じゃありませんこと」一方、フォン・プファッフは激昂したが、それはヴァンローがあの煽動者に対してあまりに寛大すぎるという理由からであった。クラルも、ヴァンローが単独で平和協定を結ぼうとしているのではないかという危惧の念をいだいていた。リアーネは彼らをなだめようとして、ひょっとしたら二人は別々に出かけたのかもしれないと言った。「あるいは、一人はまだここにいるのかもしれなくってよ」とすかさず伯爵夫人が言った。すると、クラル夫人が「あすになればわかりますわよ」

「じゃあ、あすに」とリアーネは言って、召使いにドアを開けさせた。

「明かりを消してちょうだい。椰子の木のところだけはそのままにしておいてね。お茶をお願い！……ラーベナーさん、あなたも一緒にお茶をお飲みになる？」

というのも、リアーネがまだしゃべっているあいだにラーベナーが姿を現したからであった。

「まだ早いんですもの」と彼女は言い添えた。「主人がお詫びしておいてくれと言ってました。いろいろあって、どうしてもまだ仕事が片づかないんですって」

それから彼らは黙り込んだ。リアーネは耳を澄ませた。「雨だわ。何だか急にもの寂しい感じがするわね！　夜の訪問客がおありだったけれど、興奮したご様子だったわね。ほんとうにロマンチックな生活を送ってらっしゃること」

「ご主人は部屋においでだ」と彼が答えた。「眠れるような状況ならよろしいんですがね」

「ストライキが主人から眠りを奪ったと思ってらっしゃるの？　きっと主人はもっとつらい目にあってきましたわよ」

ラーベナーは彼女をじっと見つめた。「もっとつらい目にあってきたのはあなたでしょう」しばしの沈黙のあとで彼女は白状した。

「そのとおりですわ。たっぷり戦ってきましたもの」

「あなたは役のため、人生のために戦ってきた、仲間や愛人や観客を相手にね。最初にあなたが求めたのは名誉と幸福だったが、のちにはただ享楽と平穏さだけになってしまった。経験は積んだけれど、いつも孤独でしたね」

彼女はゆっくりと顔をあげた。「何もかもわかってらっしゃるのね?」

「それだけじゃありませんよ。あなたは自分自身を軽蔑してらした。自分を卑しい存在とみなして、あくせくせずに暮らせる財産のある人たちを仰ぎ見ていた。ご主人と結婚なさったとき、恋多き女性の突然の出世にあなた自身がびっくりなさったのだ」

彼女の口元が歪んだ。「長いあいだじゃなかったわ」

「そのとおり。なぜなら、やがてここであなたが見たものは、金持ちの鈍感さと紳士連中の無気力な内面だったからですよ。また恥知らずな同盟関係をも目の当たりにしましたね。そこでは持てる者たちが自分の財産への心配から有力者の前でおべっかを使い、権力者のほうはさらに自分を守るために彼らの手先として働くというわけです。あなたにはここの世界が狭隘で消耗しきっているということがわかったのだ」

「残酷な方ね」——彼女は顔を背けた。彼は彼女の手の上に身を屈めた。

「僕はあなたの手だけを見ている。それにこの手をこれほどに美しくした憧れについて何もかも知っている。ただ憧れによってのみ、気高くなれるのです。自分自身を疑うということは上昇するということですから。満ち足りた人間の世界はあなたのいる場所じゃない」

彼女は立ちあがり、肩をすくめた。「あなたはご自分のいるべき場所がプロレタリア階級だとおっしゃりたいの?」

彼は彼女のあとを追った。彼女は大きな窓ガラスに額を押しつけていた。

「こう言っていいでしょう。このプロレタリア階級は、息子や孫のために裕福な小市民的生活を勝ち取ろうとする目的を持っています。ともかくも何らかの共通の未来のために活動している唯一の存在なのですよ。そのほかの僕たちはみな刹那的に、また自分自身のためにのみ生きていますが。それがいかに疲弊と空しさをもたらすことか! 僕たちが身につける教養、僕たちが生み出す精神などすべて、乾いた砂のなかに消えるように僕たちの心のなかで涸れていくだけですよ。いつか人間はみなもっと精神的で善良になるんじゃないでしょうか? 戦う人々のなかにのみ、未来の人類が生まれてくるのです。というわけで、僕には今日の燃えかすのような人民の背後に、すでに未来のより純粋な人民が台頭してくるのが見えたのです。それで彼らに道を開く人々の列に加わったんですよ」

彼女は訊いた。「じゃ、いまはそこにいらして、前より幸せになられたの?」

彼は言った。「愛することは何かを学びました。いまになってみると、それはすべてあなたのもとへ行くための回り道に過ぎなかったように思えますが」

彼女は彼のほうを見もしないで、嘲りの笑い声をあげた。「自然ってまどろっこしいのね。あなたを工場主の妻と浮気させるために世界と人類を煩わせるなんて」

彼は彼女の手を掴もうとした。

「リアーネ！　ひどいことを言うのですね。あなたの世界と僕の世界、この僕たちの背後にあるものすべてが消え失せているのがわかってるくせに。僕たちは二人きりだし、お互い相手の手のうちにあるんですよ。求め合わなくてはならないはずだ」

指が格闘するときのように絡みあい、顔と顔が寄り添った。彼らはいかに荒々しい真面目さで、瞼の奈落を突き抜けて相手のなかに侵入していったことだろう！

「私たちは敵どうしよ」と彼女は叫んだ。「私たちはお互いのことがわかってる。あなたは私を破滅させるために私を欲しがってるのよ」

彼は言った。「あなたは僕が握っていることを知るために僕を誘惑しようとした。まだ覚えてますか？」

彼女は身を振りほどいた。「なんてこと！　私にあなたのものになれっていうの——あすになれば——」

「あすがどうしたんです？」彼は立ちあがった。彼女は夫の秘密をもう暴露してしまったのではないかと恐れた。

「何でもなくってよ」と彼女は自分を制しながら言った。「もう一日ストライキがあるでしょう？　世界は私たちのアヴァンチュールのあとも続いていくのだわ」

彼は一歩後ずさりして演説口調になった。「ストライキは僕にかかわることです。ただ僕だけに。僕はこの手に労働者たちを握っている。いいですか。僕となら、彼らはどこまででも行くでしょう。僕とともに彼らは勝利するでしょう」その声はかすれた。「僕が彼らのところへ行って、全部ぶちまけてしまうことをお望みですか、何もかも、個人的なことも、名声も人生までも？」と、さらにどもりながら続けた。

彼女はまるで目が見えないかのようにうつろに彼を見つめていた。「やるがいいわ。あなたなんか大嫌い」

彼は探るように言った。「僕はストライキをやめさせることができるんだ。いますぐ、この瞬間にもね」

彼は上着の内ポケットに手を入れた——その手を出すとドアのところまでさがった。

彼女は腕を前方に突き出しながらあとを追い、まるで悲劇を演じる女優のように彼を抱きしめた。

「だめ！　あなたが好きなの。私のために破滅しないで。秘密をばらすのは私の仕事よ。私はあなたがそうするのを嫉妬してたのよ。私が何をばらすか、知りたい？　私たちはおしまいよ。あと一日でおしまいなの」

「じゃ、君の旦那は——？」

「そうよ。――あの人はいないわ。帰ってきたときには、決着が着いてるわ。あなたの勝ちよ。さあ、行って彼らに伝えるといいわ」

彼女は彼のからだを放した。彼の顔は晴れやかになり、すばやくドアのところへ行った。

「僕は正しかった」――そして部屋の外へ出た。

そのとき、彼女の視線が彼を捕らえた。それは彼の上にじっと注がれていて、彼を引き戻した。彼にはその視線が勝利よりも秘密の暴露よりも、いや、人生よりももっと深いように思えた。

「どういうつもりだい？」と彼は叫んだ。「君は僕があそこへ行って、君の告白を利用するなんて思ったのかい？　君はそれを愛の告白として僕にくれたのに。僕が自分の利益のためにそれを使うとでも？」

彼は彼女の足元に横たわり、その手に接吻した。彼女は彼の頭越しに話した。「もうどっちでもいいの。私はあなたのものよ。ここの連中がもう私に何の関係があるっていうの」

「そしてあの連中が僕にとって何の関係があるだろう！」

リアーネはさらにしっかりと彼に抱きついた。

「あなたは私のこの八年間の努力と節制の成果を奪ってしまったわ。いまの私は何なのかしら？あなたの恋人、それ以外のものにはなりたくない」

「君が欲しいんだ」あたかも彼女を自分のなかへ引き入れようとしているかのようだった。「一つの心を満たすこと、それは人民を解放すること以上の愛だ。君の心のなかに僕ら人類の暗い部分とその偉大さ全部がある。君の心のなかに利己心、裏切り、情熱、不滅への欲求があるんだ。永遠に！　ああ、リアーネ！」

するとリアーネが言った。「ああ、あなた！　あなただけが私と同じ権利を持った人。あなたしかいないの。暗いわね。ほかのものはみんな消えてしまった。私を愛して！　私はあなたのために仲間を裏切ったわ。あすになれば、あなたが私を破滅させるのね」

彼は興奮して「まさか、僕こそ、君のために裏切り者になったんだ」彼女はうっとりとしながら「私たちにあるのはこの瞬間だけ」

彼らはぎくりとした。足音が近づいてきたのだ。リアーネは明かりを消し、彼をドアから外へ出した。彼女自身もかろうじてその場を逃れることができた。上着を脱いだチョッキ姿の召使いが寝ぼけた様子でホールをそっと通り抜け、後ろを振り向いて耳をそばだてた。

夜が白みつつあった。ヴァンローがホールにはいってきた。リアーネは早くも彼を出迎えた。「で、どうなったの？」彼女は訊いた。召使いが帽子とコートを持って引きさがり、ヴァンローはぐったりとソファに腰をおろした。

「だめだ」と彼は答え、目をあげながら重い口調で言った。「で、君のほうは？」

「全然わからないわ」と彼女は早口で言った。「あの人、決断を下さずに帰ってしまったもの」

夫は探るように彼女を見あげて言った。

「あの男はいまでもまだストライキを続けるつもりだろうか?」

彼女は顔を赤らめた。「なぜいまはもうやめるなんてことになるの?」

「あの男は私たちの信用をなくしてしまったな」と彼は言って、同様に顔を赤らめた。それから会話が途切れた。ヴァンローは額を両手のなかに埋め、リアーネは身じろぎもせずその傍らに立っていた。雨の音が静けさをぬって聞こえていた。ヴァンローはうめき声をあげた。「なんて夜だ!」

彼は充血した目から手を放し、嘲るように微笑んだ。

「これが破局ってわけだ!」

彼は頭を振りながら続けた。「こんなことは何もかも初めてだった。父も祖父も私のために戦ってきた。あのクラルならきっと別の行動をしただろうが。すまん!」

「あなた」と彼女はつぶやいた。

「お前のことを」と彼は自分を抑えながら言った。「私は自分よりも当てにしていたんだ」

「どういうこと」と彼女は後ずさりした。彼の眼差しは悲しげな色を帯びた。

「あの男を片づけるためだ。私にはあいつがお前を愛していることがわかってた」

彼女は黙った。彼はふたたび話し始めた。

「それにお前がこんなことはもうとっくに卒業していると強く確信していたからだ——お前にはそんな恋愛沙汰なぞ何でもなかろう。お前にとって大事なのは、人より上に立って優雅で平和な暮らしをすることなんだから」

彼は不安げに探りを入れた。彼女はあいかわらずじっと動かなかった。突然、彼の気力は萎えた。

「いや、私は確信してたわけじゃない。お前をあの男のところにやったとき、お前を信用してたわけじゃない」

彼は顔を背けた。

「お前は別の世界の人間、私とは違う人種だ」

彼は耳を澄ませた。彼女が黙ったままなので、彼はさらに意気消沈した。

「ひょっとしたら、私はこれまでお前と互角であり得たことなぞ一度だってなかったのかもしれん。いずれにしても、私にはどんな覚悟もできている。何か言ってくれ！」と彼は叫んだ。その声はうわずっていた。「お前はこれが私を裏切るいいチャンスだとは思わなかったのかい？」

彼はからだの向きを変えた。彼女はびくりとした。しかし彼女の凍りついたような眼差しは、彼を越えて窓ガラスの向こうの白い朝の光を見ていた。彼は探るように言った。

「誘惑があることを私が知らなかったから、お前を差し向けたとは思ってはいまい。またいまわしい考えからでもない。ひょっとしたら、軽蔑からそうしたのかもしれん。もう何もかも崩れてしまったのだから、すでに揺らいでいるものもついでに消えればいいと思ったのだ。私を裏切るか、救うかをお前に決めさせようとしたんだ」

彼女は彼の上方から言った。「あなたを救おうとしたのよ」

彼はすばやく彼女の手を掴もうとした。彼は震え、その声は動揺していた。

「本当かい？　本当なのかい？」

「でも、そうならなかったのよ」と彼女は言った。

「あいつが卑劣だからだろう？　あいつが要求しすぎたからだろう？」

「あなたのほうがある限界までしか行かないからよ」と彼女が言った。彼は答えた。

「我々の人生のどこに無限なものなんてあるんだ。それがあいつにはあると感じたのか？　いいかい、あの男の愛には限界があり過ぎたから、お前の信頼ですら、あいつの心を高潔にすることはできなかったのだ」

これを聞いて、彼女は驚いて振り返った。「どういうこと？　信頼って何のこと？」

「お前はあいつに私の秘密をしゃべったのだ。しゃべっただろう？　そうしなくちゃならないとわかっていたはずだ」

彼女は叫んだ。「違うわ！」

「もちろんわかってたさ。何のために私があのことをお前にしゃべったと思うね？　あの男のところへ行って、あいつに恥辱を与えてもらうためさ。これが私たちじゃないかね。私たちの人生もそうさ。二人とも了解済みだった」

「違うわ！　違うわよ！」

彼女は両手を広げた。その表情には嫌悪と不安がみなぎっていた。そのとき、テラスを登ってくる足音がした。ドアのところに工場主クラルの姿が現れた。

「起きてらしたんですか?」と彼は叫んだ。「じゃあ、最新のニュースをご存じでしょう。やつらはまた働き始めましたよ」

ヴァンローはリアーネをじっと見つめた。彼女は心臓の上に手を置いた——やがて彼女の顔には、誇らしげな微笑みがとめどもなく広がっていった。私の恋人は何もかも私に捧げたのだ、自分の秘密を私に打ち明けたのだと感じていたのだ。

「あなたのところで何が起こっているのかご覧になってないのですか?」とクラルが言った。「一時間前から、この雨のなか、私の工場の前にいたんですがね。フォン・プファッフ将軍が、きょうこそあの下種どもを片づけてやると約束してしてくだすってたもんで。私は自分の目が信じられませんでしたよ。やつらが静かに仕事に向かっているんですから。でもあなたはあまり感激なさってないようだが」と彼はヴァンローに言った。

「疲れてるんです。いや、もしかしたら、このような結末を予測していたのかもしれない」——ヴァンローは立ちあがった。「きてください。自分で確かめますよ」

しかし誰かがはいってくるのが見えた。

「フリッチェ君? たぶん、また仲良くやろうと言いたいんだろうね」

「ありゃ俺の責任じゃありませんよ、ヴァンローさん」——男は自分の胸を叩いた。

「ともかく一度ストライキをしなくちゃならなかったもので。お見通しでしょう。大義名分のためだったんですよ。でも、それが終われば、また仕事をしなくちゃならんでしょうが」

「まさにそのとおりだ」とクラルが言った。

「みなとっくにそうしたかったんですよ、特に俺はね。何もかも、あのベルリンから派遣されてきた男の責任ですよ」——男はこぶしを振り回した。

「あれが彼の仕事だったのだ」とヴァンローが言った。

「いや、そうじゃありませんよ。党は自分の責任を自覚してますが、ラーベナーさんだけはそうじゃない。昨晩、仕事を再開せよという命令がきたとき、ラーベナーさんが何をしたか知ってますか？　電報を自分のポケットにしまい込んじまったんですよ」

「まったく、何てひどいやつだ！」とクラルが叫んだ。三人の男は興奮して互いにあゆみ寄った。ヴァンローでさえ腕を振りあげた。三人は一緒に出ていった。リアーネが壁に寄りかかり、かろうじて自分を支えていることがヴァンローにはよくわかっていた。だが彼は行ってしまった。

……彼女がようやく椅子にすわったまま目をあげたとき、ラーベナーがそこに立っていた。彼女は厳しい態度で立ちあがった。二人は見つめ合った。彼が切り出した。

「僕の判決を受け取りにきました」

彼女はうなずいた。「ストライキはもう終わってたのね。それを知っていたくせに、誰ももう必要としてないあなたの影響力とやらを自慢したわけね」

彼の胸は激しく上下していた。

「ええ、あなたを騙しました。僕はあなたに何もかも捧げる、みんなを裏切ると嘘をついたんです

――僕にはもう何もできなかった、あなたを愛すること以外何も」

「役者が私をペテンにかけたってわけね」と彼女が言った。「そのほかに何があるの。私は退散させていただくわ。何も起こらなかったってことね」

「そうじゃない！　そんなふうに考えないでください。あなたはご存じのはずだ。もし裏切りを働くことがまだ僕の権利のなかにあったとしても、僕はきっとそうしたでしょう」

彼女は肩をすくめた。彼はさらに熱を込めて言った。

「僕があなたを騙しているあいだでさえ誠実だったこと、あなたに僕の人生を差し出したことはご存じでしょう。ほんとうに僕とあなたの世界、僕たちの背後にあったもの全部が消え去ってしまったじゃないですか」

突然、彼女はうつむいた。彼は彼女が音もなくすすり泣いているのを見た。

「リアーネ！」

彼女は優しく彼を押し返した。「やめて！　私にあなたを裁くことはできないわ。あなたのことはわかってる。私の裏切りも嘘だったの。あなたの心を動かすために、夫の秘密を漏らす役目を引き受けたのよ」

彼が後ずさりしたので、彼女は訴えるように言った。

「今度はあなたが私を軽蔑する番？　でも私だって何もかも忘れて、この夜の闇のなかでただあなたと私だけを感じていたのよ。まるでもう二度と夜明けがこないみたいだったわ」

「わかってる」と彼は言った。「僕も同じだったよ。リアーネ！　やっぱり、僕たちはお互いが必要なんだ」

彼女はゆっくりと首を振った。

「でも夜は明けたわ。それに私たちがそれほどにお互いを必要としてるのは、策謀と留保によってなのよ。いまはこうして幻想も晴れてしまって、それぞれ自分の世界に戻ったってわけ。ここにいればお互い安全だわ。――私たちお別れしましょう」

彼は手を揉み合わせた。

「そんなことを信じているのですか？　僕たちは愛し合っているのに！　ほかのことなんて全部どうでもいいじゃないですか！」

「いいえ」と彼女は言った。「私たち愛し合ってなんかいない。私たち、そんな愛よりもっと多くのことを望みすぎたのだわ。何かとてつもないことを望んでいたのよ。いま与え合えるものがあるとすれば苦々しい思いだけだわ」

彼はうなだれた。

「さようなら」と彼女は言葉を区切りながら言った。

彼は仰天した。そのうろたえた眼差しは彼女の上を、手、腕、その放心した顔の上をすばやく滑っていった。

「もう二度と？」と、彼はすでに立ち去りながら言った。「あなたは僕を呼び戻しますよ」

ドアのところでもまだ彼は取りすがるための言葉を探していた。

彼女はもうかなり離れたところから彼の姿をじっと見送っていた。そうして彼は敷居を越えた。

死せる女

I

湖の端に列車が止まると、レオ・クローマーは先ほどの会議のことを相変わらず考えながら下車した。月明かりの中を駅舎になっている倉庫を曲がり、暗い並木道に足を踏み入れた。一度彼は顔を上げた。木々の幹の向こうには、湖水が光の織物のように白く光っていた。岸は現実のものとは思えないほどであった。この静けさは亡霊の叫びのようであった……。

ここは彼の所有地でも暗い方であった。彼は立ち止まり、かすかな暖かい空気と、深い孤独感を吸い込んだ。奥には茂った木の葉が銀色に輝き、その中に、自宅の階段がほのかに光りながら彼を待っていた。花生けから光が漏れ出ていた。その光は階段を流れ、服の裾のようであった。裾が動いた！　襞から片方の足が曲がって出ていた。

〈これはどういうことだ？〉と彼は思った。〈幻を見ているのだろうか。俺はそう嬉しくないらしい――あの女が姿を見せても〉彼はなおも自問した。〈町から戻って来ると以前はあの女があそこの茂みで俺を迎えてくれたが、そうすれば俺は満足なのか。俺も随分年を取ったし、くたびれているから、贅沢を言わずつつましくしているのが分相応だろうか……〉

「彼女は十分償った」と彼は独り言を言った。しかし肩をそびやかした。〈償い？　彼女のような人間は怒り狂って、自尊心のために死ぬか、あるいは単に花道を飾って死ぬかだ。俺のために死んだのではない。俺はあの女に感謝する必要はない。俺は何も後悔していない〉

テラスに立って、もう一度振り返った。上を見てから視線を下に落とした。かすかに香る庭を見、八月の空に広がる星の流れを見た。

〈眠っている者は機を逸することが多い。――しかし考え、行動している者も……俺達のような人間は以前からこれを知っている。俺達にとってこんな晩は全く理解の範囲を超えている……ところで権力欲の強い人間の集まりからまっすぐ戻って来る人間は何を考えているのか！　俺は自分をとうの昔から知っている。その問題は解決済みだ。与えられたものは何も逸することなく生きてきた。成功というものを俺は知ったのだ。人間とは十分過ぎるほどかかわりを持った。女も男も圧倒し、打ち倒してきた。多くの人間たちに俺の存在を刻印のように残してきた。彼らは俺を愛するか憎む

か、どちらか選ばざるを得なかった。俺は自分自身を憎み、愛した〉
彼は正面玄関の柱の陰に入った。〈自慢したいと思った途端、ここにあるものが何と味気なくなってしまうのだろう！　はかないものだ！　人間。俺は彼らと共にいて、手を携えながらの苦痛に満ちた弱々しい滑走以上のことを経験しただろうか。人生はクラブでの議論のように流れていった。人はお互いを楽しませたり苦しめたりする。しかし結局は自分の意見に固執する。俺は本当は誰一人納得させたりはしなかった。女を完全に手に入れたこともなかったし、誰かを俺の陣営に引き入れたこともなかった〉
不安げに彼の視線は星の流れを追ったが、それは満天の光の中から落ちて来て、目に捕らえられる前にはもう暗闇に消えていた。〈人はお互い相手を離さずにおくことは出来ない。俺はリーダをずっと自分の物にしておくことは出来なかった。人の心を我が物にしたいのにその心を信じないむごい精神はどこから来るのだろうか！　俺は何事かに耐えるくらいなら非難をしたものだ。献身よりも、裏切りに目ざとかった。リーダは少なくとも俺に答えを出している。死は最終的な答えだからな。俺は今ここにこうして……〉
そうして彼はとっくに過去のものとなった女を思った。そのことで頭が一杯だったので、まるで見ている月光の霊気が女の影の待っている死後の世界まで彼を連れて行ってくれるかのような感じがした。彼女は彼の円熟期に差し掛かった頃の輝かしい幸福であった。彼は成功を収めていたし、それは世間に知れ渡っていた。手に入れたこの愛は当然受けるべき報酬を初めて目に見える形で運んで来たのだった。しかし彼の方でも、女の世間的な名声や、この美しい女優がほしいままにするあまたの賞賛に敬意を払っていた。二人は精神と感覚が全き生命を愛するように愛し合った。彼らの関係は感傷的なものではなかった。だから、ちょっとした不首尾があるごとに危機に陥るのだった。彼女が客演したり、彼が政治上のことや、商用で旅に出て何ヵ月も離れていると、常に最高の気分で、他のどんな事柄もそっちのけで相手を待ち受けた。

問題があったのだろうか？　二人とも問題があればそれを他人のところで処理出来た。二人の間に問題はなかった。もしあったのなら、結婚など口にせず、さっさと関係を解消していただろうから。そんな了解があったのに、どうして彼女は最後の客演をしてから不意に戸惑いを見せたのか。例の手紙の不自然さ、彼女が戻って来た時のあの不明瞭な態度は？　失敗したか、病気になったか、金をなくしたかだと彼は思った。ただ別れの場面で傷つき錯乱した彼女の口をついて出てきた言葉だけは思いもしなかった。それは彼がそうし向けたのだから。彼女は彼を裏切っていた。何のために裏切ったのか。彼女は自由で、誇り高かった。計算する必要も、嘘をつく必要もなかった。彼女は彼の前にくずおれて泣いた。――そして彼は彼女に対して決して感じてはならないもの、同情を感じた。軽蔑的な同情を。彼は彼女に背を向けた。彼女の住まいを出た後すぐに事故が起こった。

平凡な事故であった。いまは亡きその女は、彼が彼女を失う前に、自ら姿を消したのだった。彼女の最期は見たところは、ひっそりとしたものであった。柩の側で、人気のある女優の友人として振る舞っていた彼は、他の人達よりも事件に関係が薄そうに見えた。彼に残されたものは、苦々しさ、怒り、生そのものへの懐疑の増大であった。何かを獲得するなら今でも出来るだろう。ただそれを所有し続けていられるとは、もう信じられない……

それでも彼は再び愛した。そうして生じた数々の交際も、すでに過去のものとなっている。〈あの女、この女と思い出したっていいのに、どうして彼女を思い出すのだろうか。彼女が死ななければならなかったからなのか。死のためにあのような甘美な不安のない夜を手にしようとしたからなのか。彼女は俺が老い始める前の最後の女として現れたのは本当だ。しかし俺はまだ五十には程遠い年齢だ〉

彼は家に入った。家は香気に満ちていた。まるで月光が香っているようだった。月光は彼の部屋の開いた窓から差し込んで壁に当たっていた。そこだけ際立って鏡のように白かった。暗い中をベッドの方へと歩いて行ったが、眠る気はなかった。死んだ人間の時間、死んだ人間の目が、図らずも蘇ってきているのに、それを無理に中止するのはそもそも無駄な感じがした。それらは紛れもなくそこにあった。むしろ、間近に迫った予定や会うはずの人間の顔の方が意識に上って来なかった。彼女がいる！　その目が眼前に見える！　以前と同じように大胆な、誘惑的な彼女の微笑がある。部屋のドアから出て来た彼女は見たこともないほど輝かしく、本当に彼の前に立ち、彼を見たのだった。彼は飛び上がった。「リーダ！」――心臓が止まりそうになった。

その時、彼にはそれがまさに彼女が写っている大きな写真だということが分かった。彼女が死んだ後手元から遠ざけていたものだった。月光が当たり、そこだけが際だって見えたのだった。しかしどんな風にしてあの写真は壁紙を貼った隠しドアに、例のドアに掛かっているのか？　クローマーは確かめた。写真は動かせなかった。ドアの取っ手は写真の下の部分でふさがれていた。ドアを開けることは出来なかった。彼は明かりをつけた。壁紙の二つの小さな穴から一本の紐が出て、額縁に付いている輪の中を通って結ばれていた。彼は結び目をほどこうとした。しかしそれはよく見ると紐ではなかった。奇妙に柔らかい、それでいて強い、何本もの糸であった。彼はそれを引きちぎった。写真は落ちた。クローマーは一房の長い金髪を手にしていた。

それから死んだ女の顔を見た。彼は自問した。〈どうしてこんなことが。あるはずがないのに。あるはずがない謎が何で出されるのか……〉それにもかかわらず、考えるのをためらった。死んだ女その人もそこに立ち、ためらっていた。彼女は物言いたげに片方の手をカーテンの裾に掛けたが、開けなかった。何かを告げるように頭を肩の方へ傾けて、影に包まれながら、何もかも知っているというような目つきで、唇を開けてあの笑いを見せた。――しかしカーテンは開けなかった。

彼は肩をすくめた。髪の毛の房をもう一度機械的に、指の間を滑らせた。それから写真に向かって投げつけた。女性の髪の毛だったとしても、彼女のものではない。彼女の髪の毛は一本も手元に残しておかなかった。彼は残しておくような人間ではなかった。仕事熱心な彼の召使いが少しの間ここにいて、自分の考えでした仕事の跡を残したことがこれまでもあった。〈こんな風に飾り直して俺を驚かすのが良いことだと思ったんだな。止め方が奇妙だが。いずれにしてもあの男は若くて、確かにロマンチックだ。彼にやり方をもう少し控えめにするようにと言わなければいけないな〉

彼はベルを鳴らそうとしたが、手を引っ込めた。〈俺は好奇心が強いのか？　夜中にこの写真の前で話をしたって何になる〉彼はさっきより強く肩をすくめ、本気で眠る気になって床についた。

Ⅱ

部屋に入るとすぐ、召使いは床に立て掛けてある写真を目にして、はっとした。金髪でまじめそうな顔つきが驚きをあらわしていた。写真がいつもの場所にないので、居場所が違うと言っているようであった。

〈彼はこれだけでも立派な役者だ〉とクローマーは思った。〈そうでなければさすが召使い根性を持った男だ〉彼は言った、「フィリップ、お茶を持って来るときは、エプロンをはずしてきなさい」

若者はエプロンを見て、赤みが差したまぶたをしばたたき、答えた。「先代の伯爵様の時はエプロンはつけたままでした」

いや、彼はとぼけているのではない。あの件を無理なく説明出来たと思ったが、はずれていたようだ。しかしクローマーはそれ以上を探ろうとする必要を感じなかった。町に出る時にはもうこの一件は頭から消えていた。

それにもかかわらず、どうして彼は夕刻また外へ出たのか。彼は食事の約束をすっぽかしさえしたのである。少し頭が痛かったからか。休息を取る必要があるのでは？　確かにそうだった。それならしかし、誰かが待っているとでもいうかのように庭を急いで駆けて行く必要もなかったろう。まだ外は明るかった。青空の下で建物も道もテラスも、形がそのままくっきりと見えた。

部屋の隠しドアには――いや、何もなかった。ごく当たり前のことだが何もなかった。彼をいかなる人間も事件も待ち受けていないのは当然のことだ。だがそれなら、彼自身が緊張から解き放されていないという事実は無視出来ない。――ひょっとすると希望からも。

「昨日体験したことの続きを体験したいとすれば、それは子供じみた欲求の域を出ないのだろうか。ああ！　よく分からない理由で写真の位置が変わったことに不安を感じているのでは決してない。その時同時に頭に浮かんだことで不安になっているのだ。彼女が来ている間、俺はそれを感じていた」と小声で言って、首を横に振った。「死んで行く者は自分が他人に十分愛されている時には、遠くから姿を見せるそうだ。俺はすぐにも彼女が戻って来てくれると予感していた」

よく分かっているにもかかわらず、まるで彼女の残していった跡に触れたような、生き返った影から一つのサインを受け取ったような気がした。そのよく分かっている頭が言った。〈予感や幻覚は、憧れや後悔の別名に他ならない。人間が幻想も信仰も持たない生き方をすれば、報いが来るものだ。――軽薄な頭も鈍い心も持っていなければ、罰を受ける。軽蔑し拒否してきた存在が、俺には歓迎すべきものとなる瞬間がたぶん来たのだろう〉

彼は椅子から立ち上がった。そこなら違う音がするはずだとでもいうように、部屋の反対側の隅で告白を繰り返した。しかし彼女が死ぬ必要があったのかという疑念を感じるばかりだった。

この時既に彼は彼女の手紙の入っている革の小箱を両手に持っていた。彼は手紙を読んだ。――昨日まで聞こえていたかのような口調を耳にして奇妙であった。彼女の急いで書いた大きな文字を前にしていると、顔で演技することに慣れた、刻々変化する表情が思いがけず眼前に現れた。かつての言葉は率直で、遠慮がなかった。ここにある最後の一通、暗示に富んだ、熱のこもったものとは全く似ていなかった。あの客演中にくれたただ一通の手紙――この中からは名声や金銭や生きる喜びを性急にかき集めようとする気持が震えて出ていた。毎晩お祭り気分なのよ。二晩目が済んだ後、契約が延長されたし、楽屋入り口でいつもファンに取り囲まれているの。成功に見合うだけの敬意をはらわれているわ。夜になると台詞《せりふ》を覚えるのよ。享楽の追求、仕事の追求、いくら急いでも間に合わない、いくらたくさんあっても足りないという風で。――しかしその中には息が詰まるようなところや、恐怖を抑えつけている気配があった。こうなるともう遠からず……。

「こうしたことの一切は、後どのくらい続くものかしら」と彼女は訊いていた。「時々、私は死ぬほど飽きてしまうの。――成功じゃないもの、勝利とは無縁のものに憧れるの。ああ、勝利なんてたくさん！　私たちの意志よりも強いものがあるに違いないわ。ここで、昨日それに初めて出会ったわ。私はそれ以上の体験をするかもしれない、敗北のような体験を。だって支配も理解も出来ない体験は敗北なんでしょう?」

何という心の奥底の過敏さ、自己を放棄したいという堕落した好奇心であろうか！　クローマーは初めて読んだあの時と同じように、辛い思いがした。彼は長い間、開いた庭木戸を通して、灰色に暮れていく空を見ていた。

我に返って手紙を再び読み始めたが、部屋の中でそれ以上読むのは困難だった。彼は読み解いていった。「私にこんな考えを持つようにさせた人は、自分ではそれほど立派ではないようです。彼はまるで……」

ここまで読んだとき、一陣の風によって、手紙がめくられた。風は、まるで後ろのドアが開いたかのように不意に吹いてきたのである。実際ドアは開いていた。誰も入って来るのに気づかなかったクローマーはびくっと動いた。座っていた椅子が倒れた。

「やっとこの家の方にお会い出来たようですね」と声がした。――黒い影の中からぼんやりと一つの姿が現れた。長い足をして、ほとんど背景と見分けのつかない姿をこちらへ動かした。大股でそっと二歩進み、不意に止まった。また歩き始め、一足ごとに体を左右に傾けた。そんな風にして近づいて来た。

クローマーは思わずそれを止めたいという衝動に駆られ、机上のランプをつけた。強い光がまともにその人物に当たった。その人物は立ち止まった。クローマーは大きな彫りの深い顔を見た。その顔が皮肉な調子で挨拶をし、眼鏡を光らせて言った。「私はこの家のことでやって来ました。この家は売っても良いということなので」

クローマーがそっけなく「売りませんよ」と言ったのに対して、「何です、売り物ではないですって？　私はでたらめを言われたのでしょうか……？　それとも、本当を言えば――」訪問者は意味ありげに親指と人差し指で丸を作って、その手を伸ばした。「ひょっとすると私は誰からもそうは言われなかったのかもしれません。ただこの家が離れたところにあるし、人が住んでいないと思い込んでいたんです……」彼はその言葉を繰り返した。「人が住んでいない……いいでしょう。帰ります。あたりは暗かったし、誰にも会いませんでした。入り込んで失礼。私は……」

彼は向きを変えながら、人名のようなものを呟いた。そう言いながら畳んだ夏コートをまた片方の肩に掛けたので、もう一方の肩より盛り上がって見えた。そうしながらも、彼はぐずぐずして、壁の方を窺《うかが》った。クローマーもそちらを向いた。――そして後ろに飛びのいた。あの写真が彼を見ていた。大胆で誘惑的に微笑んでいる彼女の写真がカーテンのところにあった。彼女はカーテンの陰から姿を現して、またそこに消えていくことになるのだろう。

「ご気分が悪いのですか」と訪問者は尋ねた。クローマーは気を取り直した。

「いいえ」自分に自信が持てないまま続けた。「その写真に見覚えがあるようですね」

「いいえ全く」訪問者はまたしても意味ありげに手を伸ばした。「せいぜい私の知っているある有名な女優を思い出したというところでしょうか」

「お知り合いの女優さんですか」

「言っておきますが、彼女が有名だったかどうかは全く分かりません。私は世事にうとい人間でね」

そう言って、彼は控えめに微笑んだが、頭は良さそうだった。「しかし〈時機〉というものがあるんです。私がかつて出会った例の女性のように、女性にはまさにそんな〈時機〉があるんです。そんな時、人は行き当たりばったりに出会った人間に話してしまうんです。普段なら自分自身にすら——ましてや身近にいる人間にも話さないようなことをね」

この時眼鏡の奥の彼の視線は机をちらりとかすめたようだった。机の上には手紙が、彼女の手紙が乗っているのだった。

「お座りになりませんか」クローマーは言った。

「有り難うございます。それではお言葉に甘えて少しお邪魔します。列車がここを通るのは三十分後ですから。旅をするのに疲れました。人生という旅をするのに」と言って、それに賛成してくれるのを期待しながら、唇をすぼめたので、ひげをそってある周辺部分にしわがよった。

クローマーは急いで席を替わった。「その女性があなたにした話は重要な事柄だったんですか」と彼は物憂い口調で言った。

訪問者はくつろいでいた。組んだ両脚で弱々しい体を支えていた。手を膝から垂らしていたが、それは不具者のように細い手だった。そして狭いが暗い感じのする額の下の目で様子を窺っていた。その額には巻き毛が垂れていた。

「重要だったかですって?」彼は響き豊かな、はっきりとした口調で言った。「私のような自由な精神の持ち主にとって決してそんなことはありませんでした。でもあなたがお聞きになりたいのなら、いいでしょう! ここでお話ししたからといって、あの有名な女優が私に腹を立てることはないと思います。彼女の体験談が空想の産物にすぎず、もうとっくに忘れてしまっているというのも、大いにありそうですからね……彼女は当時比較的小さな劇場に客演していましたが、上演計画は全部自分で取り仕切っていました。自分が演じる役柄のプランをいくつも携えていたのです。そのうちの一つの役はどこでもやってみたことはないし、誰も知らないものでした。少なくともそんなことを私に言いました。――そしてこう付け加えました。それなのにあるパーティーで一人の見知らぬ男がこの役の内容をずばりと予言したのです。彼女の気取った態度から、目立たぬもろもろの仕草や笑い、そして誰も気づかない証拠から、それを言い当てたのです……手品なのだろうか、どうやって？　芸術家である女性は――彼女はその一人でしたが――こうした出来事を、そうしたいと思っても軽く考えることが出来ないものです。その見知らぬ男はこの時から彼女を苦しめたのです」

離れた椅子に腰掛けた見知らぬ男は突き刺さるような微笑を投げかけた。頬には少し赤みが差してきていた。「彼女は男が言い当てた役を演じます。彼女は彼が劇場にいると信じてしまいます。その演技は精彩を欠き、まるで体が麻痺したようでした。しかし突然彼女は目が覚め、生き生きと体を動かし、思い通りの演技が出来るようになります！　あとで、彼女は知ります…」見知らぬ男は言葉を一語一語吐き出すように言った。彼は一語話すごとに長い指で膝の上を打っていった。彼の尖った顔は無情に見えた。「ちょうどその場面であの男が劇場に入って来ていたのだと……ここで彼女は不安を抱きます。初めて本当の不安を。彼女は自分を罵ります。なぜなら旅立ちたいという欲求に駆られたからです。あの人間に二度と会いたくない、ただそれだけの理由で。——ちなみに例の男はその行動に劣らず人柄が不気味に感じられたということですがね」

見知らぬ男の微笑はねっとり、引きつったようになった。悪意や熱意それに照れの入り交じった微笑であった。

クローマーはちょっと間をおいて言った。「もちろん彼女は旅立たなかった」

「言うまでもありません！　才気溢れる人間というものは不可解なもの——見たところ不可解なものに対して臆病ではありませんよ。彼女はあの男、例の人間を避けます。しかし何の役にも立たないのです。ある晩のことです。そしてこれが重要なことなんですが、彼女は劇場の二階の楽屋に座っています。出番が来るまでもう一度台詞に目を通しています。台本は化粧台の上に掛かっている明かりの強い光を浴びています。しかし突然そこに一つの影が差します。女優は鼻を見て分かったんです。よく知っている、一種の長い鷲鼻を」

そして見知らぬ男は説明をするかのように、彼自身の横顔を見せた。「飛び上がったり、叫んだり——そんなことをするのはただ心の中だけです。実際は彼女は落ち着いて振り返り、こう言います。『どうやって来たんですか』奇妙なことに彼の姿がありません。誰もいないのです。台本に目を戻すと影がありません。でも読もうとすると、そこに影が差すのです。それで当然のことながら椅子から飛び上がって、部屋をくまなく捜し、窓を開け放ちます。しかし窓は高く、つるつるした壁にはめこまれていたのです。女優はそれ以上どうして良いか分かりません。彼女はめまいを感じます。そこから逃げ出したいと思います。幸い舞台監督がドアをノックします。彼女を連れに来たのです。彼は彼女の先に立って、薄暗い階段を降ります。奇妙なことには、目には見えないのに、その時誰かが側をかすめてさっと降りていくのが彼女には分かるのです。それで舞台に相手役の代わりに別人が立っていても少しも驚きません。それが誰であるのか考えはもうそちらの方に移っています。大災害を目の前にして力の限りを尽くすように、勇気を奮い起こして、気が狂ったように演技をします。彼女は演技を誉められます。舞台裏で拍手をしている監督に出会います。彼に訊きます。『どうして最後の場面で相手役を別の人に替えたんですか?』すると彼はぽかんとして、『別の人だって?』それを聞いて彼女は立ち去ってしまいます」

見知らぬ男は立ち上がった。「そんな状況におかれたら、大抵の人は逃げ出すでしょうがね。私自身こんな話をした後では、逃げる他はありません。では失礼します」

「ちょっと待ってください」クローマーは脅かすように、彼に歩み寄った。「話はそこで終わりじゃないでしょう」

その時この見知らぬ男の眼鏡のレンズ越しに一筋の光が差したのが見えた。

「ここで終わりではないかもしれません。確かにその美しく有名な女優は、美しく有名になればなるほど、どうしようもなく例の見知らぬ男の術中に落ちていきました。それが男女関係なのです。そこにはもはや誰の目も届きません」

そして彼は椅子を離れた。クローマーは先に立って、ドアをさっと開け、陰にいる召使いを驚かした。

「この方をお見送りして！」とクローマーは言った。しかし若者は不審そうに瞬きをしながらじっと動かなかった。訪問者が通り過ぎる時も、そちらを見さえしなかった。クローマーは自分でその男のために家のドアを開けてやった。そして外に出てもぴたりとその後についていた。

「素敵な夜ですね」と見知らぬ男は言った。「こんな夜はあっという間に過ぎてしまいます。夜が過ぎ去ったら二度と振り返って見たりはしません。でも私はあなたの椅子に座りました。そしてこれからあなたが部屋で例の写真をまた見つけるたびに——ああ！　人間がお互い触れ合えば何かが起こったと考えるのは当然ですよ」

そう言って、彼は蜘蛛のように庭の門から出て行った。クローマーの前で彼はその門の扉を閉めて押さえた。「私の乗る列車の音がもう聞こえます。あなたの家が売りに出される時、またお会いしましょう」

そうして彼は暗がりに姿を消した。クローマーは急いで引き返し、駅に怪しい男が現れるからと警察に電話を掛けようとした。家の近くに来てためらった。よく考えればはっきりとしたことは何も起こっていない。しかし結局のところ周りの出来事に首をつっこむつもりはないし、秘密が膨らんでくるのを早めに打ち砕くような真似も出来ないのだということが良く分かっていたのだった。テラスに明かりがともったばかりだった。召使いが食事の用意をして、じっと立って待っていた。

クローマーは上がった。「フィリップ、どうして私に言わないであの方を家に入れたんだね？……

どういうことかね?」

「ご主人様はどなたのことをおっしゃっているのですか」

「たった今私と出て行った方だよ」

「私にはどなたもご主人様と一緒に出ていらっしゃるところは見えませんでした」

「誰も見えなかったって?」

「はい」

クローマーは彼の目を見た。召使いはさっきと同じように不思議そうに瞬きをした。主人がこの件についてはもう良いと手で合図をしたので、彼はひときわ熱心に食事のサービスを始めた。

クローマーはすぐにまた自分の部屋に戻った。机から彼女の手紙を手に取った。彼女の最後の手紙を。そして読みかけの個所に最初に目が行った。「あの男は蜘蛛のようで、とても気味悪く、実際自分からは逃れられないという身振りをするのです……もちろんこの話は、私がするとおかしいと思われるでしょう。そうでしょう、あなた。私達のような者にとって、逃れられないことがあるかしら。好奇心の強い私の想像力は、私のわずかばかりの現実とは何の関係もない色々な体験を創作して見せるのよ。私は演技をします。私の身には、自分が望むことだけしか起こらないのです……例の男の話に戻るけれど、あの人は頭が良いばかりでなく、借金を抱えていて詐欺師じみたところがあるんですって。それは私が受けた印象にぴったり合いそうよ。私は貴重品がなくなっていないか調べるつもりよ。時間があれば、もっと詳しいことを。しかしそれは時間があればのことです。私には時間がありません。そんなものはもうないのではないかという気がします」

大急ぎで書かれた文の調子が便箋から喘《あえ》ぐように伝わってきた。文字が乱れていた。彼女の言葉はここで終わっていた。それから彼女は黙って目標に向かって、もう二度と朝が来ることのない、あの邪悪な、混乱の夜へとよろめき歩いて行ったのである。クローマーには自分が墓場近くの礼拝堂にいるかのように思われてきた。手が差し出され、彼は握り返した。すぐそばには黒い箱があり、金属板に彼女の名が刻まれていた。

〈俺に責任があるのだろうか。あれはたぶん避けることの出来ない運命だった。俺にとっても……避けられなかったのだろうか。避けられないのは、愛を知らぬ者たちの運命だけだ。あの時彼女にあんな話し方をしなければ良かった。例の夜は、俺が真に彼女を手に入れるためにあったのに！何ということだ、俺は何と怠慢だったのだろう。リーダ、君は苦しんでいた。自分自身でも理解出来ずに。理解してあげなければならなかった俺は、ただ傍観し、挙げ句のはてに邪推したり勘ぐったりした。俺にはもちろん細やかな神経がなかったわけではない。決してそうではなかった。――しかし感情表現がうまくいかず俺自身の心に対して不信感を持っていた。そして理解など必要のない善良さも持っていなかった。俺の不信を許してくれ。出来ることなら、ここに来てくれ。――俺が今でも君を信じていないという危険を承知の上で！〉

背後で音がした。彼は振り返った。机の上に置いてあった彼女の手紙が動いた。開いているドアからの風は弱くてほとんど感じられないほどだった。しかし便箋の一枚が裏返しになっていた。手でそうしたように。半分しか文字が書かれていない二枚目の便箋が覗いていた。彼女の最後の手紙にはこう書かれていた。「あなたのところへ行きたい！　あなたのところへ！」レオ・クローマーは胸に手を当てて立ち上がった。深く考えてあえてじっとしていた。突然ランプに手を伸ばした。彼は外に走り出た。庭に投げた光を目で確かめた。

息せき切って彼は戻って来た。彼は手紙を光の下に置いた。この二行は前にはなかった……それともあったのだろうか。彼女の筆跡は本物のようだった。以前より読みやすく、落ち着いた調子になっているのを別とすれば。それなら文字はなかったのだろう。——にもかかわらず彼女によって書かれたものなのか？　まだ考えがまとまらないのに、自分の疑惑に対して腹が立った。この場所で起こったもろもろのことよりも、俺の抱いた疑惑のほうが遥かに常軌を逸しているぞ！　彼は床を踏みならしながら部屋を端から端まで歩いた。

それから立ち止まった。表情がゆるんで忘我の微笑が浮かんだ。彼はランプを消し、暗い隅にそっと座った。呼び掛けるように身をかがめて、秘密へと誘い込む、月のように青白い顔を見た。そしてカーテンに触れている手を見た。そこには、離れて行きながらも、引き返すかどうかためらっている人間の曖昧な優美さがあった。

Ⅲ

それ以上何も起こらなかった。新たな事態が付け加わることもなかった。しかしいつもと同じように数日を過ごしたレオ・クローマーはどこか重苦しい気分に悩まされた。発病寸前の病気のような、あるいは法に反する事柄に巻き込まれたかのような状態であった。何かとてつもないことが起こりそうで不安になりながらも、それを期待する気持もあった。一日に十度、夜も眠っている間、彼女の手紙、偽造された手紙を思い出した。——そしてそれがまだあるのを見てほっとした。ただ彼女の写真がもう一度彼の部屋に戻って来ることだけを待っていた。彼が写真の前に腰を下ろしたその夜それは消えてしまった。目を閉じるか閉じないかの間のことだった。彼が何かの前兆のように待ち望んでいたのは、彼が完全に彼女のものになるような、そして彼女とは無関係な苦痛や満足を求めてはならないと言われるような、そんな事態であった……そしてある朝、目覚めた時、彼女が彼を見ていた。彼と共に目覚めたようであった。

それで彼はもうこの家と庭を離れることはなかった。かつて一緒に暮らし始めた頃、最初の数週間はここで過ごしたのであった。——過ぎ去った時間は今になって、当時には分からなかった多くのことを知らせてくれた。死んだ女の目の中で、過ぎ去った時間は魅力、甘美さ、そして力強さに満ちていた。そう、彼女の顔にも、カーテンに掛けた意味ありげな手にも、新たな不安が忍び寄って来ている様子であった。まるで話し掛けたいかのような、無理にでも彼のところを訪れたいかのようであった。そんな時、謎に満ちた出来事が起こる妨げにならないように、彼はその場を離れた。――そして戻って来ると、彼女の手紙の下には新しい手紙があった。前には半分しか書かれていなかった便箋に数行が付け加えられているかと思えば、あるいは、目立たぬ隠し場所から落ちてきたらしい紙切れがあるのだった。

そうした新発見の中で、彼が最初に気づいたのは、彼女の昔の言葉遣いによく合致しているということだった。少し前なら、クローマーは以前からあったのに自分が見落としていたのだと思ったであろう。今はそうは思わなかった。新しい文書が現れる度に、以前は語らなかったことを彼女ははっきりと語っていた。彼に絶えず誤解されていた本当の姿を今や彼女は示し始めたのである。俗世間や名声や心のこもらぬ興奮などに対する嫌悪感。明瞭な形での愛情や飽くことのない献身への憧れ。彼は紛れもなく彼女の口調と人柄を表している文章を読んだ。なのにそれは現実には存在しない人間、とうの昔にみまかった人間の響きを帯びているのだった。彼女は人生の最後の混乱状態に言い及んでいた。しかし、遠回しに、付け加えた形で。あの時彼女に手を差し出した例の人間のこと。なぜあの男の後を追ったのか、今になって分かったのだ。「あなたのところへ、愛するあなたのところへ連れていってもらいたかったのです。彼はたとえて言えば力そのものでした。私とあなたに影を落としていながら、二人ともそれを認めようとはしなかった力なのよ。私は納得させられたのです。あなたはそれがどんなに残酷なことか分かっているわね。あなたは納得した？」

ここから先は読まなかった。彼女の前に進み、答えた。閉じたカーテンの前で彼女は一層迫る調子で目配せをした。彼女は言った。〈あなたの身を捧げてちょうだい！　信じて！　私が戻って来て、最後にあなたのものになるのを待っていて！〉

「来るんだ！」彼は叫んだ。

疲れてくると共に思慮分別も戻ってきたのだろう。〈俺は何をしているんだ。俺は騙されているのは分かっている。——それなのに俺自身がその手助けをしているんだ！　ああ、愛したいという俺の欲求は真実を語りたいという欲求よりも大きくなっている。これらの手紙はペテン師がこっそり置いていったものだ。どんな奴か推測はつく。この個所で彼自身について語っているじゃないか。彼は脅しをかけているんだ。『あの男に会ってみれば、彼があなたを騙していることは私の何千倍もよく分かるでしょう。それなのにあなたは騙すのをやめてもらいたいとは思わないでしょう。彼はあなたの周りにいます。あなたに幻覚だと思わせ、あなたの印象と思考をゆがめ、あなたを監視し、あなたを操り、その行きつく先をただ一人知っているのです。でも、新たな罠を仕掛けてくる瞬間に彼その人を現場で押さえるとしても、正体をあばく勇気はあなたにはなさそうですね……』〉

「何という挑発だ！」とクローマーは大声で言った。〈彼は自分自身については自信を持っているんだ！　彼が書いた偽手紙を俺が専門家や予審判事のところに持っていくつもりがないのをよく知っているんだ。俺が、彼の手先になっている召使いの部屋を調べさせるつもりもないし、自分の身を守ることも、彼の邪魔をすることも全くないことも。彼の仮面をはぐことが俺にとって何になるのだろう。自由になるとでも？　残念だが、決してそうではないんだ。それとも証明になるだろうか？　彼が騙しているという事実は、彼が拠り所にしている神秘の反証にはいささかもならないのだ。俺はあまりにも清潔な精神の持ち主だった。偽ったこともない。だから有頂天にもならなかった。山師たちは思うまま神秘を利用するが、神秘を実感してもいる。俺は、彼女自身がそうしたように、あの山師について行く他はない。――彼の提案に対して俺の方で応ずる用意が十分出来ているのであれば。死んだ女の愛、それは究極のものなのか。永遠の世界から帰還し、お互いを見出し、一つになり、もはや何の疑いも持たない、そのような奇蹟――どうなのだろうか？　これら不可能事すべては生者にはあり得ず、死者にはあり得るというのか。彼女はやって来るが良い。覚悟は出来ている〉

そして再び彼女の写真の下。〈君を愛している、リーダ。愛しているから本当に戻って来てもらいたい。きっと戻って来てくれると思いたい。――信じないかもしれないけれど。ご覧！　君の髪にキスをするよ。でもそれが君の髪ではないことを知っている。もしこの髪がまだ君のうなじから垂れているもので、君の息がまだ暖かいなら、たぶん最初の時と同じようにまた死なせてあげるよ。こんなことに憧れるのは恐ろしい。それは非難されるべきもの、笑うべきものだ……〉

彼は叫び声を上げた。写真のはまった額の裏から一枚の紙が滑り落ちてきた。彼女の筆跡でこう書かれているのを読んだ。「私は決してあなたを騙してはいません」

彼女の告白を受け、彼女の死を認めて彼は言った。「俺は君を信じる！　許してくれ」

彼女との間の広い間隔がもっと縮まるようにと待っていた。はたしてまるですぐそばにもう来ているとでもいうようなサインを受け取った。「一緒に行く用意をして！　私はずっとここにいてはいけないの」

彼女と？　どこへ？　実際に近寄って来たものは、要するに彼を取り巻いていた詐欺の最終幕だった。――そしてこの計画は彼の死で終わるのか？　〈俺は考えている以上に用心をしなければならないのか……俺はそうしたくはない。俺ともう一人のあの見知らぬ男、俺達は多くの精神的な力を互いに行使しあった。俺がそうしたくないのと同様、あいつだって俺に向けてピストルの引き金を引くのは厭だろうと確信している〉

ちなみに次の手紙になると内容がもっとはっきりしていた。「全部準備をしておいて。私達は長い間遠くへ出かけます。あなたにはどれほど遠いのか、どれほど長い間なのか理解出来ないでしょう。必要な物を持っていって」彼は頷《うなず》いた。芝居の内実は分かった。どうやら大がかりな盗難にあうことになっているのだ。しかしただ盗まれるだけなら……

この夜、彼は彼女に向かって腰を下ろし考えた。〈さて、君はもうカーテンをほとんど上げてしまった。最後の一苦労だ！……というのは、ほら、相手のたくらみを見破ってはいるけれど、君の言うことは信じるよ〉クローマーはかすかに笑った。〈哀れなあいつは決して俺を見抜けない。君だけはもうとっくに分かっているだろうが、人は信じることが、信頼という冒険に身を委ねることが出来るけれど、それでも頭脳明晰であり続けることは可能なんだ。そして愛し、心の底から愛して、それでもなお物事を明瞭に識別することも可能だ……俺が明日町でやろうとしていることを知って君は大笑いしてしまうだろう。——君だけがね！〉そう言いながら彼はまだ抑えた笑いに聞き耳を立てた。それは誇り高く、軽率な感じで、ひそかな悲しみの響きがあった。

彼は町に二、三日滞在した。ある晩家に戻って来ると、静かに過ぎ去っていく夏の中を最初の嵐がちょうど吹き抜けたところだった。庭の木の葉が彼の周りでざわめいた。家のよろい戸が鳴り、ドアが開いた。家の向こうでは、流れ行く雲の残光を受けて夕闇が鈍い輝きを放っていた。突然目の前に召使いのフィリップが顔を真っ青にして立っていた。彼は取り乱し過ぎて、仕事熱心さを示すのを忘れていた。クローマーは今晩のように危険な天候を心配し過ぎないようにと言って、この若者をなだめ、自分の部屋に入って行った。

彼は明かりをつけ、コートを脱いだ。——その時彼は立ち止まった。彼女が目で彼を追っていた！　写真が目を動かした。その灰青色の目は格別の感情もたたえてはいなかったが、美しい空の色をそのまま映しだしていた。決して忘れられるものではない。目がまた光った。彼女がそこにいる！　クローマーは長い戦慄に何度も襲われた。詐欺は完成した。恐ろしい自己欺瞞だ。彼の人生の最も奥深いところにある真実だ。

彼女の目の動きを追いながら、ぎこちない身振りで、彼は上着から紙入れを取り出し、それを開け、わざわざ入れておいた有価証券を机の上に広げ、一部始終を追っていた目の前で数えて見せた。少しの間彼はなおも立っていた。重苦しく息をして、不安そうに視線を上げた。視線の先で両目が許しを与えるように閉じられた。レオ・クローマーは少しふらふらしながらドアから出て行った。

急ぐ気持を抑えて、暗闇の中を隣の部屋、死んだ女の部屋の敷居まで手探りで歩いた。一筋の光がさっと差した。クローマーは長いことためらっていた。彼は夢の中にいるかのようにドアを開けた。目の前に彼女の部屋があった。彼女がいなくなってからめったに入ったことはないし、足を踏み入れるにしてもごく短時間に過ぎなかった。思ってもいなかったのだが、まるで彼女がそこを留守にしてからほんのわずかな時間しか経っていないようであった。明かりがともっていた。すぐに彼女は戻ってくるに違いない。彼女の足音？　いや、まだ聞こえない。ただ自分の心臓の鼓動だけを彼は感じた。古くて軽いローズウッドの板。その華奢《きゃしゃ》な木彫は、他の見知らぬ家で百年間使われて光沢を失った後、この建物の壁を飾ることになったのである。この木彫は今も、以前のように風が吹くたびに揺れた。まるでここに客演として迎えられた美しいベテラン女優の書き割りを勤めるかのようであった。さらに嵐が強く吹きつける。木材の呻《うめ》き声――風で香りが舞い上がる。彼女の香り！　彼女が扇子を使っている時の香り！　感覚が極度に張りつめて、自分の体が揺れていると思った瞬間、クローマーは薄い壁のすぐ背後で彼女のドレスの擦れる音を聞いた。彼は叫び声を上げようとした。その時明かりが消えた。――そして嵐が吹き荒れる暗闇の中でドアが乾いた音を立てて閉まるのが分かった。揺れる書き割りのドア。彼女はそこから入って来た。彼女は部屋の中にいた。

「リーダだね？」彼は片腕をこの見えない姿へ差し出しながら、聞こえるか聞こえないかの声で言った。すると答えもまたささやき声で返ってきた。まるで震える胸の奥底から発せられたように。

「レオ」

「やっとだね」彼は言った。「君は戻って来てくれたんだね。そうでなければ君のように死んでしまうところだった」

すると彼女の声は聞き取れるほどになった。それどころか、彼女のはっきりとした、甘い声を再び耳にしたのだった。「あなた」彼女は言った。「私は死なかったのよ。死ぬのは愛したことのない人だけ」

「本当かい?」彼は切々と言った。「君にはそれが分かったんだね」彼は急いで彼女の方へ、彼女の声に向かって歩いて行った。

「私はそれを言いに来たの」——さっとかすめていく一条の光の中で彼は彼女の口が語るのを、目が命を持つのを見た。そして彼女の金髪を見てとった。幾重もの衣装にたびたび包まれていた彼女の手足が動いた。彼の見ている前で、心臓が一つ打つ間、手を意味ありげに上に向けて。「ねえ、あなたをどこへ連れていくのか、私に再会することがどんなに貴重なことなのか、あなたはまだ分かっていないのよ。じゃあ用意は出来た?」

「全部出来ている」と彼は言った。「君の唇を!」

「まだだめ。支度をして! 出るのよ! 私の後について来て!」

急いでいるのに、事務的な答えが返ってきた。

「車はあるんだね？」

「車はあるわ。全部持ってきてね」

「わかった」

「あなたの持っているもの、みんな持ってきた？」

「ああ、持ってきたよ。君の唇を」

「来て！」

また稲光がした。一条の光が差した。その中に、はっきりと前に向けた彼女の顔が見えた。生気のないまぶたの周りには深い隈があり、まぶたの下の視線は消え入りそうに虚ろだった。そして気味の悪いバラ色の唇は滅びゆくことに酔っているかのように開けられた……。

彼はこのキスから我に返った。まるで奈落の底から戻って来たように疲れ果て、目も見えず、なおも永遠の世界に囲まれていた。よろめきながら彼はそこを離れ自分の部屋に戻った。安楽椅子にくずおれ、目を覆い、口をきかなかった……やがて後ろの庭で足音と車輪のきしる音が聞こえた。自動車の音であった。音は聞こえたかと思うと消えてしまった。

クローマーは立ち上がった。机に視線を投げた。予想通り何もかもが消え去っていた。写真の下に歩いて行った。両眼は切り抜かれていた。彼女は素晴らしい演技を見せたのだ、切り抜かれた目の背後にいた女は。たぶん今は主人であるあの見知らぬ男と一緒に行ってしまったのだろう。彼のもう一人の手先であるフィリップも一緒に行ってしまった。

「これでいい。奇蹟のからくりが最後まで分かった。しかしここにも」彼は指で自分の胸を指して言った……。

彼はよろい戸になっている庭木戸を閉めた。召使いは閉めていかなかった。〈あいつは興奮していたな。きょう俺たちのうち誰ひとりとして平静なものはいなかった。もう寝てもいいだろうな。またぐっすり眠ろう。そしてたぶん平穏に年を取っていけばいいのだろうな。あの三人は残念ながらこの嵐の夜を価値のない有価証券を持って車を走らせなければならない。——無価値だから、それを見せても盗みを働いたかどで逮捕されることもあるまい〉

コーベス

I

町の中をひとりの男が駆けていた。男はモーニングを着用していて、走っているうちに濡れたモーニングはまるで木の板にでもなったかのように尻に突き出て、その上を雨が激しくたたきつけていた。帽子は飛んでしまっていたが、書類カバンだけはしっかりと握りしめていた。飛ぶように両脚を動かしながら、さらに高く飛ぼうと両腕をカバンもろとも何度も振り回した。その際、男は自らを奮い立たせようと雄叫びをあげたが、それは全身にはげしい痛みを感じたからでもあった。男はそのまま障害物に突っこんだ。すでに彼の目には何も見えていなかったのだ。

一面に炎を噴きあげる煙突が立ち並び、空は赤黒く、ときおり、恐ろしい警笛があたりをつんざいた。時刻はわからない。空はずっと以前からこんな様子だったのだ。煤を洗って真っ黒に染まった雨が人気のない舗装路の上に降りつけていた。ばしゃばしゃと雨水を跳ね上げながらひとり走り続けるこの男が、物に突き当たって転倒したちょうどその場所では、そこかしこで不安に駆られた小市民が急いで軒の低い戸口の中にもぐりこんだ。町並みは二階建てまでの小さな家々――そして、炎をあげる巨大な工場が、迷宮のようにいりくんだ炭坑の上に裸の姿を見せていた。住民はみな工場と炭坑の中で暮らしていたのだ。

すでにモーニング姿の人騒がせな男は、炎を映すドブのような川にかかる橋を渡っていた。めざす建物はあそこだ！　ガラスと鉄の大きな建物、屋上に五百本もの電線が張りめぐらされた建物！　彼の心はその場所へとはやり、舌をだらりと垂らし、眼差しはまるで神の御前に近づかんとしているかのようであった。またしても水たまりにはまりこむ。最後の力をふりしぼり、命がけの激情にあえぎながら最後の戦い、唇にはすでに血がにじんでいる。目指す建物に飛びこみ階段をかけ上る。もはや助けを求める声も出ず、激しくもがくだけである。

そこで彼は二人の男の中に突っこんだ。その瞬間、非常ベルが鳴り、けたたましい警報が建物中に響きわたった。なおも瀕死の男はしがみついて離れない。銃声が二発。建物中のドアが開く。人だかり。暗殺者はどこへ行った？　人群が押し寄せる。あの階段の上だ。ずぶぬれのままうつぶせに倒れている！　みんなが顔をそちらに向けている間もベルの音はけたたましく建物中に鳴り響いている。それで？　中産階級だ、それ以外は何もわからない。書類カバンの中に紙が一枚はいっている。何が書かれているんだ？　コーベスが選ばれた、と。

コーベスが選ばれた。どうして、どこで、誰に。そんなことはどうだっていい。もう一度、選ばれたのだ。この中産階級の男はコーベスに身も心も捧げ、この知らせを自分でコーベスに届けようと駆けつけ、そしてコーベスの家の敷居の上で息絶えて死ぬ。まさに野心家だった。この男はこう考えたのだ。〈俺が自分で走ろう。電報や電話よりも先にたどり着くんだ。偉大なるコーベスを翼にのせて運ぶ風よりも速く。コーベスに会って死ぬのなら本望だ！　俺は栄達なんか望んでいないし、自分のためには何も要らない。大いなる全体のため、我らが最も偉大なる人物、コーベスのために！〉この男は自らの存在を否定するほどに野心があった。だが、結局彼はコーベスに会うこともなく死んでしまった。この男のことをコーベスが耳にすることもないだろう。コーベスは、この男が考えていたよりもずっと高いところにいるのだ。

大した事件ではなかった。ここで、通常の枠をはみ出るようなことなど何もなかったのだ。慌てて集まった職員たちも自ずと引き上げていった。命令など必要なかった。部長たちだけは寄り集まったままホールに残ったが、それは、みんなで一緒に葉巻をふかすにはまたとない機会だと思ったからである。ホールはすぐ階段の脇にあった。部長たちは医者が来るまで、一緒になってこの走り続けて死んだ中産階級の男の死骸を見守った。

半円形に並んだ安楽椅子、敬虔なる自己充足。国民部長だけが慌てていた。自分の会計係と一緒に歩いているところを、暗殺者に突き当たられたのはこの男だった。ただでさえも神経質な人間で、非常ベルのスイッチを押したのも彼だった。ベルの音はいまだにけたたましく鳴り続けていた。止めるんだ！　ところで会計係の方は混乱の中、彼からはぐれてしまっていた。「国民部長さん、いつお見かけしてもあなたは会計係と一緒ですな」と貯蓄部長が言った。憔悴しきった国民部長とは違い、彼の方はまるで肉屋のように全身で力強い呼吸をしていた。たちまち国民部長はいきり立った。「貯蓄部長さん、あんたは魂の安らぎを妨げられることもなく神の祝福を受けた生活を送っていらっしゃる」と国民部長は声を震わせて叫んだ。「ところが私の方ときたらどうでしょう？　この三日間で三度も方針を変更せねばならなかったのです。最初は一揆を起こすための資金を出し、その次は一揆の度が過ぎないように金を払うわけです。もうへとへとですよ」

「割に合わん商売ですな」と貯蓄部長が言った。「この国でさえ、これほどまでに思慮のない政治が行われていようとは、誰も思っていないでしょう」しかしこれには議会部長がきっぱりと反対した。「結局のところ我々の非課税政策を法律で認めるべきなんです。そうすれば国民の要求はたちどころに根拠を失います。まさか、あなた方だって、我々が彼らに資金を出すかどうかを決めるのは、彼らが役に立つか否かとは無関係だ、などとお考えにはなりますまい？　労働者の賃金から税金をさっ引いて、しかも二ヶ月も経って、すっかりすり減って価値がなくなってしまってからようやく国庫に納める、こんなことをしているからこの国がだめになったんですよ。国民の圧力にこの国をさらしていたからこそです！　まず我々がこのドイツを手中にするのです。そうすれば直ぐにも駆け出しますよ」議会部長の、まるで塔のようにそびえ立った禿頭の真下についている目は濡れた輝きを発した。

　かつては参謀本部の将軍だった宣伝部長の頭にも、ひらめきが詰まっていることでは一緒だった。「はったり《ブラフ》だ！」と彼は命令口調で言った。「はったりと強権以外に手はない。成功はこのわしが保障する。あの中産階級の男の心を建設へと駆り立てたのは誰だ？　わしらだ。垂直な建築へと駆り立てたのは？　わしらだ。国家ではなく経済へと駆り立てたのは？　わしらだ。インフレの戦場へと自ら足を踏み入れるよう駆り立てたのは？　むろん、わしらなのだ。嘘偽りない感激があの男を死ぬまで走らせたのだ」――階段の方に一瞬目を向けた。哀れみのこもった視線がさっと死体の上をかすめた。宣伝部長はさらに続けた。

「この中産階級は持てる力のすべてを捧げたのだ。この男の霊に敬礼だ。だが、今はよりいっそう働いてもらわねばならん時だ。労働者たちの出番なのだ。彼らが我々に捧げねばならんのは金だけではない。労働は一日に二十時間！　これもひとつの財産だ。この世で最も大きな宝だ。それを我々にゆだね、実績を上げ、譲渡せねばならんことを、あいつらに教えてやるんだ！　さもなければもうこの国はたちゆかず破産だ！となる。これがわしの戦略構想だ。もしもわしがこれをやり遂げられなかったら、この頭に一発おみまいしてもいい。ドイツ的という言葉は、全体に奉仕することを意味するのだ」

元参謀本部員はもう一本葉巻に火をつけた。彼に代わって口を開いたのは社会部長だった。「わが国の自殺者は年にようやく六万人に達しましたが」と強い調子で彼は言った。「二千万の人間が公の援助や国内外の義捐金で暮らしています。まだ生きているんですよ。彼らの生存権などとっくの昔に我々に委ねられているというのに。——いいですかみなさん、我々の手に委ねられているんです。宣伝なんかで彼らを集団自殺に向かわせるなんてことができますかな？　何といってもこの二千万人は、以前あの有名な敵国人が、いなくなってもかまわないと言った、まさにその人間たちなんです。彼らがいなくなってもかまわないということを我々は行為で示しましょう。社会を廃止するんです！」

「給与の廃止だ！」と貯蓄部長が口を挟んだ。「官僚を廃止するんだ！」

「文化の廃止です！」と要求したのは文化部長だった。

「生命の廃止です」そう言って社会部長は演説を締めくくった。この社会部長はとてもハンサムで、これまで数々の重要な功績を挙げていたのにまだ髭も生えていない若者の顔つきをしていた。彼の振る舞いはどこか高貴であろうとするこだわりも感じられた。ただ鮫に似た口元だけが気になった。

「生命の廃止です！」と彼は、再度、確信をこめて言いはなった。「我々は経済なんです。生きのびねばならないのは人間ではなく経済なんです。守るべきは生命ではなくその中身です。我々の課題は、十分な人間が飢えて死に、我々の組織に見合った人間が残るまで、なんとか重要性を維持しながらも国家の財を集中させてがんばり抜くことです。我々が組織なんです！　我々は理念です！」「ドイツの理想主義というのは、文学者どもが考えていたものとは根本的に違っているようですな」と宣伝部長が思案にふけりながら言った。

向こうのもうもうたる紫煙の中からもついに声があがった。鼻にかかった声だった。「国家の財を集中するのは、むろん我々のもとにですが、もしこれを実行するとしたら我々は国家に反逆することになります。我々か国家か！　一方は権力を持ち、もう一方は金を出します。国家には支払いに見合うだけの収入はありません。みなさんは、国から一番たくさんお金を引き出しているのが誰かご存じですかな？」そして煙の雲がとぎれ、老政治家の精悍な騎士のような顔が現れた。彼は目をぱちつかせながら、人差し指で自分の胸を指し示していた。〈外務部長が昔の話を持ち出すぞ〉同僚たちは心の中でそう思って、身がまえた。

「以前あるところで占領がありました」と、外務部長は打ち明け話をした。「まあ、昨今では占領も大がかりですな。我々はここでずっと前から、占領なんてそれほど大したことではない、といっていたのです。ともかく敵に占領されたわけです。それでも三カ月も経つと我々の商売にもそのことが感じられてきました。どうにかしなければならなくなったのです。私だってぐずぐずしていられませんから、東の方にいた我々の仲間を動かしたのです。まずこの男に南の商売仲間をせっついてもらい、そいつに西側の敵との間の仲介を取り持ってもらおうというわけです。極秘の内部処理です。ところでどんな報告が戻ってきたとお思いです？　申しますまい。ここではね。とにかく、そんなことはもうどうでもよくなったのです。なぜだかはおわかりでしょう。そのあいだ国が我々の賃金を払ってくれたのです。見事な解決策でした。金を払おうという者を断る理由はありませんし、とりわけ払ってくれるのが国ならなおさらです」こう言うと、再びもうもうたる煙の奥に消えた。

部長たちはみんな笑いをかみ殺していたが、少しばかり不安になって後を振り返った。しかし階段には全く人の気配はなく、もし誰か聞き耳を立てている者があったとしたら、それはただあの中産階級の男の死骸だけだった。文化部長ももう自分を抑えていることができなくなった。「私も笑い話を一つお話ししましょう！」彼の言葉にはひどいなまりがあった。「ここからそれほど離れていないところに石炭研究所があります。厳密な科学者たちですが、この人たちには食べるものがないんです」

「あなたの笑い話はもう何度も聞きましたよ」

「まあ、聞いてください。この人たちは褐炭の中に含まれる全ての物質を究明したんです。これに含まれるすべての物質だなんて誰も信じませんよ。そこでみなさん、我々は買いました。このことを耳にしてから、さっそく世界中の褐炭の在庫を我々がまとめて買い上げたのです。この買い物は毎年何百万もの確かな金をもたらしてくれています。あの人たちのおかげです。ところが、その学術研究所を維持していくのに必要な額は毎年たったの七万マルクほどなんですが、あの人たちにはその金がないんです。そこで私がどんな知恵を振り絞ったと思います？　なんと、我らがベルリンの中央機関宛に、もしも帝国が七万マルクの支出を惜しむならば、この科学において貢献大なる石炭研究所は解散のやむなきにいたるであろうと書かせてやったんです。題は『文化の恥辱』です」

みんな笑った――くったくなく心から笑ったのである。ここが、この会合を切り上げるにはちょうどいい頃合だった。しかし宣伝部長は壁にはめこまれていたラジオの蓋を開けた。おそらく今笑いをとった文化部長の成功に嫉妬したのであろう。すぐにラジオから声が聞こえてきた。「私が考えていることは単純で、めざす目標も単純だ。私は尊い存在などではないし、政治むきのこともわからない。私は活動的な商人でありドイツの民主主義の象徴である。私と並ぶものは誰もいない。私はコーベスだ」

声の調子が高まり、教会の聖歌のような調子を帯びてきた。安楽椅子に座っていた男たちも一緒に歌いだした。「コーベスは贅沢な食事はしない、コーベスは大酒を飲まない、コーベスはダンスはしない、コーベスは女遊びをしない、コーベスは日に二十時間働く」

「コーベスはいない」と国民部長が歌いながらつけ加えた。これに抗議する者に対し、興奮して彼は答えた。「コーベスなんて存在しないんです。この男は神話の中の架空の人物で、擬人化された自然の力、いわば太陽神です。民衆というのは今日でもこんなものが好きなんです。腐敗した経済、それがコーベスなんです」さらに反対する者に対して、「それとも、あなたはその人物に会ったことがおありですかな？　ほらね」――こう言うと彼は立ち去った。

「国民部長のやつ、なんて腹だたしい男なんだ」みんなは不満げにぶつぶつ文句を言ったが、この疑念には思い当たるふしもないわけでもなかった。ラジオからの声はなおもがなり立てていた。「働くんだ！　もっともっともっとおまえたちは働かねばならない。金のためではない。違う、それ自体が目的なのである。コーベスもただ金のために働いているわけではない。画家が絵を描き、音楽家が作曲をするのは金がめあてなのだろうか？　創造的人間の創作意欲、コーベスもおなじなのだ。私はそういう人間なのだ」さらに彼は息もつかず、国民は少なくともこの先三年間は多くの人間が餓えて死ぬのも覚悟せねばならないと過酷な要求をした。それはまるで運命の声だった。「国全体が窮乏に苦しむとき、個人の犠牲はやむを得ないことなのである」――これを聞きながら、部長たちは自分がコーベスその人に会ったときの様子を互いに語り合っていた。しかし、相手の言うことを本気で信じている者など誰もいなかった。最後は何となくうち解けない様子で別れ、それぞれ部屋のドアを後ろ手に激しく閉めた。

Ⅲ

あとに残されたラジオはなおも演説を続けていた。「すでに一九一四年にはコーベスの財産は一億金マルクに達し、大企業家の誰もがそうしたように、戦争の間にさらにこれを何倍にも増やすことができた」このときドアの一つから小柄な男が現れ、同時にエレベーターからは背の高い婦人が出てきた。

　この小男は宣伝部長の部下で、ラジオの蓋を閉めるためにやってきたのだ。しかし婦人の姿に気づいて立ち止まった。腕はこわばり、指は開いていた。しかし婦人はわき目もふらず「ミスター・コーベスはどこ?」と訊ねた――その際、この小男の方には顔を向けることさえしなかったので、ラジオから流れてくる声か、あるいは手前の誰も座っていない安楽椅子に向かって話しかけているようにも思われた。いずれにせよ小男もぼんやりしていたので、しばらく自分が話しかけられたのだとは気づかなかった。彼のいかにも哲学者めいた頭は巨大で禿げ上がり、鼻は獅子鼻、その他の点でもただ貧相な風貌でしかなかった。ラジオは相変わらず、コーベスが株の過半数を所有している工場と海運会社、銀行や商事会社の名前を数えあげていた。この婦人はめざとく階段上に転がっている例の中産階級の男の死骸を見つけ、駆け寄って興奮しながらその上にかがみこんだ。「まあ《オー》、かわいい《ラブリー》」この女はそう言ったのである。

　小男はここで気を取り直す余裕ができた。〈この女は頭がどうかしているんだ〉彼は考えた。「しかし並みの女じゃない。見るからに金持ちだし、ここに何か用があるらしい。運命が俺にほほえみかけているのかもしれん」前々からこの小男は、今自分がおかれているつまらない境遇が、頼りない、割に合わないものだと感じていた。彼はその大きすぎる頭の中で、何とかしてこれを正す方法を考えていたのだった。ごつごつした巨大な岩石の塊が上司という形をとって自分の上に立ちふさがり、これまで彼の行く手を塞いでいた。彼は上司たちを恐れずにはいられなかったが、同時に軽蔑してもいたのだ。巨人をうち倒すダビデの投石機がおれの手に……このときドアの一つが開いた。

小男はあわてて安楽椅子の陰にしゃがみこんだ。あの将軍、彼の部長だった。将軍は、いつもの癖で堅苦しく気取った歩き方をしながらホールを横切って向こうに行ってしまった。よほどキザなやつにちがいあるまい。誰も見ていないところでさえ、いつもこんなに気取っているのだから。頭でっかちの小男は、とりわけこの将軍の格好のよい、華奢な軍人頭を憎んでいた……やっと行ったか。さあ、出よう！　婦人も戻ってきた。

「資産は十億金マルクにも及ぶ！　この権力、すでにモルガンやヴァンダービルト〔ともにアメリカの大富豪。前者は巨大財閥の創始者〕、あるいは彼らよりも弱小の企業を含め、およそ比べうるものたちはすべて凌駕し、目の前で神話にまでなりつつあるこの権力がいかにして生まれ、いかに拡大したか、いずれその真実が明らかになるとしても、それはおそらく後世になってからであろう。神話とは、すなわちコーベス神話である。我が国全土が恐ろしい痙攣の中、求めてやまない新しい宗教、その宗教が見つかったのである！」

ラジオの声は雷鳴のように轟きながら演説を終えた。小男はラジオの蓋をばたんと閉めた――それでもまだ婦人の方は感動して立ったままだった。「素晴らしい方ですわ！」と、彼女は、深く息をついて言った。「あなたがおっしゃっているのはコーベス氏のことで、私のことではありませんね」と小男は言った。婦人は叫んだ。「あんな方が、こんなにも愚かな国民の中にいるなんて信じられませんわ！」――〈馬鹿な女だ！〉と頭でっかちは考えた。〈物事を論理的に結びつけることができないんだ！〉

彼は大きな声で言った。「わたくしにできますことでしたら、何なりとお申しつけ下さい」こう言いながらこの婦人の足下までとどくほど深々とお辞儀をしたが、絹の靴に突っこまれた彼女の足が靴下をはいていないことに気づいて、小男は突然、平衡感覚を失った。「お立ちになってください」と、婦人は言った。「そして、ミスター・コーベスのところに連れていってくださいな」

がっかりした小男は少し意地悪い気分になった。「コーベスのところにあなたを連れていくことのできる人間がいるだなんて、いったい誰から聞いたんですか？」そうたずねながら、彼はねたましげに女を見つめた。

「私をミスター・コーベスのところに連れていってくださいな！」と、彼女は頼んだ。「あなたがだめなら、誰か他の人を呼んでちょうだい！」

小男はかろうじて怒りを押さえた。他人に首を突っ込ませてはならない！「他の誰だって」と彼はあわてて言った。「私と同じようにミスター・コーベスの姿を見たことなんかありません。ミスター・コーベスは目に見えないんです」と言いながら彼は声をひそめた。話を謎めかせ、関心を引くんだ！「ミスター・コーベスは空中に住んでいます。我々死すべき人間がそこに行く方法はありません。ご覧のとおり、マダム、階段もエレベーターもここで終わっています」

「それなら別のエレベーターがあるはずですわ」と彼女は惑わされることなく言った。小男は女をだますのを諦めた。「まずは私の執務室にお入りください。もしここで見つかりでもすれば、すぐにもお車に連れ戻されますよ。ミスター・コーベスのところにあなたをお連れする者などどこにもいません。第一そんなことをしようものならその男はクビです。もともとにしてからが無理な話ですがね」

「夫がミスター・コーベスと一緒にいるのよ」と婦人は言った。「私もそこに行かなければならないの」

「それではご主人はミスター・コーベスと商売の話をしているんですね。戻られるまで我慢してお待ちください！　もしかすると旦那さんはその道をご存じだったのかもしれません。そんなことはあり得ない話なんですが」

「いったい、いくら差し上げればその道を教えてくださるの？」そう言って婦人は小男の目をじっと見つめた。彼の大きすぎる頭はみるみる真っ赤になり、すぐに視線を床に落とした。おまえは自分を締め出した世界を羨望しながらも軽蔑したがる男だ。つらいことだな。彼は見上げたが焦点は定まらなかった。「マダム、あなたは誤解しておいでです。私だって、もしミスター・コーベスに会えるんなら喜んで金を払いますよ。私がここにいるのはただそのためだけなんです」

「可哀想な人ね」と、男が泣いているのを見て婦人は言った。

「私はザントと申します」と彼は言った。「カントではありません。ザントです。私講師として大学で教えておりました。哲学と自然科学の博士号を持っておりますし、しばらく前に廃止されてしまいましたが他にもいくつか専門としていたことがありました。ひとつわかりやすい例を挙げるなら、私がこれまで手がけた中で最も重要なものは睡眠病に関する研究です」

「あなたは睡眠病と取り組んでいらっしゃったにしては、とても退屈な方ですのね。とにかく、ミスター・コーベスのところに連れていくのよ！」

　婦人は座りこんでいた。彼女はことさらに手袋をはずすと、むき出しになった指で小男の顎を撫で回した。「おちびさん！」彼女がそういうと、彼の老け顔は痙攣しはじめた。さらさらと衣擦れの音を立てる暖かな洋服に身を包み、まばゆい光をはなつ宝石をちりばめてはいるものの、この婦人は女としてはトウが立ちすぎているのが小男にもよくわかった。白粉《おしろい》を塗りたくっていたし、爪にはマニキュアをして、ティトゥス風にまとめた髪〔ローマ皇帝ティトゥスにちなむ、短くカールした女性の髪型〕も染めてあり、たぶんヒステリー気質だろう。しかし上流社会のもつ雰囲気、傲慢で人を小馬鹿にするような態度、そして子供じみた意地悪、これらがまるで毒ガスのように彼の心を捉えてしまったのである。彼は我を忘れ、血管が脈打った。「お望みとあれば、ご命じください」と、深いため息とともに彼は言った。

「それでいいのよ。あんたがずるがしこい小僧さんだっていうのは始めからわかっていたわ。当然、ミスター・コーベスのところにどう行けばいいかぐらいは、とっくの昔に探り出してあるわね。連れていくのよ。そうしたらあんたの睡眠病のこともあの人に話してあげる。きっとお金を出してくれるわ」

「ミスター・コーベスが金を出すなんてことは絶対にありえません。マダム、そんな心配はご無用です！　あの人と本当に会えるなら、もうそれで十分なんです。もっとも、たぶん目を開けてはいられないでしょうけど。思想でないものに対しては、幻惑されてしまうんです。でも、ミスター・コーベスが思想でないなんて誰にもわかりませんがね……すみませんが、マダム、私のカードボックスをご覧ください」

彼は隣の部屋を開けてみせた。そこは段ボール箱だらけだった。「以前は私のものでした」と小男は言った。「私のカードボックスだったんです！　私の人生のすべてでした！　ドイツ人でここに自分にかかわる書類がない人間なんてひとりもいやしません。人物、思想、業績、技能、記されていないことは何もありません。私が調査し、集めたんです。私が考えて作ったんです。コーベスに買い取られてしまいましたが。あの人は、私が飢えて死にそうになっていたときに、ただ一つ残ったこの大事なカードボックスを買い取ったんです。お金なんかではありませんよ。職をひとつ私にくれたんです。コーベスが物を買うときはいつもこうなんです」

小男は大きな段ボール箱をひとつ抱えるとお辞儀をした。「もし危険がないようなら、お迎えに来ます」外からドアに鍵をかけて、それを引きぬいた。

彼は自分の事務机のところで段ボール箱の中を引っかき回した。何か見つけたが再び箱の中に投げこむと、自分の上司である将軍の部屋のドアに忍び寄り、じっと聞き耳を立て、鍵穴から中をちょっと覗き込んでみた。自分の方が優位に立っているのを感じてうれしくなり、かすかに身震いした。それからカードボックスのドアに向かう。ふたたび聞き耳を立て覗き込んで身震い。ドアをノックする音がした。入ってきた男は、小男が慌ててドアから離れたのに気がついた。

それは例のハンサムでスマートな若者、鮫のような口をした社会部長だった。彼はカードボックスの部屋に用があったのだ。「今は入れませんよ」と小男は言った。彼は鍵がなくなったといいわけしたが、顔つきをみれば誰もそんなことを信用しないだろう。相手が信じようとしないので、小男は高飛車にでた。予期せぬほどの厚かましい小男の態度に部長は唖然とした。こんなにも厚かましい態度にでられるのは、何か他人の知らない秘密の権力を握っているという意識があるからだ。ひとつの考えが部長の頭に浮かんだが、まさかそんなことはあるまいと、その想像を再びうち消した。この頭でっかちがまだ誰の前にも姿を見せたことのないあの方に出会ったというのだろうか？　こいつがあのお方に拝謁する恩恵に浴したというのか？　ふと部長の頭に神と踊り子の話〔神が人間の姿をとって娼館の踊り子と一夜をともにするという、インドの伝説に題材を取ったゲーテの有名な物語詩〕が思い浮かんだ。奇蹟だって起こりうるのだ。あの方でないとしたら、他にあんな中に身動きもせずにじっと閉じこもっている人間がいるだろうか？　何よりもこの男の顔つきだ。いかにも秘密ありげで、まるで気がふれたようになっている。「中に誰がいるんだ？」相手の様子から気づいてはいたが、部長はそう聞いてみた。

「お知りになりたいでしょうな」と小男は意地悪げにささやいた。

まぎれもなく小男の憎しみが勝利をおさめたのだ。このハンサムでスマートな、鮫のような口をした若者は、小男にとっては他の部長たちの誰よりも憎らしかった。あの華奢な軍人頭をした上司でさえも、この若者よりはまだましだった。陰謀と暴力はこれら思考の敵どもの本性だが、加えて、この若者はハンサムでスマートときている！　だが、こいつも今は退却だ。怖じ気づき、顔を赤くしたり青くしたりしているのが見てとれる。神にも等しい人物に恐ろしいほど近づいてしまっているのを感じて、若者は今にも絶え果てんばかりの有様だ。「そ、そ、それに」どもりながら「それに心の準備のできた奴なんていないるはずがない」と言って若者は部屋から出ていった。勝利をおさめた小男は誇らしげにあたりを見回した……ふりむいて、書類のところにもどる。隣では将軍が今や戦線を撤収して出ていった。帰宅の時間だ。最後まで残っていた者たちも帰っていった。小男は廊下側のドアを異常なまでに忍耐強くゆっくり細目に開くと、片方の耳を差し入れた。下の正面玄関が閉まるのは何時だろう？　秘密の出口を知っておく必要がある……「おれが始めてこの建物に閉じこめられたとき、まだその出口がわからず、一晩この建物の中に居残ったことがあったっけな」はるか向こうの門が閉まった。さあ、とりかかるぞ！「間違っていなければ、おれのカードボックスが思わぬ武器になってくれるはずだ」一枚の紙を振り上げて、「この四角い紙切れで、ここのやつらをひれ伏させ、追い抜き、トップの座につくことができるんだ。あいつらは這いつくばり、おれが教皇代理だ。それともここにあるものを全部たたきつぶしてやるかな。もしかすると、世界精神がこのおれに求めているのは、人類の災厄ともいうべき非人間的なこのおぞましい施設を停止させ、この地上から直ちに抹殺することかもしれない。毒ガスだってあるんだ——」野望にあふれてはいるが、金のことを考えているのではなかった。選択を前にして、小男はほんとうに生の享楽を選ぶべきなのかどうか、はっきりとは決めかねていたのだ。むしろこれを根絶やしにしてしまうことの方が望ましいようにも思われた。

突然彼の思考を妨げたのは、カード室にいる婦人の早く出してと、扉をどんどんと叩く音だった。彼はドア越しに、静かにしないと身の安全は保障しかねますよ、と叱りつけた。小男は、この大柄な女を脅かすことに楽しみをさえ感じた。あの女は自分の手の内にある、そう考えて、これまでよりも落ち着いてこの前代未聞の計画を練った。

今までにこれほどまでに烱眼《けいがん》かつ大胆で、しかもロマンの香りにあふれ、にもかかわらず計算し尽くされた確実な計画があったろうか？　小男は自分自身に感嘆した。このおれは何者だろう？ただの演芸担当係でしかないんだ。彼はコーベスの意向に沿って宣伝活動という途方もなく広範な部門で働いてはいたが、それは新聞やラジオなどではなかった。寄席という小さな世界に限定されていた。大衆の好む芸人たちを監督し、彼らの台詞《せりふ》が役に立つかどうかをチェックする。有益な歌を歌っていればおかまいなし。契約に逆らうようなことをすれば、すぐにも舞台への出演は差し止めだ。人気芸人が一人減る。

これがすべてだった――それにひきかえ、彼の思いつきの驚くべき気宇壮大さといったらどうだろうか！　まさに巨人の企てだ！　万軍の将たるコーベスその人と正面切って一対一で戦うのだ。あの者に敢然と戦いを挑む。その結果たるや計り知れない――小男はめまいを感じた。本当のところ、いきなり神と等しい地位に駆けあがるより、とりあえずは順当に部長にでもなっておいたほうが、この男には、はるかに似つかわしかっただろう。だが、彼は自分を過大評価していたのだ。行動は一刻の猶予も許されなかった。「今日にもおまえは、裁き手の前に進み出ることになるだろう」

汗がどっとあふれでた。彼は家具の下を覗き込んだ。こんなにも大胆な計画が練られているのだから、あの謎の人物が密偵や追っ手を送ってこないはずはないんだ！……誰もいなかった。小男は失望した。これほどまでに神を恐れぬ業に手をくだすより、むしろその前に捕まってしまった方が気が楽だった。人間の弱さというものだ！　これからカードボックスの中にいるいかれた女が役に立つんだ。あの女ならたとえコーベスの姿を目の前にしたとしても目がくらんでしまうようなことはあるまい。反対にあの女なら虎だって手なずけてしまうだろう。このことは小男が身をもって実験ずみだった。あの女を連れていって、最初の衝撃を受けとめさせるんだ！　そこで彼は心を決め、退路を断って前進した。「マダム、どうぞ。もう大丈夫です」

「まっすぐ私についてきてください」と彼は命じた。「騒いだり、勝手な行動をとると命の保障はありませんよ」そう言うと、小男は廊下が前方の暗がりに消えて見えなくなるあたりにじっと目を凝らした。彼は大股で三歩跳ねると廊下の角にたどりつき、暖房機の脇にかがみこんだ。女のほうも厚い絨毯が敷いてあるにもかかわらず、つま先立ちで忍び歩きをした。小男のふるまいがそれほど奇妙に思えたからである。男は、最前より脇の廊下のあたりが危ないと睨んでいたが、やはりそこで見張りが二人話しこんでいる、と身ぶりで女に説明した。待つしかありません！

時計を見ると七分が経過していた。婦人が言った。「私があの男たちを驚かしてやるわ」これを聞くと男は彼女につかみかかり、手首をしっかりと握って女の口にハンカチをつめこんだ。たまたまそのハンカチが自分のものだったので、彼女もそれほど抵抗はしなかった。それから小男は彼女の手を引っぱって先へと進んだ。見張りの男たちは消えていた。

行く手はたびたび途絶えそうになったが、どうにか切り抜けながら前に進んだ。小男もその道をすべて知り尽くしていたわけではなかった。「あそこに落とし穴がありそうです。落とし穴の場所は毎日変わるんです」彼女を連れて、床のある場所を避けながら、なんの変哲もないクロークの前を通過するのに男は十五分も費やした。最後には通路はこれまでよりもずっと狭くなった。ちょっと覗き込んでみると、その隣にもう一つ、さらにその向こうにも別の通路が通っているのが見えた。「もう、すぐそこです」と男は注意を促した。彼らの前方は眩しいほど照明にてらされていた。

廊下の終点が見えたのだ。そこは円形の空間ですべての廊下は放射線状にこの場所につながっていた。中央のテーブルには平服姿の恰幅《かっぷく》のいい守衛長が座っていて、ピストルの分解掃除をしていた。手元には分解していないピストルも一挺あった。

「明るいところに出てはだめです。身を伏せるんです！　私はここで別れます。戻ってきたら、飛び出してください。いつまでも戻らなかったら、死んだふりをしているのが一番です」そう言うと小男は手前の通路を通って、広間につながっている二番目の廊下に向かい、その向こうの三番目の廊下の角のあたりで見えなくなった。直ぐに彼の声が響いてきた。それはまるで猛禽のように甲高い声で、もしかすると彼の声ではなかったかもしれない。「レティヒ！」罵声だった。「おまえは気でも違っているんじゃないか。なんだって人なんか入れたんだ？　すぐにこっちに来い！　ドアを閉めろ！」

恰幅のいい守衛長はこれを聞くとあわてて飛び上がり、動揺のあまりテーブルをひっくり返した。彼はまるで深い闇夜の中を歩いているかのように手探りで進み、見たところ方向感覚を失って自分がどこにいるのかわからなくなってしまっているようだった。ここだここだ！　あっちだ！　今だ！　これまでの経験など今はあてにできず、守衛長はその声に身をまかせた。彼の足は声に導かれて破滅への道をよろよろとたどった。命じられるまま廊下に出て、ドアを閉めた。この時小男は、すでに大柄な女のところに戻ってきていた。「さあ、急いで！」――彼は、守衛長のいなくなった円形の空間を飛ぶようにかけぬけた。

壁に防護扉のついた金庫のようなものがとりつけられていた。ダイヤルを左右に回す。番号が一致し取っ手が動いた。ほっと一息ついて、小男は婦人を先に立たせ、中にはいって内側から扉をしっかりと閉めた。というのも、そこは金庫ではなく控え室だったからだ。

二人はそれほど広くはないブルジョア風の控え室に入ったのだった。とりあえず今のところは誰もいなかった。ここには蓄音機や豪華本、ラジオ、株式報告などが備えつけられてはいたが、しかしこの中で誰かが待っているなどということはほとんどないのではないかという印象さえうけた。

「早く行きましょうよ！」小男がいつまでたっても部屋の中を見回してばかりいるので、女はそう言った。彼は照明のスイッチを全部入れ、蓄音機をまわし、壁のボタンというボタンをすべて押してみた。しかし何もおこらなかった。これには彼も腹を立てた。「私にどうしろっていうんですか？　何度も言ったように、ミスター・コーベスのところに行くのは命がけなんです。たとえ今、あの守衛長が現われてあなたを撃ち殺したとしても、すべてはあなた自身のせいですからね。もっとも、そうなったら残念ながら私も生きてはいませんがね」

床にはいつくばってみたが探しているものは見つからなかった。たちまち控え室の中はパニックになった。「助けてちょうだい！」婦人は安楽椅子に座ったが、すぐにまた立ちあがって叫んだ。「お金ならいくらだってだすわ。守衛長にどれほど渡せばいいかしら？」こうも彼女は聞いた。しかし小男は返事をしている暇などなかった。窓が開いていることに気がついたのだ。窓の向こうは直ぐに壁になっているので、窓が開け放してあるのは何か別の理由があるに違いない。窓を閉めると、たちどころに控え室は上昇しはじめた。

二人は上に昇っている。「守衛長の声が聞こえますか?」と小男が聞いた。「ついに勘づかれたようです。防護扉をいじくりまわしていますが、今は言うことを聞きません」彼らの上昇をとめることはできない。二人は大声で笑い、これに調子を合わせるかのように、蓄音機はシミー〔肩や腰を振りながら踊る米国のジャズダンス〕の曲を奏でていた。「ところで」と小男は蓄音機をとめて言った。「これからいっしょにミスター・コーベスのところに行くわけですが、マダム、私のことをあなたと同じ国の人間で、商売の話をしたがっていると紹介してくださいませんか」――「まあ、何ですって」と、婦人は疑わしげに言った。彼は非常に強い調子で、「あなたの命は私の手の内にあるのをお忘れですか? 私の方はいつでも引き返せるんですからね」と言ったが、これを聞いた婦人は、そんな言い方をされたことは今まで一度もない、と答えた。男は唇を噛んだ。

この大柄な婦人はひとたび機嫌を損ねるや、自分の夫のことまでも持ち出した。「みんなあの人のせいなんだわ! これが婦人にふさわしい扱い方かしら? あの人が私をいっしょにミスター・コーベスのところに連れていってくれなかったのが悪いのよ! 自分の商売のことしか考えないんだから。こんなことあなたに言っていいかしら? 私が首を縦に振らなきゃ、誰も取引なんてできないのよ。主人だってそうだし、ミスター・コーベスだってできないわ。レディ・ファーストなのよ」

小男は彼女のこの話を意味もないおしゃべりにすぎないと思った。「それともうひとつ」小男は言った、「こうしている間に、きっと守衛長は電話で上に連絡しているはずです。まだ何が起こるかわかりません」ここで控え室は停止した。ドアも窓もついたままで到着したのだ。窓から武器を手に持った人間がひとり狂ったように飛びこんできた。かろうじて二人はドアから抜け出ることはできたが、エレベーターの外側の鍵のかかった別のドアに突き当たった。エレベーターは下降しはじめ、狭い空間、まっ暗な闇、その中に二人は取り残された。「ちょっと待っててください」と小男は言った。「今、降りて行ったのは秘書です。この閉まっているドアを開けることができれば、あいつはあの中で立ち往生です」

ドアが開いた。途中でとまってしまった控え室から一発の銃声がしてものすごい音を響かせた。まもなく二人の後ろに黒い顎髭の男が現われ驚いた顔をした。ドアは開いたままだった。女は全力で駆け抜けると、ドアを閉めた。幸いなことに小男は片足をドアの間にさしこんでいた。控え室は下に止まったままで、中では残っている限りの弾丸が撃ち続けられていた。ともかくも小男は、扉が閉まらないように足をはさんでいるかぎりは命の心配はなかった。こうして女に裏切られ、人気《ひとけ》のない敷居の上にひとりとり残された小男は、目もくらむばかりに深い穴の底をじっと見守ったのである。膝ががくがく震えはじめ、汗がどっと溢れ出てきたが、監視を怠ってはならなかった。

Ⅵ

「こんにちは」と部屋に入った婦人は言った。「ミスター・コーベス、あなたは素晴しい方ですわ。そのことをあなたに申し上げたいと思いましたのよ」調子をがらりと変えて、「でも、あなたにはとても不満です。これだけは言わせてもらいますが、これが婦人にふさわしい扱いですの？」

黒服に身をつつんだ無骨な男は、雷にでも打たれたかのように唖然として突っ立ったままだった。事務机に向かい合って座っていたもうひとりの男が、いかにもニグロらしく大声で笑った。女は彼をたしなめた。「おだまりなさい！」そう言われて男は口をつぐんだ。この男は浅黒い黒人顔をしていて、その顔は大きく、額は狭く、縮れ毛の髪は白くなってはいたが、肥沃な土地に生えた植物のように豊かだった。「私の言いつけを守らなかったわね」女が叱りつけた。「紳士にあるまじきことだわ。ミスター・コーベスが何ておっしゃろうが、あんたひとりでここに来ちゃあいけなかったのよ。私がいなければ、仕事の話なんてできないんだから。もういいわ、わかったわね」叱られた夫は心配そうに目蓋を動かしていた。彼は肩幅の広い身体をテーブルの陰に潜り込ませようとした。

しかし黒服に身をつつんだ無骨な男がここで口を挟んだ。「奥様、私どもの国ではそのような習慣はありません。男の仕事に女は口を挟まないものです。ご婦人は家事に専念するものです。私は決して――」この時婦人の感嘆の叫び声が彼の言葉をさえぎった。彼女は両手を男の方に差し出して叫んだ。「まあ、ミスター・コーベス、何ておかしな声をしているのかしら！　ラジオの中ではこんな口笛みたいな甲高い声でお話しなさらないのに！」

しかしコーベスは相手の手に乗るまいと心に決めていた。まさかこの女がいきなり発砲することもないだろう。「ラジオでは私の代わりに別の人間がしゃべっているんです」感情のこもらない声で言った。「しかし私は決して――」

「ずるい人ですのね、ミスター・コーベス！」

「奥様、私は決して他人に口出しはさせません」

「妻も同じなんですよ」夫が言葉を添えた。「じきにわかると思いますが、手がつけられないんですよ」彼の口ぶりには、自分のことはあきらめ、相手に対しては同情するような感じがあった。

コーベスは言葉を荒げた。「仕事の話を続けましょう。でなければ、私だって時間をもっと有効に使えますからね。奥様には隣の部屋でお待ちになっていただきましょう」

「嫌よ、ミスター・コーベス。まだあの部屋には秘書がいるかもしれないし、もう一人の方はそれほど紳士的とはいえませんでしたわ」――こう言って彼女も二人のテーブルに座った。

コーベスは彼女を無視した。「では、始めましょう」と相手の男に向かって言った。「世界中を」

「トラスト化するんでしたね」と相方は言い、「すべてを――」と言いながら浅黒い手で握りこぶしを作った。

「買い占めるんです」とコーベスが言った。「私があなた方と手を組めば、世界の経済はまさに思いのままです。全世界が我々のものです」

「その通り《イエス》」相方も断固たる決意をこめて言った。二人が向かい合っている姿は、まるで怖しいまでにエネルギーのこもった二つの電極が並んでいるかのようだった。

「まだ私には一つだけ足りないものがあります」とコーベスは言った——そして小さな機関車を取り出すと机の上を走らせた。機関車は机のはじまで行ってひっくり返り、がらがらと空回りした——それからコーベスは機関車を起こし、反対方向に走らせた。深くくぼみこみ寄り目ぎみになった目で彼はじっとそれを見つめた。黄ばんだ額には深いしわが何本もあらわれていた。彼の顔つきはある種の哀れな欲望に駆り立てられ、なかば気が触れたような感じを与えた。外国からやってきた夫婦は自分たちの国言葉で大きな声を出してお互いに自分の印象を語り合い、夫はニグロらしい笑い声をあげた。しかしコーベスの耳には何も聞こえなかった。彼は哀れな欲望にすっかり取りつかれていたのだ。

彼は口笛を吹くような甲高い声で言った。「これだけは手に入りませんでした。しかし、これを私は必ず手に入れなければならんのです! あなた方がこれをドイツの債務のかたにとってください! 民営の株式会社にするんです。債券を買って、あなた方のほうで社長も立ててください。しかし実際に動かすのは私です。これならうまくいきます。私とあなた方が手を組めば!」——そういいながら彼は椅子から腰を浮かし、催眠術師のように相手をじっと見つめた。この白っぽい黒人の顔から笑いが消えた。婦人が激しい調子で言った。

「ミスター・コーベス、あなたのようなまねができる人間は他にいませんわ！　外国の債権者と手を結んで、ご自分の国から鉄道をだまし取ろうというわけですのね。お国の債権者たちにご自分では払おうともしないで、その人たちと結託して、あなたにとってこれまでで一番有利な取引をしようとしてるんですから。しかも支払いはお国に任せようというんです。あなたのようにずる賢い人間は他にどこにもいませんわ。私だけはだまされないわ」

「たしかにその通りだ」と夫は言った。「すこしばかり待ってもらいたい！」

「こんな大それた取引はできませんわよ。もっとも私の言うとおりにしてくださるなら話は別ですけどね」しかしコーベスは彼女を無視した。

「ミスター・コーベス、インフレを引き起こして、あなたの国民から何もかも絞りとってしまうなんて、こんな見事な手品をどこから思いつかれたんでしょう？　どうか、おっしゃってください。ロー〔ジョン・ロー。一六七一—一七二九。イギリス生まれのフランスの財政家。いわゆる「ロー体制」をしいてフランスの経済界を牛耳るが、不換紙幣の増発で金融恐慌を招く〕以来、最も大がかりな詐欺です」

コーベスはこれにどう答えるべきかしばらく迷っていた。彼女の言おうとしていることがわかると、糊のきいたワイシャツの胸当てのところを黄ばんだ指でさし示した。そこには幅の広い葬儀用のネクタイが締められていた。「詐欺だ、詐欺だって、もういい加減にしてください。たぶんあなたは相手をお間違えです。もしそうでないなら、旦那さんにあなたを連れて帰っていただくようお願いしなければなりません。私は信用ある商人で、まぎれもなき愛国者です。私が金儲けをするのは、それで国家のお役に立ちたいからでもあるんです。むしろ、国にもっと税金を納めなければならないといつも思っているんです。国全体が窮乏に苦しむとき、個人の犠牲はやむを得ないことなんです」

「まあ！」婦人はうっとりとしたように言った。「ラジオでも同じことをおっしゃってましたわね。あなたははったりをかますすべを心得ておいでですのね」

「私は宣伝は嫌いです」と強い確信をこめて彼は言った。

「まあ！」――と言ったが、婦人はしばらくぽかんと口を開けたままだった。

「私ははったりをかましたりなんかしません。私は単純な人間ですし、考えていることも単純です」

「私はずっとあなたに憧れていましたのよ、ミスター・コーベス！」と婦人は叫んだ。「でもこんなにも素晴らしい方だとは夢にも思いませんでしたわ。なんですって？　あなたはわざとそんなふうになさっているわけではありませんの？　ご自分が誰かおわかりになっていないのね？　あなたのせいで結核にかかった子供たちに十セントでもあげたことがありますの？　あなたにキスをしたいわ」

「気をつけた方がいいですよ！」と夫が同情をこめて言った。コーベスはたじろいだ。自分に何か異変でも起こったのかとわが身を確認した。婦人は言った。「私たちだって自分の国では金持ちです。でも、だからって国民が特別貧しいわけではありませんわ。金持ちだからどうだっていうの？財産があったからって、悪いことをして手に入れたのでなければ人にとやかく言われる筋合いじゃないわ！　でもあなたの場合は、今では私たちなんかよりもお金持ちだし、しかも世界で一番貧しい国民の中にいるのに、ってわけ。人生の楽しみをご存じなのね！」

夫も興奮してきた。「そのうえ鉄道とは！」彼は怒鳴った。「これを手に入れれば、あなたは全ドイツを破産させることもできる。銀行家は利益をドルで払うことになる。あなたは幸運児だ！」

コーベスはこれを聞き流し、悲しげな顔つきでつっ立ったまま首を振った。「あなたは悪魔の存在をお信じになります？」と婦人が聞いた。「もし私が本当に悪魔に出会ったら、とっくの昔になくしてしまった子供の頃の信仰を取り戻すことになるでしょうね」

ここでコーベスは心を固めた。この女の言うことは不当ないいがかりだ。

「でも、今、目の前に見ているのがその悪魔ですわ」婦人はきっぱりとそう言った。甘美な戦慄が彼女を襲い、歯ががちがちと音を立てた。「気をつけた方がいいですよ！」夫がそう言ったときには、コーベスもテーブルの後ろに身を引いていた。しかし婦人は再び平静を取り戻すと落ち着き払って言った。「ミスター・コーベス、あなたが好きですわ」

コーベスのそれまでの悲しげな表情はこのときはっきりと驚愕に変わった。「ご主人もここにいらっしゃるんですよ」と彼はどもりながら言った。「告白ですか？」

「我々のところではいつもこうなんです」と夫はいくらか自慢げに言った。「奥方が望むことに我々亭主は口出しできないんです。そんなことをするのはジェントルマンじゃありません。妻はあなたと寝たがっています、ミスター・コーベス。そういうことです」

惚れられた男の顎ががくりと下がった。だらりと垂れ下がった腕は床に届きそうだった。「そんなことができるはずありません」彼は不明瞭につぶやいた。「私には妻子があるんです」

「ミスター・コーベス、あなたはよほどの悪人だわ」婦人はそう言った。「だからこそ私はあなたが気に入ったのよ」

「私が悪人ですって?」とコーベスが叫んだ。彼の驚きにさらに怒りの色が加わった。「家族と道徳をこれほどまでに大切に考えているこの私がですか? 絶対にそんなことはありません!」

「そんならお取り引きはできませんな」と夫が言った。「つまり、もしあなたが妻と寝てくださらなかったら、あなたと契約を結ぶわけにはいかないのです」

「耐えられん。破滅の危機だ」コーベスは苦しげにうめきながら、手をもみ合わせて安楽椅子に倒れこんだ。

「さあ、決めて下さい」夫は時計を取り出した。婦人は聞いた。「そんなに難しいことですの、ミスター・コーベス?」彼女は身体を前に後ろに曲げながら、シミーダンスのステップをふみ、シバの女王のごとく媚びを見せた。「まだなの?」と彼女は艶《なま》めかしい声でささやいた。夫の方は手で口を押さえて、くっくっと笑いをこらえていた。

「他に取引の道はない」心の中で自分自身と戦いながら、コーベスは絞り出すように言った。異常なまでの欲望。彼は機関車を走らせた。「耐えられん」彼はもう一度そう言うとまるで死人のように真っ青な顔になって立ち上がった。そのとき、天上から大きな声が響いてきた。

「コーベスは贅沢な食事はしない、コーベスは大酒は飲まない、コーベスはダンスをしない、コーベスは女遊びはしない――」

夫は外を見た。勤務交代の時間だった。下では、労働者たちの二つの集団が互いにすれ違いながら、果てしない行列を作っていた。真っ赤に燃える天の高みから、ラジオの声が彼らに向かって、聞け、とばかりに呼びかけていた。「コーベスは女遊びはしない――」

夫は振り返った。無骨な喪服姿のコーベスは無言のまま婦人の前にうなだれていた。「それではそうしましょう」深いため息とともに彼は言った。「ダンスも踊ってくださらなきゃいやよ、ミスター・コーベス」――こう言うとラジオのがなり立てる声に合わせて彼を引きずり回した。「コーベスは日に二十時間働く」

VII

急にドアが開いたので、小男は危うくまっさかさまに深い穴の底へ転落するところであった。しかし三人は控え室がそこにないのを見て、他には何も気づかずにドアを閉めて、エレベーターが上がってくるのを待った。控え室が到着し、婦人がドアを開けて中に入ろうとしたとたん、コーベスの秘書が彼女の胸元に倒れこんできた。秘書は身動きせず、彼女に寄りかかったままずり落ちて再度床に倒れこんだ。彼は自分の経歴もこれで終わりだと思い、手に持ったピストルで最後の弾を自分自身に撃ちこんだのであった。出血は少なくすぐに片づけられた。小男は、夫婦がエレベーターに乗りこみ、コーベスが手を振って見送っているすきに、誰にも気づかれずに部屋にもぐりこむことに成功した。

彼はここ何時間かの試練で鍛えられ、筋金入りの神経をもつにいたった。生きるか死ぬかの危険な状況下で目もくらみ、あふれ出る汗にまみれながら、何といっても自分のほうが権力者たちよりもしたたかなのだと思うようになっていた。小男は彼らの哀れむべきやりとりをその耳で聞いたのだった。人を哀れむなどということを知らないこの男が何もかも聞いてしまったのだ！　あんなコーベスがこのおれに対して何ほどのことができようか！……小男は、あの恐ろしい奈落への転落の瀬戸際で、それほどまでに自分の力を信ずるにいたったのである。しかし、部屋にもぐりこむやいなやこの確信は消え失せた。これほどまでに豪華な部屋にすむ金持ちと争うなんて、身の破滅につながるのではなかろうか？

コーベスが戻ってきた。まるで塵の中を引きずられてきたかのようで、哀れな廃人だった。欲望と先入観との戦いが、この偉大なる権力を根本から揺るがせてしまったのである！　この戦いで骨は脱臼し、質素な身なりはぼろぼろに引き裂かれてしまっていた。間が抜けたように、その顔は無意識に痙攣しひきつっていた。彼は部屋の中に人がいるのを見て叫んだ。「私を助けてほしい！」

小男はこれを聞くと仰天して、コーベスと競うがごとく顔をひきつらせた。こうして二人は立ったままでいたが、一方は相手よりも差し迫った状態にあった。大きすぎる哲学者頭をした小男が先にこの状況を見て取り、相手の事情を知っているという強みに自らを奮い立たせた。「コーベスよ」と彼は言った。「あなたは恐ろしい奈落の瀬戸際に立っています。あなたがこの度自分の市民的な名誉をかなぐり捨ててまで満たそうとしている欲望、その欲望が憤激の嵐となってあなたを容赦なく奈落に引きずりこみます。あなたは悲劇の人物です、コーベス！　あらゆる欲望の中で唯一消費することなく計算ばかりしている欲望、すなわち所有欲をもって生まれたあなた、そしてこの欲望のためにあなた自身の全て、これまで良き夫であり父親そして倫理的な人間であったあなたが、突然、自分の全てを、生贄に捧げなければならない必要に迫られているのです。だからこそ、あなたは救いを求めているのでしょう？」

「あなたは誰なんですか？」ようやくコーベスはたずねた。これに対し小男は自分の巨大な頭を指さしただけだった。「それで暮らせますか？」助言者の経済的弱味につけこんで我が身を守ろうという意図があった。小男はそれもお見通しだった。彼は威厳を失うことなくにっこりと微笑《ほほえ》んだ。「私はザントと申します。カントではありません。ザントです。才能も業績もありませんが、敏捷です――しかも痕跡は残しません」――「私にどうすればいいとおっしゃるのですか？」とコーベスは話題をもとに戻して尋ねた。

小男は足がかりをつかんだ。彼はコーベスがさししめす椅子には座らず、足場を固めると雄弁を駆使してまくしたてた。「私はあなたがこれまで耳にしたことのないような儲け話を持ってきました。

あなたは、新しい宗教、我が国全土が恐ろしいまでの痙攣の中、求めてやまない新しい宗教、そして、あなたがラジオを通してあなたの聴衆たちに予言しているあの新しい宗教を、今すぐにも手に入れることができるのです。それどころか、これを即座に実行に移すことだってできます」

「その新しい宗教とはどんな宗教なんでしょう?」コーベスは無関心を装った。「コーベス神話です」と小男は明言した。これに対しコーベスは言った、「私は宣伝は嫌いです」

「あなたが嫌いなのは金を払うことだけです」と小男はじれったそうに言った。「あなたが宣伝が嫌いだなんてとんでもない。なぜならあなたの信用は宣伝に負っているのですし、あなた自身は信用で生きているのですから。物わかりが悪いようですね? あなたがそう言い張るのなら私は帰りますし、同情などせず、あなたのことはあの冷酷な借金取りの外国女に任せます。あなたは支払い不能でしょうが」

「助けてください」と、やましいところをつかれてコーベスはあわてて言った。「その宗教があの女とどんな関わりがあるんです?」

「もし私が偉大なるコーベス神話を作り上げたら、その見返りはもらえますね。それなら、いっしょにあの女を始末しますよ。もっとも今度は血は流しませんがね。あなたはドイツ国有鉄道を手に入れることができるんです。おまけに、もう二度とあんな女の脅威にさらされることもなくなるでしょう」

「騙すつもりじゃあないだろうね?」とコーベスは口笛を吹くがごとく甲高い声で言った。「証拠を見せてくれ！」彼は、はっきりした証拠がなければもうこれ以上は一言たりとも話は聞きたくないと言った。しかし、小男は研究者として相手の内実に迫る幸福を手放したくなかったので、この偉大なるコーベスによりいっそう痛みを伴う精神療法をほどこしてみようと考えた。彼は部屋の中を見回した。「本当に我々は二人だけなんでしょうな？　あなたが仕掛けた装置は、私が知っているほかにもまだあるかもしれません」コーベスは自ら、部屋の隅々に至るまで詳しく説明して小男を安心させる必要があった。もやは人目につきにくい秘密の装置もありそうもないと思われたので、小男は冷ややかに言った。「この封筒は封印されていて、中に私の計画案が入っています。こちらの契約書に署名していただければ、すぐにでも中身をご覧になっていただいてかまいません。契約書の趣旨は、私が今の上司に代わって部長の地位を引き継ぐ、というものです」

「なんだって？」コーベスが口笛を吹くような甲高い声をあげた。「あんたは宣伝部長の助手なのか？」

「この契約によって、私はコーベス神話の総代理人になります。いいですか、これであなたとあなたの事業のすべてが私にゆだねられます。私は神をつくりだし、そして、引きずり降ろすことだってできるんです。落ちた神は破産ですがね」

「厚かましい男だ」とコーベスは口笛を吹くような甲高い声で言った。「私の使用人でありながら、この私に取引を申し出ようっていうんだからな！　封筒をこっちに渡して、さっさと出て行くんだ！」

小男はポケットに手を突っこんで、「もし言葉遣いに気をつけないなら、コーベス、あなたのお気に召さないものを取り出さねばなりません」これにはこの富豪もひるみ、歯がみしながら後ずさりした。「もしそのポケットの中から私を撃とうというつもりなら」舌がもつれた。「人が聞きつけるぞ。あんたはあそこの送信機にだけは気づかなかったようだな……気をつけろ！　穴に落ちるぞ！」と彼は叫んだ――しかしこれは策略だった。というのもコーベスは、相手が振り向いたすきに飛びかかろうとしたからだ。しかし小男も危ういところで身をかわした。契約をめぐって二人のライバルは向かい合ったまま、ののしりあった。

先に冷静さを取り戻したのはコーベスの方だった。彼の頭に浮かんだのは、自分も今まで何度か敗北をこうむったが、その敗北が長びいたためしは一度たりともないということだった。復讐の機会は必ずやってくる。相手に切り札がなくなってしまったら、おれの方はいくらでも援軍を集められる。ここはひとまず敗北に耐えて次の機会を待つことだ。「よし、わかった」とコーベスは言った。「話し合いの場所はどこにする？　あんたが決めてくれ！」

「控え室にしましょう。でもその前にあなたのサインです！」

一方はサインした契約書を、他方は封筒に入った物件を手に持ったまま、二人は昇ってきた控え室に入った。「このエレベーターは上下に動かしておきましょう」と、小男は言った。「お互いに意見が一致するまではね。封筒を手にとってかまいません。契約書はこちらに頂きます」

「あんたは見かけによらぬ商売上手だ」コーベスはちらりと書類に目をやって、いかにも悪意はないというふうに、にっこりと微笑んだ。

こうして二人は昇り降りをくりかえした。取引に強い関心を示しつつ昇っては降り、互いに息がかかるほど身体を寄せ合いながら昇っては降り、そして、互いに相手ののど元につかみかかり噛み殺さんと、いつまでもたて穴の中で昇り降りをくり返したのであった。

Ⅷ

公民館。ある催し物の夕べ。これから何が始まるのかは、噂でしか知らなかった。子供連れの無数の労働者たち。ついに彼らも工場によって娯楽を与えられ、教訓を受け、心を動かされ、からかわれたりする幸せを真に大切なものだと思うようになったのである。世界と工場を一体と見なし、工場の中で人間であることを忘れる幸せ。昔の家父長制におのずと備わっていた指導者と大衆とのあいだの人間的な協調関係が、いまだかつてない最高の度合いでもって再び見いだされたのである。労働者たちの魂はとらえられた。浅薄なる物質主義の時代は去った。宣伝とは本来魂の存在を認めることであり、より有益な人間の目的に向けてその魂をつかむことにあるのだ。

目をひいたことといえば、宣伝部長の姿が見あたらないということだけだった。彼の部下、例の頭でっかちの哲学者が、あのハンサムでスマートな、鮫のような口をした若者につかまって詳しい説明を求められていた。「あんたが今日は将軍の代理のようだな。この三日間というもの将軍がどこでどうしているのか、我々部長仲間の間でも誰も知った者はいないんだよ。気がかりな噂も耳にするが……」これに対し小男はとぼけて、部長が休暇を取ったのは知っているが、それ以外は何も聞いていない、と言って相手を煙に巻いた。

「それにしても不思議な催し物じゃないか？」これを聞いて小男は肩をすくめた。自分には関わりはない。ひょっとしたら部長がどこかに隠れていて陰で糸をひいているのかもしれないし、あるいは今回、この糸はもっと高いところまでつながっていることだってありうる。どうもこの糸は実体のない者のところで消えているようにも思われる。「どうです、もしこの糸を伝って神様が降りてきたら？」そう言って小男は意味ありげに笑った。しかし、この鮫みたいな口をしたハンサムな若者は、例のカードボックスでの一件以来もうこの話にはこりごりしていた。「またおどかそうっていうんだな」と彼はそっけなく言いはなつと向こうに行ってしまった。

赤ん坊はクロークに預けられていた。赤ん坊をあやしに母親たちはたえず行ったり来たりしていた。男たちは、果てしなく並べられたテーブルに陣取り、消費に貢献していた。子供たちの姿はほとんど見られなかった。彼らは床下にいる方が楽しかったのだ。そこには、彼ら子供たちが遊ぶために教育用の炭坑が掘り下げられていて、ときどき子供たちも真っ黒な汗にまみれて、明るいところに昇ってきては、自分がもう一人前のことをしたかのような顔をした——しかし、この子供っぽい遊びが、全世界の中でのドイツ経済の将来にとってどれほど大きな価値を有するものであるか子供たちにはまったく想像もつかなかった。

静寂があたりに広がった。それは気づかないうちにやってきた。向こうのテーブルはまだ騒いでいたが、こちらではもう静かになっていた。なぜ黙ったのかを隣に説明するものもいなかった。静寂の島の椰子の木々のように、互いに黙って挨拶を交わしたのである。その間にまだ騒いでいた者たちもようやくこれに気づいて、話の途中で口を開けたままおし黙った。ついに巨大なホールは、まったくさえぎるものもない永劫の中へと滴り落ちる静寂に支配されたのである。聴衆は黙ったまま舞台をうかがった。

彼らもじっと舞台を見つめていたわけではなかった。そんなことをあえてしようとするものは誰もいなかった。彼らは横目づかいに、瞬きをしながら、顔を背けて眼だけを舞台に向けていた。こんなことが信じられるだろうか？　これはまぎれもない現実だろうか？　こんなことは何ひとつ聞かされていなかった。突然幕が開くと誰かが舞台の上に立っていた。そこにいたのは彼だった。だが、本来、この男がそこにいることはあり得ないことだった。それは自然に逆らうことなのだ。ある暗黙の自然法則が、この男の存在が明示されることを禁じていた。彼は、離れたところにいて、偉大なる力で支配すべく定められた不可知の指導者であり、我々の努力目標であった。時にはその存在を疑い、呪いの言葉を浴びせかけることのできる存在でなければならなかったはずだ。それなのに今、その男がここに立っているというのか？　民衆を前にこれから演説をしようというのか？

これはセンセーションだった。始まりから幻滅と不満がいりまじった。しかしながら大いなるセンセーションなのだ。聴衆はためらいながらも、一言たりとも聞きもらすまいと耳をそばだてた。壇上の男は言った。「立ちなさい！」聴衆は立ちあがった。「座りなさい！」みんな言われたとおりにした。「もう一度だ！　もう一度！」――彼らは、言われるままに何度もこれをくり返した。彼の声は、胸から胸へまっすぐにしみとおるような、よく響く声だった。まるで歌でも歌っているかのようでもあったが、しかしそれは歌ではなく、命令だったのだ。黒と黄色の服に身をつつみ、猫背で、腕は非常に長く、目は深くくぼんで寄り目ぎみだった。謹厳で憂いに満ちた表情には何か人間離れしたものがあった。黒地の背景の中に黒と黄色の服装で、直立不動で壇上に立っている姿は、まるで遠い過去の世界からよみがえった幽霊のようでもあった。彼が腕や足をあげると、人々は、この男が今にもサルのように舞台の枠をよじ登るのではないかと思った。

ようやくにして、彼は話をつづけた。「おまえたちは私の家を汚してはならん。ヘドを吐くなら便所に行くがいい！」その声はチェロのような響きをもち、感じやすい女たちは泣きだした。「週に一度」彼はそう命令した。「おまえたちは胃液を検査してもらうのだ。全員だ。最近おまえたちは何を食っているんだ？　国全体が窮乏に苦しむとき、個人の犠牲はやむを得ないことなのだ」ここでようやく聴衆にも彼の言わんとすることがわかってきた。

「おまえたちの女房を検査させなさい」と彼は命令した。口の悪いものたちはこの言葉を待っていたかのように皮肉なヤジを飛ばした。しかし彼ら皮肉屋たちは、生まれつき秩序を重んずる人々によって、座っていたベンチもろとも殴り倒された。「おまえたちの女房を検査させなさい。優良と証明されたものだけが子孫を残す資格があるのだ。私が、結核にかかった子供に対して金銭的援助をするなどということは金輪際ないのだ」このとき、子供たちも坑道からはい出してきていて、舞台の前に押しかけじっと彼の言葉に聞きいった。

しかし早くも最前列にいた子供たちの中に、あと戻りし始めるものもでてきた。この男が恐ろしくなったのだ。彼の調子はますます高揚し、声はとどろきわたった。「毎晩、私のことを考えねばならない。十歳以上の子供は五分間逆立ちをしなければならない。私を讃えながらだ。二十歳から三十歳までは、二つの椅子の背に頚とかかとを乗せて、それで身体を支えて宙に浮き、そしてその格好のまま女房どもと交わりをもたねばならない。四十歳までは首をくってぶら下がり、すぐにまたそのひもを断ち切らねばならない。それより年をくった人間からはもやは何も期待はできない。せいぜいストーブの火入れ口に向かって万歳でも叫んでいるがいい」

「おいおい、何という顔つきをしているんだい」と鮫のような口をした例のハンサムな若者が言った。彼はいつの間にかまた小男のところに戻ってきていたのだ。「いやに目を輝かせているじゃないか。家に帰るんだ！」

「今、家に帰れですって？」と小男はあわてて言った。「これから一番いいところなのに？」

「一番いいところとはどういうことだ？　あんたは、この先どうなるのか解っているようだな？」

小男には、この若者が探りを入れているのをはっきり感じとって、すぐにわざと目の焦点をぼかした。「私は何も知りません。でも素晴らしい声ですね！　ラジオの声だって、あの人の本当の声にくらべたらこれほど圧倒はされませんよ」
「あの人の本当の声だって？　そんなに違って聞こえるのかね？　やってみてくれないか！　あんたならできるんだろう」

ここで若者は目つきまでもが鮫のようになった。小男はその目をのぞきこまないわけにいかなかった。これが小男を刺激した。過度の興奮が小男を駆り立て、不幸を呼び寄せ、道化じみた振舞いをさせたのである。彼は小さく甲高い声を出した。「ストーブの火入れ口に向かって万歳でも叫んでいるがいい！」と口笛を吹くがごとき甲高い声で言った。それから二人は互いに相手の顔をじっと見つめた。

舞台の声は轟いていた。「コーベスは贅沢な食事はしないし、コーベスは大酒は飲まない。コーベスはダンスはしないし、コーベスは女遊びはしない。コーベスは日に二十時間働くのだ。おまえたちも同じようにしなさい。そうすれば私のようになれるのだ！　もし私が望めば、自分の姉妹を強姦することもできる。有能なる者には道が開かれているからだ。私に禁じられているものは何もない。私は善悪の彼岸にいる。私のようになるのだ！」

あまりにも強く心に訴えかける誘惑であった。聞く者たちは背筋がぞくぞくした。「私のようになりたくはないか、わが子供たちよ？　おまえたちにもできるのだ！　あえて溶鉱炉に飛びこむことも恐れぬ覚悟が必要だ。それさえあればもう成し遂げたも同じだ。溶鉱炉に飛びこむ者は不死身の命を得て、望むものは何でもできるのだ」彼がそう言うと背後の垂れ幕が開いて、溶鉱炉があらわれた。それは小さな溶鉱炉であったが、陶酔した人々の目には巨大なものに映った。熱い息吹が本物の火を吹きこんだ。溶鉱炉は真っ赤に燃え上がった。しかしそこから聞こえてくるシュウ、パチパチ、ゴオウというものすごい音は、彼ら自身が発したうなり声であった。

燃え上がる炎の前で、黒い輪郭だけを見せている壇上の男は誘った。「子供たちよ、来なさい！」すると子供たちはやってきた――先ほどから舞台に上りたくてうずうずしていた子供たちだった。最初の子供は元気な少年で、彼はあたかもレスラーに名指しされ、リングに上る名誉を与えられたとでもいうかのように、さも得意そうにあたりを見回していた。黒い影の男はあっという間にこの子を溶鉱炉の中に突き落とした。客席で悲鳴が上がった。しかしすぐにまた全員が息をのむ。二人目だ。そしてなおも多くの子供たちがこれに続くのだ。

これが次々とくり返され、このモロク〔聖書に出てくるセム族の神。子供の生贄を要求した〕の犠牲を止めるものは誰もいないことがわかると、彼らにこの事実に対する畏敬の念が生まれてきた。止めようと立ち上がった母親たちもすぐに押さえつけられた。実力で阻止しようという動きに対して自警団ができ、反抗する者は後方に追いやられた。前の方に集まったのは、この出来事によってこれまで予想もしなかった展望を与えられた人たちであった。彼らは忘我の境地で舌なめずりをし、血の気のない真っ青な顔で、飛び出さんばかりに目をむいていた。人間はこれほどまでに猛り狂うことができるものなのだ！　たとえ炉の前にいるこの火夫がやめようとも、緊急自動装置が備えられていた。

しかし彼は、炉の方はもう十分だと思うと、長い腕をさしあげたまま、前方に進み出て叫んだ。

「おまえたちを解放する！　姉妹を強姦せよ！　お互いの喉もとに飛びかかるのだ！　もはや私の溶鉱炉に恐れを感じなくなった者に対して、人間であれ神であれ、だれも命令などできないのだ。命令できる者がいるとしたら、それは私だけだ！　だが、この私がおまえたちを解放する」同時に、彼と溶鉱炉の上に黒い垂れ幕が下りた。

彼らはこれを待ちかねていたように爆発した。まだ正気でいた人間が抑えにかかったがまったく無駄であった。食堂が略奪され、床は一面にもつれ合う半裸の人間たちで埋まり、彼らは互いに相手を殺し合い、愛し合った。解き放たれた肉体の血なまぐさい臭い、この凄まじい光景のはなつものすごい悪臭が靄《もや》となってここで起こっている出来事をおおい隠した。

この靄のせいでほとんど何も見えないなか、小男は、あの鮫のような口をしたハンサムな若者と突き当たった。若者はすっかり気が動転していた。「こんなことが許されていいのか？　警察を呼ぶべきじゃないか？　舞台の上にいたあの男はいったい誰なんだ。あいつが言ったことはさっぱりわからん」

この騒ぎの中、小男は大きな声で怒鳴りかえした。「あそこで言われていたのは、ひとつの宗教のことですよ。我が国全土が恐ろしい痙攣のなか求めてやまない新しい宗教です。そんなこともわからなかったんですか？　その宗教は今見たようなものなんですよ。コーベスはずっと前から神になろうとしていました。そして今、とうとう彼は神になったんです！」

「馬鹿なことを言うんじゃない！」若者も叫んだ。「あんたと違って、気を確かにもっていて、ちゃんと分別のある人間なら、理屈をこねて極端な結論は出さないもんだ。そんなことをすればすべてが台無しだ。中道をゆくのが上手な商売だ。分別をなくしてはならん！」――このとき、悪臭の靄の中から、ひとりの正体なく酔っぱらった女が若者にもたれかかってきて、もろとも床に倒れこんだ。観念の上だけで放縦になっていたに過ぎない小男は、この光景に吐き気をもよおしその場をのがれた。

「静まるんだ！」彼はそう叫んで出入口の上部に設けられていた演台に昇った。「おまえたちは自分たちが力に満ちあふれていると勘違いしているのだ。おまえたちの弱々しい肉体は無能な精神のあかしだ。ああ、わが国民よ！」――壇上で両腕を広げ、「おまえたちのことは心から愛している。自由かつ偉大たれ！　自ら選んだ指導者たちは、おまえたちに道を指し示したが、私にできるのは最後にそれを和らげてやることだけだ。国民よ、おまえたちの神は、最後の犠牲としておまえたちの理性を望んでおられる。捧げるのだ！」――立ちのぼってくる臭気のせいで、咳とくしゃみがとまらなかった。それだけに小男は下の騒ぎに向かってなおいっそうの大声をはりあげた。

「もしも彼がおまえたちからこの最後の犠牲を受ければ、いいか、国民よ、もしもこの神がおまえたちからこの最後の犠牲を受け取るなら、彼には最期の時がやってくる。そのとき、彼は満腹になり、それ以上何も食らうことはできない。欲望は満たされ、もはや身を守ることはできない。そうなれば、彼はうち倒され、殺され、始末されるのである」

猛り狂って、「いいか、国民よ！　これこそが私の仕事、純粋なる思考の仕事なのだ！」

このとき足下で、靄の中からひとつの顔がつき出てきた。あの若者だった――彼は鮫のような口で言った。「あんたもついに正体を現したな」

IX

翌日、社会部長はひとりの訪問客を迎えた。「ダルコニィさんですね？　よく存じております。あなたを雇ったのはこの私です」

これがダルコニィか、髪はブロンドで、多少赤みがさしている、コーン〔ユダヤ人によくある名前〕じゃないのかな？　部長はそう思った。ダルコニィは言った。「私を雇ってくれたのはとても小柄な方でしたよ。あなたはこんなに背が高いというのに」おだやかに、じっと目を見すえて事実のみを語った。ところで、彼の目も深くくぼんでいて、寄り目ぎみだった。

「ご冗談を」と部長は言った。「あなたのおっしゃっている小男は、私どものところのエレベーターボーイです」

「冗談なんぞもうしません」とダルコニィが言った。「私はちゃんと時間通りやってきましたし、義務は守っているつもりです。他の方々にもそのようにお願いしています」

「昨日はとても楽しませてもらいましたよ」――部長は、まず相手を誉めてから本題に入った。「ダルコニィさん、私どもが、もっと早くにあなたのお噂を耳にしなかったのは残念なことです。もっと早くに存じ上げていたなら、とっくの昔にあなたにお金を出して、わたしどもの邪魔をしないようにお願いしていましたのに。あなたはもう舞台に立ってはいけません」彼はきっぱりとこう言った。

「私が舞台に立ってはいけないですって？」激しい驚き。

「そのとおりです、ダルコニィ。承知してもらわねばなりません。昨日のあなたの出し物は、芸術的にもなかなか悪くない出来でした。第一級と申し上げてかまわないでしょう」そう言われると憂鬱そうなダルコニィの顔も輝いた。「ところで、あれを考えたのは誰でしょう？　きっと私どもが雇っている男に違いありませんが。とにかく、あなたの出し物は」部長はこう言って締めくくった。

「我々には耐え難いのです」

ダルコニィはしばらく考えていた。それから、「もし私が、あなたの命令を聞かずに、あれをひっさげて巡回公演をするといったら？」――「やれるものならやってみるがいい！」部長は鮫のような口をぱくぱくさせた。

ダルコニィの驚きはいっそう大きくなった。「私には何もしないと約束してください！　よくわかりました。もしあなたが私を破滅させようというなら――もう他の者たちはやられてしまっているんですね」鮫のような口をした男の顔をじっと見つめて「それならおそらく私の契約金も払ってはいただけませんね？　二週間分です。最初からそう思っていたんです。私はつくづく運のない人間です」

　ここで、ハンサムでスマートな、鮫のような口をした若者は、この男が心から可哀想になった。彼は客の肩に長い手をおくと優しく言った。「まあ、おかけになってくださいい、ダルコニィ」このときから、彼の振る舞いには、わざとらしい気取りが見られるようになった。さらに彼は精一杯優しい声を出そうとさえした。それは専門家に対するものだった。「あなたが損をするなんてことはありませんよ、ダルコニィ。補償はするつもりなんですよ」

「ではお金はもらえるんですね？」力なく疑わしげな口振り、やはりコーンなのではないだろうかと部長は思った。「また一から始めます」とダルコニィは言った。「結構です。場末の舞台か、あるいは地方で働きます。私を知っている人間がいないところで。結構です。それでも見こみはあるでしょうからね。金をもっとたくさん稼げるというだけではありませんよ」

「コーベスだって金のために働いているのではありません」部長はそのまま調子をつけて歌い始めた。「画家が絵を描き、音楽家が作曲をするのは、金がめあてなのだろうか？　創造的人間の創作意欲――」彼は我に返った。

「その通りです」とダルコニィは言ったが、怪訝《けげん》な顔つきではなかった。「芸術家としての私の仕事は、それ自体が報酬なんです。あなたがどうお考えかわかりませんが、私にとっての成功は、あなたのエレベーターボーイがあんなに急いで私を呼びに来てくれたことです。彼は自動車で私を迎えに来てくれました。これだってひとつの成功じゃありませんか？　すぐに大舞台です。巨大な建物は観客でいっぱいでした！　トリックを使う出し物はこうでなければなりません。でないと、観客は白けたままです。ところで、昨日の観客は白けていましたか？」

「そんなことは全然ありません。ダルコニィ。でもあなたも十分楽しんだでしょう」

「あなただって一度味わったら、やめられないでしょう！」

部長はこの話を打ち切った。「それでは、あなたには私どものところにいてもらうことにしましょう。あなたを目の届くところにおいておかねばなりませんからな」

ダルコニィはドアの方を振り向いた。「何と、身柄の拘束ですか！」

「誰に向かって話しているつもりですか？　あなたはここで雇われたんです。常勤です。給料はいいし、安定しています。宣伝部で演芸担当係をやってもらいます。あなたにはおなじみの部署でしょう」

「仲間の芸人相手に、何をしろとおっしゃるんです？　私自身はもう二度と舞台には立てないんでしょう？」

芸術家としての彼の苦悩は部長の心をもとらえた。「二度と舞台に立てないなんて誰が言いました？　機会はいくらでもありますよ。私どものところには労働者や職員たちのために精神療養施設があるんです。一カ所か、ですって？　七カ所もあるんですよ――しかも大繁盛です」

「気違いどものところで私が――？」

「何を言うんです。正気の人間にはあなたの芸術は害になったでしょう」

「気違いどものところでこの私が！」彼はすっかり気落ちしてしまった――しかし時間がたつにつれだんだんと彼の心も慰んできた。「結局のところ狂人たちの方がうまく行くかもしれませんな」とこの芸人はつぶやいた。

「そうですよ」と言って、部長は話を終えた。しかしダルコニィが立ち上がろうとすると親し気な身ぶりで彼を引き留めた。「もう一つだけ用があるんです、ダルコニィさん。内密の話なんです。まもなくご婦人がひとりここに来ることになっています。仕事関係ですよ――とりあえず、そういうことにしておきましょう」騎士ぶった軽い笑い。「私どもは、この件をあなたにお任せしたいと思っているんです。ただ、あなたには、あのトリック物の中でやったのとそっくり同じ人物を演じてもらわねばなりません」

「そのご婦人を私が変装して――」ダルコニィは驚かなかった。「それには報酬をはずんでもらわないと」と彼は迷わず言った。

「そのご婦人は悪くないですよ。大柄な婦人ですが、とにかく魅力はあります。私だって自分ですぐにもその役を引き受けたいところなんですが、どうしても今度だけはあなたの変装が必要なんです。私どもも、あなたなら見破られる心配はないと思っているんです」

「よりによって、こんな状況でもですか？」とダルコニィは憂鬱そうに尋ねた。もっと報酬をはずめ、と彼は頑として言い張った。「耐えられません。破産ですよ」と部長は言ったが、しかし今回、要求を押し通す力はダルコニィの方にあった。

ついに二人の男は合意した。ダルコニィは部屋を出た。「あのご婦人といっしょにいるときは甲高い声を出してくださいね！　口笛を吹くみたいにしゃべるんですよ！」と部長が後ろから叫んだ。

X

ドアのところでダルコニィはあの小男とぶつかった。彼は逃げ隠れするどころか、ポケットに手を突っこんだ。「ほら、取っておきな、おちびさん」小男はその紙幣を軽蔑するように眺め、一方ダルコニィに対しては、非常に厳格な顔つきで見つめたが、そうでもしなければ、彼は、自分の人間としての威厳を保ったまま部屋の中に足を踏み入れることはできなかったのである。腕組みをしたまま、部長の前に歩み寄った。「これはどういうことなんです？」と彼は詰問した。部長が、何のことだ、というような顔をしていたので、短い腕をドアの方にのばして、「今、あの男と何をしていたんですか？」これを見てダルコニィは、面倒なことにかかわるまいと、そっと逃げ出した。「まず、上司に対してふさわしい態度をとってもらいたいものだね」とこのハンサムでスマートな、鮫のような口をした若者はたしなめた。小男はこの言葉を聞くと我を忘れていきり立った。「あなたが？　私の上司ですって？　あなたなんか漆喰で化粧をした墓石みたいなもんですよ。私がその気になればあなたを閑職に追いやることだってできるんです」自分の権力感情が刺激されたことで、わなわなと震えた。若者は大口をあけて笑ったが、何も言わなかった。

「笑っている場合じゃありません！」と叫んで、小男は地団駄を踏んだ。「訳を聞かせてください！　私のダルコニィに何の用があるんですか」

「たった今、彼はこれからずっと我々の目的のために協力してくれることになりました」急に若者の態度はいやに愛想よくなった。「よろしいですか、あの男は、我々が必要だと思えば、そのつど、精神療養所であのトリック物を演じてくれるんですよ」

「精神――」小男は二の句がつげなかった。ようやく息をついてから、「あんたは私のアイデアを盗むだけでなく、台無しにしようっていうんですか！　あんたはそういう人間なんだな、鮫のような口をした青二才のくせに！　あんたが一生のうちで思いつくアイデアといえば、他人のアイデアを盗んで台無しにすることくらいなんだ」

若者は相変わらず、愛想のいい態度を捨てなかった。「あなたには心から敬意を表しますが、アイデアに何の意味があるでしょう？――もし、それを持った人間に権力がなかったら」

「おれにはその権力がある」小男はチョッキの袷に手を突っこんだ。

「それなら結構です」――いっそう慇懃《いんぎん》になった。「スムーズに昇ることに関してはエレベーターボーイにかなう者はいない、ということだけは喜んで認めましょう」

「壁にはりついた南京虫はどうなんだ？」とかみつくように小男は応じた。

おっしゃるとおり、とでもいうように若者はお辞儀をひとつした。「南京虫は部屋の中に巣くうものですよ。しかしエレベーターボーイを待っているのは外のエレベーターです。さあ、頑張ってください、博士先生！」彼は手で、行きなさい、と合図をした。小男は面食らってしまった。しかし、「お若いの、あんたはとんだ勘違いをしているようだな」と彼はなおも自信ありげに言った。「おれは宣伝部長なんだ。辞令もここにある」そういって彼は最高責任者と交わした契約書を取り出した。

若者はその紙をうやうやしく読んだ。彼はうなずいた。「あなたは将軍の後任に任命されたんですね。これについては何の異論もありません。しかしながら、だからといってあなたが宣伝部長になったわけではありません。とりあえずは、社会部長の私が兼任で宣伝部も任されているんです。今のところ宣伝部には専任の部長はおりません」

「おれがいるじゃないか」と、小男は心臓が激しく鼓動するのを感じながら言った。

「残念ながら、必ずしもそうとはいえないのです――私個人といたしましては、あなたのような部長を宣伝部に迎えられれば、大歓迎と申し上げるにやぶさかではないのですが」なるべく優しく言おうとするあまりに節回しがついてきた。「あなたはエレベーターボーイになったんです。と申しますのも、あなたがその後任に任命された将軍は、あなたのその契約書の署名の前日にエレベーターボーイに栄転しているからです。これがその辞令です」

「日付をさかのぼったんだ！」小男は絶望のあまり必死で頭を働かせた。「こんな恐ろしい詐欺は今まで聞いたこともない！」

「それを証明できますかな?」と若者は哀むようにたずねた。「訴えますか? 誰を訴えるんです? この苦闘する国のために、あなたが自分で考えだした目に見えない、おそらくは存在もしていない宗教を相手にですか?」

「あの男は存在しているんだ! ここにその男の署名もあるじゃないか!」小男はなおも言い張った。若者は軽く肩をすくめた。「誰も本物だとは思いませんよ。あなたもご存じでしょうが、法廷というものはとても信心深いところです。国民の世論だってそうです。両者は、しっかり手を結び合って、世俗の商売にいかなる形であれ神がかかわることを拒む決意を固めているのです。神を冒瀆することを恐れているからです。あなたの訴えは却下されるでしょう。あなたがエレベーターボーイであることは変わらないんです。そう――」

　若者はここで大きく息をついた。あるいは同情のため息だったのかもしれない。「そう、もしあなたがよくない考えをおこして、今度演芸を担当することになったダルコニィとエレベータボーイの将軍のいきさつを、わずかに残る、まだ我々のものになっていない新聞に持ちこもうというなら、残念ながら、それこそあなたの苦難の道の始まりというものです。仮にあなたがそんなことすれば、我々は、こう答える他はありません。ダルコニィが芝居を演ずるのは精神病院の中だけだ――これはすぐにも証明されることです――したがって、その男の言っている話は精神病院の中のことにすぎない、だから、その男、二、三の新聞を騒がせているまさにその男自身が精神病院の患者なのだ、とね。今の話を真実たらしめるためには、あなたにもそこに入っていただかなければなりませんんかな」

ここで小男もついに力つき、仰向けに転倒した。社会部長は小男の顔にたっぷりと水をかけてやった。この敗北に打ちひしがれた男が意識をとり戻したあとも部長は、なまじこの男に手をかして恥ずかしい思いをさせるよりもと、むしろ自力で起きあがれるようになるまで床に座らせておいた。部長は小男の前に身をかがめたが、それはまるで、今は強情をはっているが、そのうち泣いて赦しを乞うことになる子供を扱かっているようだった。彼は小さな声ではあったが、すごみのある声で言った。

「あらいざらい白状するんです! あなたはコーベスに逆らったんですね。コーベスに挑戦した。あなたは彼を——そう、ひきずり降ろそうとしたんです。自分の考えだした宗教が、彼の姿を暴きたて、彼の所行のもたらす結果を暴露し、それを世間に見せつけることで、人々をあっと驚かすはずでした。そうですね、坊ちゃん!」

鮫のような口から説教を垂れながらも、親身に相手を思い、若者の目から涙が一滴落ちた。「なんて世間知らずの坊やなんだ! 人間が中に飛びこんだからって、溶鉱炉が否定されますか? あなたが馬鹿な冗談でからかってみたところで、それでコーベスが死んだりすると思いますか? コーベスは一度だって生身の人間だったことなんかありはしません。だからこそ彼は生き続けるんです。組織の息の根をとめる才覚なんてあなたにはありません。組織というのは、あなたが夢見ていたほど人間的なものじゃないんです」

若者の口振りはさらに高まった。「組織、意識、立場、利害。ここに人間が必要でしょうか？　人間とは何でしょう？　人間は滅びますが、利害は残るんです。こんなこともあなたにはわからなかったんですか？　どんなに馬鹿な人間でも、これに身を捧げさえすればわかるのに、あなたには組織というものが理解できないとは！」

ここで再び小男の体にすべての力が戻ってきて、彼は床から飛び起きた。「おれにはわからない。おれは哲学者で、この頭でそんな下らないことにかかずらわおうと思ったこともない！　見ていろ、若造。あの男を生きたままここに引きずってきてやる。おまえが目には見えないというあの男、存在していないと言い切るあの男をな。いいか、若造、おれはたしかにあいつに会ったんだ！　おれがあの男をここに連れてきてみせる。若造、覚えておけ！」

XI

そう言うが早いかもう彼は部屋から出ていた。まるで膝が宙に浮いているかのごとく、彼は全力で走った。ドアの前を駆けぬけ、いくつもの廊下をたどり、広間をぬけて走る。彼がその前を通り過ぎるたびにドアはばたんと音をたてて閉まり、廊下にこだまし、広間の中でまるで真空へと虚しく消えていくようだ。あの死んだ中産階級の男も、最後の知らせをもって、こんなふうに駆けつけたのだった。今は秘密の落とし穴など考えているひまはないし、実際、彼が罠に落ちこむこともなかった。

すべての廊下が集中するあの円形の空間が見えるあたりに小男がやってくると、守衛長がテーブルから立ち上がった。彼は分解掃除していたピストルを組み立て終わり、ちょうど実弾を込めたところだった。彼は直立不動で小男を迎えたが、敵意は見られなかった。「来ましたね」と彼は言った。この全力疾走してくる小男を彼は体をはって受けとめた。そのまま放っておいたら、小男は壁に衝突してぺちゃんこにつぶれてしまっていただろう。

「上だ！」息をはずませながら小男が言う。「上へ行きたいんだ」

「わかってますよ」——この愛想のない守衛長がにこにこ笑っている。「あなたが何をしたいかは私たちだってわかってますよ、博士先生」

そう言って彼はもう金庫のような扉を回している。「さあ、中でごゆっくりどうぞ！」小男はエレベーターの中へはいった。

彼はなおも息をはずませていて、ただひたすらあえぐことしか考えられない。しばらくすると、自分が待たされていることに気がつく。彼は上にあがるのを待っているのだが、エレベーターはいっこうに動かない。

ドアは？　しっかり閉まっている。窓は？　閉まっている。彼はさらにしっかりと窓を閉め直す。ようやく足元が突き上がるのを感じる。上がっているのだ。めまいがする。これは、想像もできないほど高き行為に向かって彼が上昇しつつあるからだ。到着する前にもう一度深呼吸だ！

彼は深呼吸をするが、到着はしない。それどころか、もはやエレベーターの動きさえ感じられない。エレベーターは止まってしまい、宙に浮いたままだ。小男は驚きのあまり叫び声をあげた。突然、このエレベーターは最初から全く動いていなかったということが、小男にも明らかになったのだ。上にあがっていると思ったのは、錯覚にすぎなかった。落ち着くんだ！　まだなにも失ったわけではない。壁を叩いてみる。が、びくともしない。

おれはあの控え室で待っているのだ。おれには時間がある。時間がおれに味方をする。最後に勝利をつかむのはおれのほうなんだ。

いきなり彼はドアに体当たりし、大声でわめきながら中からどんどん叩く。じっと耳を澄ます。何の反応もない。叩き、体当たりする。何もおこらない。わめき声はしゃがれてくる。依然として何の反応もない。彼は立ったまま、じっと聞き耳を立てる。そして彼は、永久に自分が人間界の喧噪から閉め出されてしまったのだという思いに襲われた。そんなことはあるはずがないと、彼はヘッドホンを頭につけてみる。すぐにラジオの音が響いてきた。

「この権力、すでにおよそ比べうるものたちはすべて凌駕し、目の前で神話にまでなりつつある、この権力がいかにして生まれ、いかに拡大したか、いずれその真実が明らかになるとしても、それはおそらく後世になってからであろう。神話とは、すなわち、コーベス神話である。我が国全土が恐ろしい痙攣の中、求めてやまない新しい宗教、その宗教が見つかったのである！」

全身わなわなと震えながら、小男はヘッドホンをはずした。人間たちのこの信仰は彼のものではなかった。おれは神に見捨てられたのだ。あの男に戦いを挑んだこのおれが！　まさにこのエレベーターが、なんと、まるで自分の墓のように思われてきた。彼は手を合わせて、なおも「上がってくれ！」と願った。しかし無駄だということがわかると、すぐに彼も諦めた。

上にあがったところで何になろう？　たとえおれが上にたどり着き、掟に逆らい、上にいるあの男を手にかけたとしても、せいぜい、あの悲哀と貪欲の汚物の塊を引きずり降ろし、世間の前に放り投げるだけだ。だが、世間はよってたかってその塊の前に立ちはだかり、世間の前から片づけ、そんなものは見たことがないと言って否定するのだ。これが人間というものなんだ。「だいたいおれ自身が本当にあの塊を見たことがあったのだろうか？」と小男は考えたが、すでに墓の中の死者になったような安らぎを感じていた。彼はほほえんだ。最後の微笑だった。

ここで彼は今までは気づかなかったあるものを見つけた。守衛長のピストルだった。かたく閉じたドアのすぐ脇の、ゆったりした安楽椅子におかれてあった。あの守衛長が、小男を哀れに思ったのであろう、背もたれの陰に半ば見えるようにピストルを突っこんでおいてくれたのだ。意を決して彼はピストルのほうに歩み寄った。

フェリーツィタス

眼下に見えるのはドイツの谷かヴェルシュ〔スイスのフランス語、イタリア語などロマンス語を話す地域〕の谷であった。ヴェルシュの谷とドイツの谷は交わっていたが、その交わったところには最大級の氷河が立ちはだかっていた。人々の行き来を妨げていたのは言葉の違いよりもその氷河であった。そこを越えて行った人は別世界に姿を消してしまうのであった。こちらの世界とあちらの世界は太古から触れ合うことがなかった。

一人の兵士がそこを越えた。向こう側の谷に、切り出した石を土で塗り固めた粗末な作りの小屋があった。半分開けたドア越しに彼の古風なドイツ人の顔つきとは別の、ヴェルシュ人の顔つきをした人々が彼を見ていた。通り過ぎてから兵士は一人の娘が後ろから見つめているのを感じた。彼は振り返った。

その娘は大きな黒い目をしてじっと見つめていた。彼女は兵士の掛けた言葉に一言も答えなかった。また投げ掛けた微笑みにも応えなかった。それでも娘は彼を中へ入れた。

そうなると、彼女はそれ以上家にいられなかった。彼女は氷河を越えて彼の村までついて行った。彼は両親に、兵役についている間、娘を家に置いてくれるように頼んだ。娘には、除隊したら結婚式を挙げようと言った。男は出て行った。――そして再び帰って来ることはなかった。

兵役期間はとっくに過ぎていた。彼の両親は死んだ。かつて男に愛された娘とその子が後に残された。それはあの兵士の子であった。この子は麦穂のように輝く金髪と母親似の目をしていた。雪が解けて山から滑り落ち、小川が下の家々まで溢れる三月に生まれたのであった。この時期人々は家畜を岩の階段を上へと追いたてて行く。その上の縁に避難小屋が建っているのである。子供の母親だけは出産したばかりなので、一緒に逃げることが出来なかった。二人は幸運であった。小川の流れが家のドアの前で止まった。彼女は子供をその日の守護聖女にちなんでフェリーツィタスと名づけた。


今や母親と子供は避難小屋に暮らしていた。どうやって生活しているのか誰にも分からなかった。死んだ兵士の両親が小銭をこっそりとためて靴下の中に残していったのだ。金を貸した人達はそれを見つけられなかったに違いない。その金でまだやっていけるのだろうか？　とうとうヴェルシュの女は若者達を自分のところに引き込んでいるということが明るみに出た。その間子供には仕事をさせていた。

成長したその子は階段状の小道を登り降りしていた。季節によって素足のままのこともあり、サンダルを履いてパタパタと音をさせていることもあった。子供は小屋から小屋へと水を運んだ。小さな頭の上に銅製の大きな水瓶がただそのまま乗っていて、それが細い木の若枝の先でバランスを取っているかのように揺れていた。

一軒の小屋で彼女はたいてい休ませてもらうことが出来た。洗濯をし、家畜の世話をし、かまどの煙で燻《いぶ》された栗の菓子を一緒に食べ、藁《わら》の中に休むことが出来た。同情を寄せた人々は彼女を泊まらせてもくれた。この子には何という母親がついているのか！　しかしフェリーツィタスが家を出なかったのは疲れていたからであった。彼女は元気ではあったが、辛い仕事を終えた晩などは疲れ過ぎて、人生でこれ以上こんなことが続かなければ良いと思うほどであった。年をとって初めて彼女はこの疲労を再認識した。

ある時家に戻ってみると、母親が見つからなかった。静けさの中で長い間恐怖を覚えながらやっと眠りに就いた。母親は仕事を探しに谷を下ったのである。そこはもう栗の実がなり、美しい塀に囲まれた裕福な農夫達の家があった。この村で立派な塀に囲まれている建物といえば教会だけであった。

女はある朝、年取った警官に連れられて戻って来たが、彼は何も言わなかった。ただ女を連れて来ただけで、何があったのかも告げず帰って行った。女は頑なに口を閉じ、自分の小屋に入った。隣近所の人々が家の外に立って女を非難した。彼女はドアを閉めることが出来なかった。そうすれば自分の居場所が暗闇になってしまうのであった。時々女の方でも、罵《ののし》りの言葉を外に向かって返したが、それは長い間この土地の人々と話していた言葉ではなく、昔彼女が使っていた別の土地の方言であった。

階段状の小道をいつものように、まっすぐに、バランスを取りながらフェリーツィタスは歩いて来た。彼女は家を取り囲む人々を見た。そして母親の引きつった声を聞くと水瓶を落としてしまった。水瓶が転がった。彼女は声も出さずに、両腕を広げた。そして何もかもがこの水瓶のように落ちて、転がってしまえば良いと思った。自分も母親もだめになってしまえば良い、二人とも雪原に追い払われてしまえば良いと思った。この瞬間一人の天使が現れた。

天使は青い顔をそびやかしていた。その口は赤く、閉じられていたが、厳しい至福に満ちていた。落ちくぼんだ目は動かず真剣であった。しかし眉は微笑んでいた。そればかりか眉の周りには微風が輝いていた。美しい黒の僧衣をまとっていたが、階段でそれが汚れないように裾を少しつまんだ。彼はつまはじきにあっている女の小屋へ入った。人々は道を譲った。彼は敷居の上で立ち止まり、女の名を呼ぶと、女はお辞儀をしながら出て来た。彼は手を女の頭に置いた。女は跪《ひざまず》いた。すると、彼はこの女はまた皆に受け入れてもらったのだと言って、人々に向かって女を指差した。

子供達は皆彼の衣の裾にキスをした。その中にフェリーツィタスもいた。子供達は後について教会へ行った。彼はミサを行なった。その間フェリーツィタスは本当にこの人は天使なんだ、私にだけそのことが分かるんだと感じていた。彼女は驚いた、驚きで一杯であった。それどころか心臓が止まってしまうに違いないとさえ思った。

この夏娘は山羊の番をしていた。一人で日の当たる岩に立っていた。斜面から山羊たちが彼女に向かい筋張って平たくなった首を伸ばし、葉をしなやかな口でちぎり、もぐもぐ食っていた。それは草むらの中に泉があるような響きだった。しかしフェリーツィタスは若い主任司祭が病める者達のところへ行くのを待っていたのだった。

彼女は司祭の足音が聞こえると不意に藪の中へ身を隠してしまった。そんなことをしようとは全く考えていなかったのに。彼が半ば通り過ぎた時、娘は藪から飛び出した。彼は蛇に出会った時のようにぎょっとした。彼女は喉の奥で笑い、彼の手にキスをした。彼は彼女の髪を掻き上げようとしたがためらった。今はもう銅色になってしまった髪が何本かの束になって顔に掛かっていたのである。暗赤色の髪の房の間に、明るく、山羊のように野性的に光る目があった。彼は彼女に小さな、艶のある、色付きの救世主の絵を渡した。彼女の目からは光が消え、穏やかになった。彼は先へ歩いて行った。すると静かに彼女の目から涙が流れた。しかし司祭はもうそれには気づかなかった。

フェリーツィタスは歌ミサも説教も欠かさなかった。彼が話すと説教壇は嵐の巣のようになった。彼は物惜しみする人々には同情心がなかった。不作法な者にはなおさらであった。それでも私の母親をまた受け入れてくれたのだ。司祭様は私たち貧しい者達には忍耐強いのに、自分自身は気高く厳しいのだとフェリーツィタスは考えた。彼女は跪き、信仰を知ったのだった。

彼はあらゆる人を救った。女の声を使う白痴は見捨てられていた。この男は教会に足を踏み入れたことがなく、魂の救済を知らなかった。若い司祭は彼にスカートをはくように命じた。この時フェリーツィタスはこの男は救われたのだと思った。

教会はあの山の張り出しに孤立して聳えている。おまえが後ろへ回ってみると廊下に出るが、その廊下はまっすぐ岩穴に通じている。長いこと歩いて曲がり角に辿り着く。着くとおまえは司祭の住む建物に通じるドアを開ける。建物は高く聳え、遥か遠くを望んでいる。しかし彼女がこの岩の廊下に入って行く勇気を持てたのは、ようやく十五歳になってからだった。初めのうちは、この廊下にもいつかは終わりがあるということに確信が持てなかった。若い司祭様は魔法を掛けられてここに住んでいるのではないの？　壁には一つかすかな明かりがともっているのに廊下は暗かった。ちょうどそこにいつも一つの人影が待っている。――そしておまえがそれに触れると岩の塊に変わるのだった。暗闇の中の道は叫び声を上げたいほど息詰まるものだった。しかし彼女は歯を食いしばった。

最も暗い場所に、人間の背丈ほどの高さで緑色の目が二つ光っていた。フェリーツィタスは初めは驚いて身を固くした。その目がよそを向いてくれるか、閉じてくれるかと、何時間もその場を動かなかった。次第に、それが若い司祭のところにいる雄猫ゴークであるのが分かってきた。彼女は通り過ぎた。しかしそれは呪文のお陰であった。「ゴーク、どきなさい！」と彼女は呟《つぶや》いた。「ゴーク、私の家来になりなさい！」何度も無駄骨を折った末、彼女は若い司祭のドアに辿り着いた。その前に立ってみると、暗闇の帰り道が怖いのと同じように、このドアがとても怖かった。

ある時彼女は若い司祭のドアをさっと大きく開いた。そうしようと思っていたのではなかった。今、急に明るくなったので瞬きをした。心臓がどきどきするのを感じ、素晴らしい幻惑に襲われた。司祭はこの世ならぬ輝きに包まれて彼女の前に立っているはずだったから。ただ彼女の目はそれに耐えられなかった。彼女には司祭が見えなかった。見えないのに、司祭は何の用かと尋ねた。告解をしなければならないのです、教会で司祭様が私の言うことを聞いてくださるまで待てないのです、と言った。すぐに彼女は作り話をした。「――子守りをしている未亡人のところで盗みをしました――一ポンドの粉でした」「おまえは嘘をついているね」と若い司祭は言った。彼女の口は初めのうち動かなかったが、やがて顔中がゆがんだ。苦しみの声が口から出ないうちにくずおれてしまった。

「神様が騙されると思っているのかね?」彼女は頭上に聖なる声を聞いた。怖くてそれ以上嗚咽《おえつ》を続けることが出来なかった。神秘の戦慄に限りなく襲われた。突然彼女は立ち上がった。震え切っていた。「あなたは何もかも分かっていらっしゃるのですから――」彼女は両手を少し上げ、手のひらを広げた。

「何の用だね」彼は再び尋ねた。だが今度はさっきよりずっと長い間彼女を見つめていた。彼女はそれに耐えていた。

「母の所へ行かないでください」と彼女はかすかな声で、しかしはっきりと言った。「あの人はあなたの慰めにも施しにも値しません。あの人はあなたを侮辱しています。おいでになった後は決まって、嘘を言って自慢するんです」ますます小声になって、「あの人は卑しい人です。私は憎んでいます」

娘は頭を垂れた。この時、本当に彼は髪を掻き上げてやったのだった。「何もかも分かっているんだよ」と彼は言った。「でも憎んではいけない！　愛するのだ！」

髪を撫でられたので、彼女は顔を上に向けた。彼女の顔は彼の顔の真下にあった。彼女は唇を丸めて突き出し、目を閉じた。

彼女の中で恍惚感が沸き起こった。この世を再び見ることがあろうとは考えられなかった。それでも結局は目を開けた。しかし自分が一人であるのに気がついたのだった。


彼女は戻った。母親を憎んでいたからであった。それはどんな掟にも反するものであった。彼女はそれを告解しないわけにはいかなかった。いまだかつてない憎悪が初めて彼女の心の中に芽生えた。そう、今やフェリーツィタスは彼女の母が自慢げについている嘘が嘘ではないのではないかと疑っていた。若い司祭は母を再び訪ねていた。家の裏の山羊のところにいたフェリーツィタスは、これからひょっとして起こるかもしれないことを思って、例の恐ろしい不安をどうしようもなく感じていた。

今日、夕暮れの薄明かりが岩の廊下に差していた。若い司祭のドアは半分開いていた。一体どうして？　中は全くの静けさに包まれていた。ドアの後ろの暗闇に立っているフェリーツィタスは、長い間ずっと聞き耳を立てていた。口をきく者は誰もいなかった。入って来る者も、出て行く者もなかった。やがて彼女は音もなくドアの隙間に身を入れた。そうするにも随分時間がかかった。

しかし、中に入ってみると眼前に出現したのは全く見覚えのない部屋だった。太陽は差し込んでいなかった。今、部屋は新しい色に染まり、そして物の形が以前とはまるで違った風に見えた。しかしそれだからそんな気持になったのではなかった。彼女には若い司祭が見えなかった。だからこそ、静まりかえった部屋の中で、思いもかけず彼女は、純粋の、崇高な幸福感に浸った。心の中には、もはや一点の曇りもなかった。憎しみも疑念もなかった。彼女を不安にさせていたものは消え去っていた。誰にも罪はない。そしてどんなに素晴らしい夢が、いま自分のものになったのか分かっていなかった。

磔刑像で陰になった壁がある。その前に置かれた椅子に黒い僧衣が掛かっていた。それは美しくはなかった。むしろみすぼらしく、しわだらけで、ぼんやりした影の中に服だけが垂れ下がっているように見えた。それでもフェリーツィタスは爪先歩きでその服に近づき、できるだけ遠くからその上に身をかがめ、それにキスをした。しかしどういうことなのだろうか。僧衣が動いた。少し伸びたのであった。声がした。「ゴーク、おまえなのか？」

司祭様の声だ。そしてその僧衣が唇の下で命を持っている！　司祭様が振り返って自分を見たらどうしよう。それだけは困る！「奇蹟をお示しください！」と彼女は願った。すると彼女はゴークのようにニャーと言うことが出来たのだった。小声でニャーと鳴きながら彼女は引き返した。若い司祭はなおも動かず祈祷台の背もたれに覆い被さっていた。彼は何も知らなかった。

でも彼女は彼を騙していたのだった。彼女はその意味が分かっていなかった。

彼女は告解をしたが、そのことは黙っていた。彼は何も気づかなかった。彼女のたいそう恐ろしい、心の中の苦悩でさえ彼に隠しておくことが出来ようとは！　彼女は彼を見つめた。——しかし彼を見抜けなかった。彼女のほうでも彼を見抜けなかったのだ。危うく彼女はこの教会の告解場の中で叫び声を上げるところであった。

彼女は走り出し、地面の穴の中に身を隠した。母親には彼女が見つからなかった。彼女を見つけたのは司祭であった。

彼女はとうとう言った。「何も私の助けにはなりません。告解をすることは出来ません。私の口を開かないようにしたのは誰なんでしょう」——「おまえの口が開くまで祈ってあげよう」と司祭は言った。——そしてさらに小声で、「私はおまえのために戦うよ」

彼女は自分で戦った。彼にはそれを止めることが出来なかった。彼だからこそ出来なかった。彼女はこの戦いが他のどんな仕事より辛いものだと気づいた。水瓶、子守り、夜になって藁にもぐり込む前に感じる疲れきった両手の焼けるような痛みよりも辛いものだった。

疲れ切り、与えられた仕事に震えながら、彼女は再び告解をしに行った。彼女は何もかも話した。「私はあなたにキスをしました。私はあれが司祭様だとは思わなかったのです。あれがただ僧衣だと思ったのです。でも願っていたんです。あの服が司祭様であれば良いと思っていたんです」

若い司祭はなおも黙っていた。そして、驚いて彼女から目をそらした。やっと彼は確信した。「あれはおまえだったのか？ ゴークみたいにニャーと鳴き、考えに耽っているのに私を呼び覚ましたのは。おまえなんだね？ 何というお恵みだろう。よりによっておまえが！」彼はまるで自分が告解をするように呟いた。「おまえが私を呼び起こしてくれて本当に良かった。大いなる誘惑にさらされていたんだ」

すぐにフェリーツィタスは全てが変わってしまったのに気づいた。彼が何を言っているのか分からなかった。しかし感じていた。彼を騙すことも可能であるばかりか、彼は騙される必要があるのだと。彼は騙されたことを後悔するどころか、感謝していた。彼の元を去った時、太陽の下にいるのに、彼女はずっと寒気を感じていた。

それから更に二年間彼女は村で暮らした。彼女は穏やかな時を過ごした。若い司祭は岩上の家から降りて来る。フェリーツィタスは荷物を持って向こうから階段状の小道をやって来る。途中で彼らは出会う。フェリーツィタスは荷物を置いて、彼の服にキスをする。それから、彼がまだそこにいて暮らしているので、それを不思議に思いながら、彼を見送る。

男たちが美しいフェリーツィタスに求婚した。その時初めて彼女は、何があったのか理解出来たのかもしれない。それで、求婚を断った。彼女の母親が死んだ時、若い司祭はフェリーツィタスと二人だけで小屋の中に立って泣いた。彼が泣くのを今まで一度も見たことがなかった。自分の涙は途中で止まってしまった。彼女は彼を見つめていた。

後になり、世の中に出て、ひどい境遇の中でしばしば挫折を繰り返し、心安らかな思い出を探し求めるたびに、まず思うのは、彼のこの涙であった。しかし、あの時彼のやせた頬を伝って流れ去ったのと同じように、思い出の中の彼の涙はすぐに消え去ってしまった。〈彼はただ私を自分のものにしたかっただけかもしれない〉ということにしておいた。

年を取ってやっと、また彼を愛したのだった。

子供

I　仮装舞踏会

子供の頃の思い出が私の人生にも影響を与えていることは間違いない。だが具体的にどんな影響かとなるとよく分からない。思い出を教理問答書のような形で拾い集めておくことをしなかったからだ。一つを思い出せと言われると、沢山の記憶が甦ってくる。私は一つを選ぶことにしよう。

一八七〇年代のリューベック、冬の日の午後。急傾斜で下ってゆく通りが見える。表面はてかてかに凍っており、あたりは薄暗くなっていた。ガス灯の光は間近な建物を照らすばかりだった。どこか遠くで玄関の扉についている鈴が鳴った。誰かがその家に入ったのだ。女中が小さな男の子の手を引いて歩いていた。その子が私である。私はしかし身をもぎ離した。通りが素敵なスケートリンクになっていたからだ。路上を滑走してゆくとスピードがついてきた。交差点が迫ってくる。そこに私が達する直前、体をマントでおおった婦人が出てきた。マントの下に何かをかかえている。滑っていた私は止まれず、衝突してしまった。婦人はそんな事態に心構えができていなかった。地面が凍っていたから、転倒した。暗いのを幸いとばかり、私は逃げ出した。

だが、食器の壊れる音は聞いていた。婦人がかかえていたのは食器だったのだ。何ということをしでかしてしまったのか！　私は立ち止まった。心臓がどきどきしている。女中がやっと追いついてきたので、私は言った。「僕のせいじゃないよ」

「あの人、食べるものがなくなってしまったわ」と女中は言った。「あの人の小さな男の子もそう」

「あの人を知っているの、シュティーネ？」

「あちらでも坊ちゃんのこと、知ってるんじゃないかしら」とシュティーネ。

「うちに来て、パパとママに文句を言うかな？」

シュティーネがそうなるでしょうと脅すように答えたので、私は縮み上がった。

女中と私はそれから予定の買物を済ませた。明日は自宅で宴会が予定されていたからだ。それも並みの宴会ではない。仮装舞踏会なのである。しかし私は、その日が終わるまでこの事件を忘れず、怯《おび》え続けた。ベッドに入っても、ドアのベルが鳴るのではないか、あの婦人が訪ねてくるのではないかと聞き耳を立てていた。あの人は食器を失い、男の子は食事にありつけなくなったのだ。だがこの私も不安に駆られている。

翌日、シュティーネが学校に迎えに来た時、真っ先に私が訊いたのはあの婦人のことだった。「あの人、来た？」女中は少し考えてから、いいえと答え、でもあの婦人はきっと坊ちゃんの居所を突き止めるでしょうと確信ありげに言った……。

晩になるまで私は怯えていたが、やがて舞踏会の開会を待つ屋敷内の洒脱でにぎやかな雰囲気に呑まれてしまった。まばゆいばかりの灯り、花の香り、豪勢なご馳走の匂い。盛装をしたママは素晴らしかった。すでに最初の客としてママの若い友人たちが、ブレーメン出身の令嬢と一緒に会場に姿を見せていた。この令嬢は、舞踏会のためにわざわざこの地を訪れわが家に逗留していたのである。私は彼女から離れたくなかった。やがてこの女性たちは仮面をつけるだろうが、私は事情に通じているつもりでいた。このジプシー女が誰か、あのハートの女王が誰かは分かってるんだ。

就寝時間が来た。しかし私はもう一度、ほとんど下着のままの姿でこっそり階段のところに戻っていった。舞踏会は始まっていた。こちら側の部屋には人がいなかったが、それでも見慣れた場所とは見えなかった。舞踏会が何もかも変えてしまっていたのである。誰かやってくると、音を立てないように一番近い部屋に避難した。そんな風にして私は屋敷内を一回りした。広間の宴、そこからあふれ出てくるような色彩、音楽、寄せ木張りの床の上に集う人々、かまびすしいおしゃべり、香りを含んだ暖気などといったものが、私を夢のように酔わせていた。ようやく広間に通じるドアの後ろにたどり着いた。大胆な行為だったが、思い切って来ただけのことはあった。柔らかな光を浴びた裸の肩、装身具のように微光を放つ髪、生き生きとした輝きを見せる宝石類などが、ダンスに合わせて軽やかに反転している。父は外国人士官の姿だった。パウダーをまぶし剣を持った父を、私はひどく誇らしく思った。ハートの女王になったママは、いつにもまして父に媚びるような様子だった。だがブレーメンの令嬢を見ると父母のことも忘れてしまった。彼女がどこかの紳士にもたれて滑るように踊りながら向こう側に進んでゆくのを、私はぼおっと目で追った。あの紳士が彼女が誰かを知りませんように。僕は知ってるんだから。七歳の私は、舞踏会の行われている広間に通じるドアの背後で、全員の踊りを主導しているかのような幸福感につかまれてぼんやりと立ちすくんでいた。

広間の装飾は明るく淡い色調で、後年私はこれがロココというのだと知ったが、当時をさかのぼること十年あまり前にパリから広まってきたのであった。人々がつけている仮面もパリ生まれなら、カドリユやギャロップといった踊りもそうであった。こうした流行はどれも、皇帝ナポレオン三世とその美しい妃ウージェニーの宮廷から遅ればせながらの影響をこうむっていた。皇帝夫妻の宮廷はなくなっても、その社交上のしきたりが北方の小都市へと伝播する妨げにはならなかったのである。その頃ほどサロン文化が重要な意義を担ったことはなかったし、礼儀作法の大切さが認識されたこともなかった。人々はジェスチャー・ゲームやなぞなぞ遊びに興じ、ご婦人方は友人の扇子に水彩画を描き、紳士方は崇拝するご婦人の扇子に自分の名を書きつけるのだった。書き物遊びなる奇妙な発明が時間つぶしの種になった。私がその意味を初めて知ったのは、ナポレオン三世の内輪の集まりでは時々文章の口述筆記が行われたということを本で読んでからである。綴りの間違いが一番少ないのは誰かを競うゲームなのである。市民的な遊びであるから、リューベックの人々にも好まれた。

だが宴の華と言うべきは仮装舞踏会だった。別人に変身したいという欲望は、かつてパリを牛耳っていた幸福な色事師たちだけのものではない。ドイツの有力者たちもこの欲求にとりつかれていた。いつも最後に行われるのが「活人画」で、おのおのにふさわしい書き割りを背景に自分の美しさと存在感をようやく誇示できるのである……。少年は、活人画も見ることができるだろうかという不安を胸に、ドアの背後で待ち続けるのだった。

不意に眼前のドアが開いた。誰かが私の姿を見つけたのだ。それは臨時雇いの男で、どこかの女が階下に来て坊ちゃんに会いたいと言ってますよと大声を出した。私が驚愕のあまり青ざめるのに彼は気づかず、燕尾服のすそを振りながらさっさと行ってしまった。私はひとりきりであり、事の決断も自分で下さねばならなかった。私が自分で？　もし私が会わなければ、婦人は舞踏会の行われている広間までやってこないとも限らない。そうなったら事件が皆に知られてしまう。それくらいなら自分自身を犠牲にした方がいい。

婦人は光の乏しい玄関に立っていた。背後の玄関の間は暗闇だった。昨日のように体をすっぽりおおっていて、身じろぎもしない。言うならば夜の中からむっくりと起きあがった良心の立像だった。私は彼女に近づいていったが、足取りは遅くなるばかりだった。何が欲しいのかと尋ねようとしたけれど、声がつまって出てこない。「あんたのせいで食器を壊しちまった」と婦人は自分からしゃべり始め、さらにくぐもった声で、「うちの坊主にゃ食物がなくなっちまったよ」私は泣き出した。見知らぬ男の子の運命、そしてこんな場所にいなければならない自分の運命をも思って、感極まったのである。

この女のために炊事場から食物を持ってきてやるとしたら？　だが炊事場は女中や下男でいっぱいだった。私が現れたら、一大ニュースになってしまう。「待って下さい」私は口ごもりながらそう言って、婦人の背後の暗い玄関の間へと入っていった。客のコート類がある。私はその辺を引っかき回し、自分の所有物であるおもちゃの兵隊や本を見つけ、手に取った。白鳥が羽を広げている姿をした素敵な花瓶も持っていきたいところだったが、これは私のものではない。持っていったものすべてを女はかごに入れ、出ていった。私はその場から駆け出してベッドにもぐり込んだ。

その晩、私は昨夜よりやすらかに眠りについた……。ただ不思議なのは、次の日に学校から帰ると、くれてやったはずの品物が全部また元の場所に戻っていたことである。訳が分からなかった。事の次第を打ち明けておいたシュティーネも驚いているように見えた。が、彼女は笑いを止めることができなかった。彼女への疑念が私の心に浮かんだのはずいぶん後になってからである。それも、彼女が笑ったからというだけの理由であった。あの晩訪ねてきたのは、シュティーネその人だったのだ。そしてあの良心の立像、私の咎《とが》で飢えている子供の哀れな母の役を演じたのである。

恐らく実際には飢えた者などいなかったのだろう。本当に食器が壊れたのかどうかだって分からない。シュティーネは名女優で、みずから作り出した役柄にまことに悲劇的な味付けをしてみせたのである。それでも私は忘れなかった。七歳の私は、きらびやかで輝かしい人生の場面にうっとり見ほれていたのが、いきなり貧困と自分自身の罪の前に引きずり出されたのだ、ということを。

強烈な印象を残す出来事だった。教訓ともなったろうか？　当時は、そうとは言えなかった。一八七〇年代のリューベックでは、貧困を目の当たりにする機会は多くなかった。祖母と散歩すると、街道の道ばたに時おり砕石人夫か何かがすわりこんで、一つの深なべに手を突っ込んでは食事をしていた。「沢山食べて下さい、皆さん！」と祖母は心を込めて鼓舞するように言った。「皆さん」の方は一瞬面食らっていた。こういった調子で声をかけられる経験は何といっても稀だったのである。しかしそれから彼らは、ありがとうと答えた。

Ⅱ　二つの顔

一八七〇年代の半ば頃、母は本当に若くてナイーヴな女であった。私は母の書き物机の前にすわって、青銅製の小物入れで遊んでいた。その内部は紫色に布張りされていて、不思議な匂いがしたのである。不意に母が背後から私を抱きしめて、ささやいた。「私たちはお金持ちじゃないけれど、とても物持ちね」母は、今初めてこの事実に思い至ったに違いなかった。それもまさしくこういう言葉を発することで。

彼女自身にとっては、「金持ち」も「物持ち」も単なる言葉に過ぎなかっただろう。母の暮しにも屋敷にも変化は訪れなかった。自動車を購入することもなかった。まだ発明されていなかったからだ。夏になると私たちは、二、三千歩ばかり歩いたところにある「ブルク門の外」で過ごした。母はもしかすると、お金はあった方がいいけれど、多額のお金は望ましくもなければ見たいものでもないということが分かっていたのかも知れない。つい最近も八十歳になる男が私に、隣人についてこう言ったものだ。「あんなに金持ちじゃあ、気が狂っちまうよ」あの時代の調子であった。まだ市民的であったあの時代は、こんな風に考えていたのある。

その頃の父は、若く美男で誇り高かった。機嫌のいい悪いにかかわらず、いつでも脂の乗り切った人間に見えた。柔らかな生地のハンカチを持ち、襟の低いワイシャツを着て、びんの髪をまだナポレオン三世式に立てるようにブラッシングしていた。歩き方は軽快で、まるで堅固な船に乗った船長のように着実だった。部屋に父が入ってくると、何事かが起こるかのように空気が活気づいた。しかしある日のこと、父は音もなく入ってきた。

私たちがほとんど気づかぬうちに、父はその場にいた。力なく椅子に腰を降ろし、開いた手のひらを目に押しあてていたのである。父が呻《うめ》き声を上げたので、私は恐怖に襲われた。ふだんは軽く明るい話題しか取り上げないのに、破産した人々の名を呻きながら語ったのだ。その人たちは全財産を失い、父のお金をも道連れにしてしまったのである。私は母を見つめた。かつて親しく話して聞かせてくれた事柄を思い出させせようとしたのだ。しかし母はもう憶えていないように見えた。その気遣いは父だけに向けられていて、お金にではなかった。ちなみに、あの言葉が母の口から出たのはずいぶん昔だった。まだナイーヴな婦人と小さな男の子にとっては途方もないほど昔、もしかして一年ほども前だったろうか。

これが幸福のうつろいに関する私の最初の記憶である。父は、数日間で失ったものを取り戻すのに、それから一生を要した。あの平穏な時代にあってはそれ以上早く金を稼ぐことは不可能だったし、九〇年代の初めに父はすでに帰らぬ人となったからである。その時になると、私は必ずしも幸福のうつろいを感じることはなかったが、その代わり、人間の顔は変わりやすいものだという事実を骨身に沁みて教えられたのだった。

父は、この都市で、そしてこの都市が統べる小国家の中で、並々ならぬ名声を誇っていた。父と一緒に通りを歩くと、あいさつの訓練という点で大変な勉強になった。出会う人間の貫禄次第で、返礼したり、こちらが先にあいさつしたりしなければならないのである。父が雇った二頭だての馬車で共に田舎を走り回るのは祝祭に等しかった。地主たちが戸口に姿を見せる。私たちはもてなしを受ける。そしてこの間に穀物類を買い入れる相談がまとまるのである。父は市参事会員であった。この職は当時は党派とは無関係であり、選挙によって決めてはいなかった。要するに家柄次第だったのである。家柄がいいか、悪いか――そして一旦市参事会員になれば、大臣の専制的な権能を死ぬまで振ることができたのだ。父はこの共和国の税務を司っており、その権力は誰にとっても最も目立つものであった。

だからお世辞を言われる機会は多かった。息子ですらそうだった。すでに未成年のうちから、私には露骨なおべんちゃらが向けられた。ともあれ私は周囲の人々の自然な善意を過大評価していた。そしてどんなに人間通であれ一人の男が、種々雑多な人々を味方に引き入れ、何があろうと離さないでおく能力をも過大評価していた。父にとっては自分の大衆的人気こそが武器であり、晩年にはいっそう人当たりが柔らかくなり、穏やかになっていた。そして死期がやってきたのである。

父は美しい邸宅の二階で臥せっていた。前の道路には藁が敷き詰められていた。私が外出するたびに、容態はどうなのと沢山の人たちが訊いた。向かい側の家から私の旧師が急ぎ歩み出てきた。予備学校〔ギムナジウムに入る前段階で通う学校。年齢上は日本の小学校にほぼ相当〕で私を教えた人である。当時から素朴で親切であり、恭《うやうや》しい態度で手を差し出すような人であった。それは、ようやく自分も持ち家に住めるようになったとはいえ、お向かいの豪邸を感心して眺めている小市民ならではのしぐさであった。

その日は来た。父が息を引き取ったのである。二十歳の私は、父を失って、独力で第一歩を踏み出さねばならなくなった。家の外には人がいた。親切な白ひげの旧師もいた。私はためらうことなく、いつもの暖かさを求めてそちらに進んでいった。するとどうだろう。先生は顔をそむけたのだ。それどころかその場にいた人々から離れて、家に入り、ドアを閉めてしまった。

やがて他の人たちも同様の行動をとった。しかし私が最も驚愕したのは、老いた旧師の態度であった。私は理解した。彼らはこの期に及んで、骨を折って私に合わせるのに飽いたのだ。突然、徹頭徹尾、飽いてしまったのだ。過去に彼らは必要以上のことをした。だから今、最低限度のことすらやらないでしまったのである。特別に冷酷だったのではない。暗黙の了解が不必要になったから放棄したに過ぎなかったのだ。

何らかの成功が仕返しを受ける時には、いつもこうしたことが起こる。どんな人生にもつきまとう成功の波が逆流してくる。誰もが、たった今まで言い寄っていた人間を、それまで熱心にとりいっていた分だけ一層邪険に突き放すのである。ようやく表情を変えられるとは何と心地よいことだろう。特定の人物にいつでもよそ行きの顔を見せることほど心労の種はない。成功譚は終わった。税務担当の市参事会員は死んだのである。

Ⅲ　二つの教訓

1

ある晴れた日、私は生け垣に添って歩いていた。十一歳だった。いつものように一人で、早足だった。たまに心配事をかかえていたり意気阻喪していることもあったが、おおむね頭の中は大胆で危険な空想に満ちていた。場合によってはそれは、どこかの国の首都を占領した軍隊が、うっとりするほど壮大な入城行進を行う模様だったりした。勝利を誇る将軍と私自身とは、ほとんど変わらぬ強烈な興奮に見舞われていた。二人が頭脳を共有しているかのように思われたのである。好きな女の子と顔を合わせても、これほど英雄気取りにはさせてくれなかった。彼女は現実のお下げ髪、現実の目を持ち、私を見つめ、たかだか約束した写し絵を待ち望む程度だった。私はといえば、彼女を生命の危険から救ってやる様を夢想していたのである。しかしその一方で、どんな少年でも私よりは彼女にふさわしいとも思っていた。それでも、彼女と私はお互い理解し合っているかのように振舞っていた。

　生け垣に沿って歩いていた時、ちょうど私は人生の新しい段階に足を踏み入れたばかりだった。初等ギムナジウム〔上級学年を欠いたギムナジウム〕を終えたところだったのである。それは私立校だった。初等読本などをやるばかりではない。ギムナジウムの下級学年で構成されていて、フッテニウス博士という人が経営していた。大きなギムナジウムでやるのと同じ教科内容であり、またここの生徒は全員が卒業後大きなギムナジウムに編入学するのである。さもないと上級学年に不適格だという烙印を押されてしまい、早々と「帳場」の「見習い」にさせられるのである。

　私たちはフッテニウスの学校で通常のギムナジウムと同じ科目を教わったばかりではない。同様の罰を受け、同様の学園祭を行い、同様の不安を抱き、その不安を同様に忘れるのだった。あちらの学校も私たちも、時には模範生であることを誇り、時には不良であることを誇った。どちらも同類だから手を結んでもよかったはずである。双方とも哀れなもので、途方もない量の宿題に手ひどく痛めつけられて、日ごと新たな破滅の淵に立たされていた。ただ若さ故の精神力のおかげで、何とか生き延びていたのである。だが根本において私たち生徒は、のちに下級官吏や駆け出しの商人になった場合と比べても、安全とも幸福とも言えなかった。

私たちは、しかし手を結ぶどころかお互い敵対していた。よく言うように、悪ふざけが過ぎてである。友情や平和といったものはまるで私たちを辱めるもののように思われた。だから敵を探したわけだ。敵対せずに友好関係を保つと、初等ギムナジウム生であろうがもっと上の段階に達した人間であろうが、大抵は、お互い別に特筆することもないよなという顔を見せるだけに終わってしまうのだ。敵はそれとは全然違う！　敵がいればこそ尊大さや自負の念も可能になる。敵に対してこそ私たちは垣根越しにこう叫ぶこともできるのだ。貴様、どうしようもなくしょぼくれてるな！そしてこれは比類ない慰めとなるのである。

十一歳の私は垣根沿いに歩いてはいたが、侮辱めいた言葉を叫んだりはしなかった。生け垣の向こう側は遊び場で、ちょうどわが母校フッテニウスの敵たるギムナジウム生たちがそこを利用していた。生け垣は緑で、野原も緑で、市門の外はうららかな陽気だった。私はできれば一緒に遊びたかった。だが、いつものようにブーツをはいて、一人そそくさと通り過ぎた。悪口など言わず、向こうを見もしなかった。ただ自分に向かって厳しくこう言い聞かせていた。

「僕はいつまでもフッテニウスの生徒でいるぞ」

実際は私がほどなく大きなギムナジウムに進学し、そこの一員になることは、すでに決まっていたのである。それに抗ってフッテニウス校にとどまろうとすれば、永遠に十一歳でいるしかなかった。

それが不可能なことは当時の私にも分かっていた。なのにそうつぶやいたのである。ならば、この宣戦布告は何のためらいもなく発せられたのだろうか。この自己主張は心の奥底から出たものだったのだろうか。いや、当時自分がそうつぶやいたと今でも記憶しているのは、それがひどく莫迦げていたからである。かてて加えてこの莫迦ばかしさは傾向的な心情によっており、完全な無意識の産物とは言えなかった。

のちの私は、敵意を測る時には、自分のものであれ他人のものであれ、その敵意がフッテニウス校の生徒であり続けたいといった類の欲求に基づいているか否かによって判断するようになった。私は同じような姿勢で民族間の反目に、そしてそれ以外のあらゆるこの世の悪しき感情に向かい合ってきた。無論、それで事態がよくなったことはほとんどない。自分の心に生まれた敵意すら、だからといっていつでも回避できたわけではなかった。なぜならこの世には慣習というものがあり、慣習に基づいた過ちが存在するからである。だが今の私は、そうした慣習や過ちを見据える時、注意を払っている。背後に、いつまでも同じ学校にい続けようとするフッテニウス校の生徒がまたもひそんではいないだろうかと。

2

小さなヴァイオリンがあった。特に上等な品ではないが、赤褐色のワニスが塗ってあり、本物の腸弦が四本張られていた。弓には通例どおり松ヤニを塗る。そうすると弓は、少年の手に握られたこの楽器から音を引き出すのである。引っ掻くような音だったかも知れない。だが少年の内なる耳には、柔らかで澄んだ音色に聞こえたのではあるまいか。

ところどころでその音はみずから体験した奇蹟のように少年を有頂天にした。これが僕だ！　僕はこんなにうまく弾ける！　ヴァイオリンは自尊心の楽器だった。勿論、時としてその力を失うことがある。聴いていてくれる誰かが顔をしかめるかも知れない。いや、その程度のことすら必要ない場合もある。突然、自分自身の好意的な内なる耳が聞こえなくなり、頭部の両脇に付いている二つの耳が不機嫌でさめた認識をささやきかけるのである。お前はヴァイオリンを引っ掻いて嫌な音を出しているぞ。それまでは卓越した意志の力で押さえ込んでいた認識が頭をもたげてくる。お前はヴァイオリンの奏法をちゃんと習ったことはなかったじゃないか。おまけにその楽器は子供のおもちゃに過ぎない。お前自身が子供であって無力な存在なんだ。少年は真実に打ち負かされる。

それでも、幸福な気分でいられそうだという予感を少年が日ごと抱いていられたのは、当時はヴァイオリンのお陰だった。朝、学校に行く前に、つやのあるきれいな書き物机から取り出してみる。この中に入れておけば楽器は安全だ。算数の時間にどれほど悲惨な目にあおうと、ヴァイオリンが僕を待っていてくれる。

少年はそう思った。だが、待っていてはくれなかった。彼がいない間に弟に弾かれてしまっていたのである。弟はまだ学校に通っていなかったから、弾く時間はあった。ヴァイオリンにとってそれは悪いことではない。相手が誰であれ大演奏家気分にしてくれるのだから。つやのある書き物机には鍵は付いていなかった。弟は上ぶたに手が届かない。しかし誰かがふたを開けてヴァイオリンを取ってやったのである。誰だろうか？ それは憎むべき行為であり、不正そのものと言ってよかった。同じ誰かがまた楽器を机の中に戻しておく。だが、その段になると大抵は弦が一本切れていた。弟に手を貸したのは誰だったのか。

それが誰か、少年には分からなかった。弟に訊いても母に訊いても女中に訊いても分からなかった。教えてくれてもいいはずだった。弟ですら答えられたはずだった。彼らは少年にその程度の好意を示してくれてもいいではないか。それとも、少年はこの癒しがたい気分、癒しがたい正義感を、表に出してはならないのか。学校から帰ってヴァイオリンが使われているのを確認するたび、少年は激しい怒りを覚えた。そしてこの怒りは、自分が悪いことをしていないのに不正をこうむっているという意識によって他人を脅かすほどに燃え上がった。

だから弟は訊かれてもかたくなに黙っているだけだった。女中は、何も知りませんと答えた。母はしかし非難するかのように顔をそむけ、とりあおうとしなかった。その眼差しとしぐさには批判の気持ちが表れていた——誰を批判しているのか？ 不正行為を行った者をではなく、苦悩している者をであった。あらゆる希望を捨てよと言わんばかりではないか。

　少年はヴァイオリンを弾かなくなった。彼は黙って怒りと苦しみとを噛みしめた。苦しみは楽器損傷のためだった。すでにヴァイオリンにはひび割れが生じていたのである。かつてこの楽器は少年の幸福だった――或いは少なくとも、日々我々が必要とする幸福の予感だった。これに代わる幸福は今のところ見あたらなかった。だから少年は、この略奪行為に加担した可能性のある人間全員を憎んだのである。彼は嫉妬に懊悩《おうのう》した。母が少年ではなく弟を擁護したからだ。彼の正義感が、他ならぬ自分自身の事柄において踏みにじられたのである。誰であろうとわが身の正義をないがしろにされて侮辱を感じない者はいない。

　加えて少年は子供であり、この不幸には彼自身の欠点も与っているのだとは気づかなかった。さらに、正義というものはこの世にあって当り前の事実ではないということ、母の愛ですらいつも公平に分配されるとは限らないということを知らなかった。そういうわけで彼はヴァイオリンを弾かなくなったが、現状を打開する道も見つからなかった。

　やがて事件は起きた。ある日少年が学校から帰宅すると、ヴァイオリンはばらばらに壊れて床に放り出されていたのだった。――これを見てようやく彼は涙を流すことができた。それまでは泣いたことがなかったのである。年少者に泣かされていいはずがないからだ。面目が立たないもの。

　少年はもう地団駄を踏むことも、おのれの権利を主張することもなく、ただ泣くばかりであった。不意に、熱いうなじのあたりに誰かが冷たい腕で触れるのを感じた。母だった。今、母は彼のそばに来て慰めようとしていた。優しくこう言ったのである。

「ほらね。ヴァイオリンがお前一人のものだったにせよ、二人の共有だったにせよ、壊れてしまったわ」

母の言葉はもしかすると完全に論理的とは言いかねたかも知れない。だが少年にとっては啓示だった。彼の涙は次第に悲しみの涙から恥じらいの涙へ、そしてついには喜びの涙へと変わっていった。その中で少年は、自分の行動は子供じみていたと悟ったのである。所有するばかりで人に分かち与えようとしない行為は、子供じみて、むなしく、幸福を生み出すこともない。大人はそのことを知っていて、僕とは違った行動をとったのだ、そう少年は思うようになったのである。

Ⅳ　なくした本

子供は万事を新しく学ばねばならない。とりわけ心を訪う感情を。最初の苦しみは子供にとってはまるで別世界からやってきたもののようだし、最初の憧れは不可解なメルヒェンのようだ。

子供の頃、多分一週間だけ、歌と絵と物語が入った本を持っていたことがある。祖母からもらった本であり、また祖母宅に行くたびに読みたくなるので、そこに置いておいたのである。祖母の家は遠かった。そこで物がなくなっても不思議はなかった。

その上祖母は日曜学校を主宰していた。庭に面した一階の部屋には沢山の子供が出入りし、祖母と一緒に歌ったり、祖母が聖書の講釈をするのに聴き入ったりしていた。貧しい子供たちだったから、本を誰かにプレゼントしてもらう機会などめったになかった。そんな彼らに、祖母はおおかた、特にそのために設けたライブラリーの中から選んで本を貸し与えていた。私の本もそこに紛れ込んだのかも知れない。とすると、幼い借り手にとってその本は、『ローザ・フォン・タンネンベルク』だとか『湧きいづる泉』誌などより面白そうに思えたことだろう。ともあれ、私はその本を二度と見る機会がなかったのである。

私はその本をことのほか気に入っていた。祖母宅に置いておいたのは、もしかすると一種の愛情から、つまりいつもプレゼントされたばかりの状態で見たいと思っていたからなのかも知れない。なくしてしまうと本の夢を見て、それが誰かのものになってしまったことをひたすら後悔し、眠っている間ですら、美しい装丁を二度と見られないことに涙した。しかし、同じ本を買って欲しいとは決して言わなかった。まるでそんな本は存在しなかったとでもいうかのように、私はその本のことを口に出さなかった。

月日が流れるうちに、他の本を何冊もねだっては買ってもらったけれど、あの本だけはそうではなかった――なのにあの本のことは一度たりとも忘れたことはなかった。あの本の魅力を思い出すたび、胸が高鳴るのを押さえきれなかった。なくしてしまったが故に汲み尽くされることのない魅力。この魅力は時間がたつにつれ神秘的なものに変貌していったのである。

ずいぶん後になって、私自身が娘に本を贈らねばならなくなった時、すぐさま思い出したのがあのなくした本のことであった。なぜかは知らないが、この本だけは娘に買い与えたことがない。現在は娘もすでに、そうした本を読む年齢ではなくなってしまっている。

V　ゲヴェアト氏

ゲヴェアト氏は黒髪で色白の美男子であった。太り始めてはいたが、体は若々しい力強さを失っていなかった。上等の服を着ていた。それでも社交界の紳士方とは区別がついた。私はせいぜい六歳になったところであったが、ゲヴェアト氏は路上であまりにだらしない歩き方をしたからである。プレッセン領事や私の父はこんな風には歩かなかった。それに彼らならこんなに威勢よく深々とはあいさつしないし、すれ違ったご婦人を振り返って見たりもしない。以上のような癖を私は看取していた。なぜなら彼を日ごと目で追っていたからである。午前中のある時間、それが何時と正確には言えないが、彼はベッカー通りにやってくる。わが子供部屋の窓はこの通りに面しているのだ。彼は私の部屋と同じ側の、数軒下ったところにある花屋に入るか、或いは向かい側にある劇場の入口に姿を消すのである。ゲヴェアト氏は花屋のおかみを母に持ち、市立劇場では俳優たちに混じって演技《ミットシュピーレン》をしている。この二つの事実が、私の好奇心を並々ならずそそったのである。

いや、ひょっとして彼は、以前板金工の親方だった人の息子ではないのか。この親方は隣人たちの中でも特によく見かける人で、長いパイプをくわえてしばしば窓から身を乗り出しているのであった。そこは確か彼の持ち家で、箱形であり、外壁には油性ペンキが塗られ、窓ガラスは透明だった。彼自身はと言えば、刺繍の付いた縁なし帽にナイトガウンというでたちで、もう商売はやめており、ひたすら煙草をふかす毎日だった。この通りの界隈《かいわい》では彼はゲヴェアト氏と並んで私の興味を惹いた。しかしゲヴェアト氏は親方の息子ではなく、花屋のおかみの息子だったのだ。なぜか、私には分からなかった。わが家の女中ミーネもなぜかを説明できなかった。ミーネは暗赤色の頬をした娘で、田舎の出であり、いずれ庭師と結婚することになっていた。世間と人間について、彼女はろくに知らなかった。私は他にも沢山のことを訊いたけれど、彼女は答えられず、私たち二人には多くの事柄が不明のまま残された。わが家は通りの角から数えて二軒目であった。正面はブライテ通り、裏手がベッカー通りである。だが角の小さな家が割り込むように建っていた。わが家はこの家を腹の中に抱えていたに違いない、私はそう思った。だがある時、この家がわが家の中から生まれ出てきたのだ、そしてよその子供たちがこの家から姿を現したのだ。しかしこんな私の想像となるとミーネはなおさら理解してくれなかった。

その一方で彼女は、劇場がどういうものか知っていると言うのだった。市立劇場は通りの向こう側に入口が見えていた。他の家屋と同様の作りだったが、幅は広かった。私が窓ガラスの端に顔を強く押し当てると目に入るのである。劇場よりこちら寄りにある証券取引所はもっと楽に見えた。

そこが何のための場所かも容易に理解できた。父が出入りしていたからだ。父はよく多数の紳士と一緒に歩道に立っていた。お昼を食べる前の時間帯である。証券取引所は、パパが家に昼御飯を食べに戻ってくる前にいるべき場所だ。私はそれで納得できた。だがゲヴェアト氏は劇場で何をしているのだろう。ミーネの言い分では、彼は中で皆と一緒に芝居《ミットシュピーレン》をやっている〔この言い回しは、「一緒に遊んでいる」の意味にもなる〕というのであった。ところが、私の知っている玩具はどれも小さかったし子供たちの手に握られていたのである。なるほど、すると建物内部がおもちゃだらけな上に、それをいじり回しているのは大人であるというわけか！

その大人たちは歩道上に、それも証券取引所の紳士たちから程遠からぬところに、比較的長時間たむろしていた。双方が同時刻に集まることも珍しくない。毎日一度ずつ通りの静けさを破るこの人混みの中に、私は父とゲヴェアト氏の姿を同じくらい熱心に探したものだった。私はミーネにこう伝える。パパがまもなく帰ってくるよ、でもゲヴェアトさんもすぐにお母さんのいる花屋に食事をしにいくのじゃないかな。劇場というものはそういうものなんだ、と私は確信を持って言う。劇場も証券取引所も同類で、出入りする人間が昼食をとりに帰宅するためのものなんだ。ミーネは私に反駁した。根拠として挙げたのは、夜、私がもう寝てしまった後の出来事である。その時刻になると劇場のガス灯がついて、大人は入場を許され、そして何事かが行われるというのである。不幸にも彼女はその何事かが何であるか、明瞭に説明できなかった。それで私は、夜ベッドに入ると「何事か」のために不安に襲われたのである。

ミーネはすでに部屋にいなかった。油で燃える寝室用ランプはぼおっとした光を放ち、かろうじてテーブルとその前の空間を照らし出すだけだった。暗闇の中から数人の人物が現れて机の前を通り過ぎていった。動きは非常に速く、しかも見える時間がどんどん短くなり、影だけになる。そう、テーブルのところに来ると、その姿は影より稀薄になってしまう。しかし夢まぼろしではないことを私は疑わなかった。だが人物の動きがその極に達すると、複数いたものが溶け合って一つになる。ゲヴェアト氏の姿になるのである。それは、三晩目か四晩目になって分かったことだ。はっきり彼だと見分けたというのではない。現れる彼の姿はいつも暗く猛烈な印象があった。部屋を歩き回る様子は、人間というよりは鳥のようであった。顔は一度も見せなかった。それは彼の体を包んでいるマント、異様なマントのためであった。マントというより一片の布きれ、というか、一片の闇であった。彼は一方の手でそれを押さえているように見えた。だから、手をやっているらしい胸のあたりがほの暗く光っていた。暗がりの中で光を放つとは、手はいったい何を押さえているのだろう？　私は、ゲヴェアト氏その人かどうか確認しようとしてベッドから身を乗り出した。彼はそれを許そうとしなかったが、私にはもともと自信があったのである。少し前にこれはゲヴェアト氏だと思ってから、自分がもう恐がってはいないことに気づいていたのだった。次第に私は彼が現れるのを楽しみにして待つようになった。親愛の感情もあった。二人は、やりたいだけやってしまうと別れる。つまり私が彼を十分に見、彼が私の前で様々な動きを見せてしまうと、である。私がうとうとし始める間に彼は姿を消す。私はこの件については両親にはもちろんのこと、ミーネにすら話さなかった。

　無論両親は、通り向こうの劇場がずっと私の気を惹いているのを心得ていた。花屋のおかみの息子に私が興味を抱いていることも知っていた。私の空想力が過剰に翼を羽ばたかせているような印象を持っていたのだろうか。ある日両親は、劇場に連れていってあげようと予告した。正確には、夕食をとっている時に母がそう言ったのである。私が必要以上に想像に身をゆだねて興奮状態に陥るのはよくないと考えたのだ。私は母が期待したとおりの喜びを示した。だがそれ以上ではなかった。劇場でゲヴェアト氏の姿を見たなら、部屋で彼に会うことはできなくなってしまうだろう。どちらを選んだらいいか、迷ってしまったのである。ママが身支度をし、長い手袋をはめた。その時になって初めて、大事件が目前に迫っているのだという実感が湧いた。私の体は洗い清められ、一番上等の服が取り出された。ミーネもおめかしをしていた。次第に胸の鼓動が早くなってくる。そこにパパがいつものように早足で現れ、「準備はできたのか?」と訊いた。

　私たちは馬車に乗った。道のりはごく短かった。子供の足ですらわずかな歩数で済んだろう。だが雪がかなり積もっていたし、街灯は少なかった。ベッカー通りは傾斜が急だった。だから御者のエーマンはゆっくりと馬車を進めた。間に合うのかな、私は間断なく問い続けたものだ。不安が高まったのは、通りがいつもとは違って見えたからだ。こんなに遅い時刻になるまで外にいた経験がなかったのである。エーマンは道を間違えているんじゃないの?　それでも私たちは到着した。予想すらしていなかったことに、他の人たちもやってきた。両親はほぼ全員にあいさつをした。私も紳士淑女方に手を差し出さなくてはならなかったし、数え切れないほどお辞儀をしなくてはならなかった。そのせいで一瞬、劇場への期待を忘れてしまったほどである。階段を上るとまたそれを思い出したけれど。その場で知ったことだが、わが家族は桟敷席にすわるのだった。私の椅子は可能な限り前面に寄せてあった。私はまもなく手すりから身を乗り出したが、そうなる前からママは私の腕をつかんで離さなかった。赤い布張りの手すりを目で追ってゆくと、それが劇場内部をどこまでも続いていくのが分かった。この手すりの背後に、私たちがすわっているのと同じような桟敷席がいくつも設けられているのだった。他の桟敷席の壁は赤布でおおわれていたから、私たちの桟敷の色にもすぐ得心がいった。「ゲヴェアトさんは、どこ?」と私は興味津々たる調子で尋ねた。

この問いは何度か繰り返さなくてはならなかった。両親が隣りの桟敷の人たちと話をしていたからである。路上で出会うとあいさつしなくてはいけない老人が、仕切りの向こうからかぎ鼻を突き出して、薄い唇を動かしてこう問うた。

「それじゃ、『グラナダの夜営』が見たいんだね?」

「僕はゲヴェアトさんが見たいんだよ」と私は答えた。「ゲヴェアトさんはどこ?」

「そのうち出てくる」老人と両親が口々に言った。私は満足しなかった。

「ゲヴェアトさんは、どこ?」私は叫んだ。

彼らは私をなだめようとして、あそこの中だよと壁を指してみせたが、そんなところにいるとは思えなかった。とすると、ゲヴェアト氏の姿を目にすることはできないでしまうのか。そこで私は自分で彼を見つけだそうと試みた。並んだ赤布張りの桟敷席には沢山の人たちがいる。ほとんどの場合、胸部の大きく開いたドレスを身につけたご婦人が前面に二人並び、扇子を動かしている。だから後部座席の紳士方は見えにくい。加えて、手すりの下方にはガスランプがともっており、その黄色い炎からたち上るゆらゆらとした暖気のせいで、桟敷席の客はまるで一部分にしか光の当たらない大きな人形のようだ。その服装は至るところできらめきを放っている。不意に、ある客の顔の半面が浮かび上がった。いや、あれはゲヴェアト氏ではない。天井のシャンデリアは多数のランプが集積してできていて、黄色みがかった光をまき散らしているが、光は桟敷席の奥までは届かない。今ほど浮かび上がった顔の半面は相変わらずくっきり浮かび上がっているが、知らない人だ。それに対してあそこの紳士は、連れの婦人の背後にいて、腰を突き出すような投げやりな姿勢で立っている。膝から大きなネクタイをした低い折り襟のところまで光が当たっている。顔は見えない――にもかかわらず、突然脳裏にひらめいたものがあった。あれがゲヴェアト氏なんだ。ためらうこともなく私はこの考えを口に出した。

「ゲヴェアトさん！」そう大声で呼びかけたのである。

両親はあわてて、大声を出すなと命じた。私は自分の発見を彼らにも認めてもらいたかったが、両親は静かにしなさいと言うばかりであった。ミーネだ！　私にはまだミーネがいるではないか。彼女はどこだろう。この時気づいて狼狽したのだが、桟敷席に入ってからというもの彼女の姿を見ていなかったし、その存在をも失念していたのだった。こんなことは生まれて初めてだ。

「ミーネ!」この叫びは不安そのもののようにけたたましかった。すると、帰宅させますよと脅された。途方にくれた私が泣き出すと、母が優しく説明してくれた。ミーネはこの上の二等席にいるんですよ。二等席だって! そんなものがあるとは知らなかった。真上を見上げると、ミーネの顔があった。彼女は能う限り顔を下に伸ばしていたし、私は上に伸ばしていた。二人とも別れの後の再会に感激していた。だからお互い何度も大声で名前を呼び合ったのである。それに続けて私は、ゲヴェアト氏が見つかったと教えてやった。少なくとも彼女は私を信じてくれた。その口の動きは、明らかに同調を示していたからだ。残念ながら、不意に始まった音楽の大音響のせいで何を言っているのかは聞き取れなかった。同時に母の手が私を座席に引き戻した。

私は興奮して、今から何が始まるのかと問うた。

「もう聞こえているでしょ、音楽よ。静かになさい!」

「でも、ゲヴェアトさんが!」

「あの人はまだ時間があるの」とママが言った。

「あの人は今頃、顔を褐色にしているのさ」と背後の席で父がささやいた。

これを聞いて私は黙り込んだ。余りに謎めいていて、質問することさえできなかったからである。ゲヴェアト氏の顔がもう白色ではなく、絵本に出てくるムーア人みたいに褐色になっているんだって? まるで追い打ちをかけるかのように、壁が開いた。そんなことがあり得ようとは考えもしなかった。壁はくるくると巻き上げられて、色鮮やかな景観が現れた。瞬間、私は言葉を失った。こんなに美しいものが世の中にあるとは、思いも寄らなかったからだ。それも今、私の眼前にあるのだ。とはいえそれが何を表しているのかは分からなかった。ひょっとしたら分からないからこそ美しいのかも知れない。――しかし同時にその景観が、あそこに行ってみたいという気持ち、それも不安の混じった気持ちを喚起したからでもあろう。この時、初めて遠くが視野に入った。凝視していると、いっそう遠ざかっていく。それに壁がいつまた閉じないとも限らない。私は人の姿にも気づいた。彼らが動いていたからだ。だがそれは見慣れぬ動作であり、見慣れぬ人々であった。口をあんぐりと開けたまま、まばたきすらせずに、私はありとあらゆるものを感受した。眼前の光景が何を意味するかは不明のままだったが、であるからこそ強烈に心をとらえられたのである。

「あの人たちの歌、上手?」母が訊いた。

彼らが歌っているということ自体、私には分かっていなかった。私はおどおどと尋ねた。「壁はまた閉じるの?」――だが、ママの返答を聞き逃した。なぜならあそこで歌っている男はゲヴェアト氏だったからである。不意に、さっき顔の見えない紳士をそう思ったのに劣らぬほど逆らい難い確信の念が私を襲った。

「ゲヴェアトさん!」

音楽にかき消されて私の声は彼には届かなかった。だが少なくとも隣りにいる人たちには知らせておこう。私は両親にこの発見を伝えた。上の席にいるミーネにも教えなくては。

「落ち着いてちょうだい」とママは切迫した調子でささやいて、私の肩を抱いた。「あれは違う人なの」彼女はそう言った。

「お莫迦さんだね、お前は」とパパが言った。「盗賊たちの中を探してごらん」

パパがこう言った時、盗賊はどこにいたのだろうか。開幕した時すでに登場していたのか、或いは再度幕が上がってから初めて出てきたのだろうか。これは今だから抱ける疑問だ。あの時は子供には生起する事態の順序がまだ弁別できておらず、すべてが同時に起こっているように思われたのだ。しかし子供は夢中になって探した。眠っている紳士の枕元に、明らかに悪しき意図をもって忍び寄っている人物たちがいたのである。こんな人物の中にゲヴェアト氏がいようなどと誰が想像したろうか。彼は盗賊だったのだ。背後の暗闇の中から彼は忍び寄ってくる。マントで体を包んでいるので顔の半分が見えるだけだが、私は彼だと分かった。マントは尋常ならざるやり方で彼に巻きつけられている。まるで一片の布きれのように、或いは一片の闇ででもあるかのように。だがマントを結び合わせているところに、何かかすかに輝くものが見えた。彼は手を抜きだした。ナイフがぎらりと光った。

「あれ、ナイフ?」私は今度は小声で訊いた。

「短剣よ」母が答えた。

その時、私は理解した。これらはどれも私の部屋で、寝入る前にしばしば起こったことなのだと。ゲヴェアト氏は盗賊であるだけではない。自分が従事している仕事に私を引き入れようとしたのだ。彼がベッドに歩み寄ってきた時、ベッカー通りから来たのだと私は思っていた。だが街の中からではなく、遠方からやってきたのだ。大胆不敵で、おまけに陰のある男なのだ。私の部屋の窓の下を歩く時にすら、冒険と空想とを携えていたのだ。正体をあらわにした今になって、私は初めて彼を理解した。彼の美男ぶり、威勢のいいあいさつ、そして彼がプレッセン領事や父と異なっているところすべてを理解した。彼は私とも異なっているだろうか？　いや、何も。彼の姿を熱烈に追いかけているさなか、私は彼と一体になり、彼の中に吸い込まれていた。その動作一つひとつが私自身の運命だった。ただ、彼が歌っているのに、私は黙ってすわっている。彼は他の盗賊たちと一緒に歌っている。押し入ってきた盗賊たちにこんなに声高に歌われては、部屋の主たる紳士は目を覚ますのではないか。そうなれと望むべきか、そうなってはいけないと恐れるべきか、自分でも分からない。待ち望んでいるのは想像もつかない体験だ。それは不幸か幸福か。一大体験が迫ってくる。息もつけずにいる私自身が運命の手中にあった。

だがその時、盗賊たちが後ずさりして逃げ始めたのである。しんがりがゲヴェアト氏であった。彼が私の方を向いて、逃走する前にお別れの一瞥《いちべつ》をくれた、そう私は信じようとした。ここで私の感情は爆発してしまった。今いる場所や周囲の人々のことなど考えていられなくなったのである。「ゲヴェアトさん！」私は金切り声を上げげた。彼を呼び戻そうと、その背中に向けて叫んだのだ。みんなが助けてくれないだろうかと観客の方を振り向きもした。父は私の腕をつかみ、母は口を閉じさせようとした。私は拘束から身をもぎ離し、ゲヴェアト氏に向かって叫び続けた。音楽が流れていたにもかかわらず、その声は劇場中に響き渡った。桟敷席から顔を出してこちらを見ている人たちがいる。笑顔もあれば、しかめっ面もある。私は言語道断な振舞いに及んだらしい。両親は「来なさい!」と命じるばかりであった。私は座席で無茶苦茶に暴れ回っていたが、無理矢理に引き離された。ドアが閉じて、私は廊下に放り出された。

すでにミーネがその場に来ていて、抱き上げようとしたが、子供は抵抗した。しかしいったん手足をばたつかせるのをやめると、子供のうちひしがれた目にも事の次第は容赦なく見えてきたのである。両親は冷酷にもドアの向こうにいる。ゲヴェアト氏は、ゲヴェアト氏は、しかし行ってしまったのだ。そう思うと、再び激情が襲いかかってきた。ミーネは厳しく言った。

「わがまま言っちゃいけませんよ。本当に、わがままばかり!」

なぜならミーネのような人間にとっては、この複雑きわまりない事態は単純な言葉で説明がついたからである。私は無力な子供としてその場に放り出され、素晴らしい体験は中断されてしまった。ゲヴェアト氏との緊密な連帯感は引き裂かれてしまった。心の中に独力で築き上げた構築物が破壊されたのだ。それはさながら、自分で作ったカルタの家が他人の指で崩されてしまうようなものであった。私は不幸だったが、この苦しみは自分自身のためだけであったろうか。私はゲヴェアト氏のためにもまた苦しんでいたのだ。彼こそはこの世の苦痛を教えてくれた最初の人だった。だから私は再度手足をばたつかせ始めたし、ミーネはまたしてもわがままですよと叱った。

と、私は突然自分から起きあがって、彼女と一緒に歩き始めた。それどころか走りすらした。というのも、ゲヴェアト氏は逃亡したのだという記憶が甦ってきたからである。だが、彼が逃亡して今なお走り続けているとするなら、いったいどこへ向かってなのか。劇場の外に出たのは明瞭だ。坂道を上っているのも疑いない。毎日行き来していたあの通りをだ。ただ、今回に限っては戻ってはこないだろう。彼はマントで体を目の下のところまで隠し、一歩一歩遠くへ、暗闇の中へ消え去ってゆく。私はもう二度とその姿を見ることもない。彼を追え、追うんだ！　私は希望に満ちあふれていた。崩されたカルタの家は、いまやひとりでに再構築され始めていた。

私の手を握っていたミーネは、引きずられ、階段を駆け下りて劇場から飛び出し、雪の路上を走った。

「早く！」私はせっついた。「ゲヴェアトさんが行っちゃうよ」

そんなことはないとミーネは言いかけたが、私はそれを信じなかった。そして彼女自身、おのれの言葉よりも私の言葉に信をおき始めていたのである。彼女が次のように言ったのはその証拠であった。

「あの人の方が、走るのが速いでしょう」

そう言われると挑発されたような気分になったから、足をいっそう速めた。私は全力疾走し、ミーネも後から続いた。彼女はすでに手を離してしまっていて、転ばないようにするのに必死であった。それでも二人は幾度かてかてかの路上で転倒した。起き上がる時は黙ったままだ。ミーネが黙って起き上がるのは単に一所懸命だからに過ぎないが、私の方は、転んだからといって泣くわけにはいかないと考えたからでもあった。さもないと家に連れ帰られてしまう。わが家に通じる角のところで、私は正反対の方向へと勢いよく手を振り上げた。

「あそこだ――あそこを走ってる！」私は息を切らしてそう叫んだ。

実際、彼のマントがはためくのが見えたのである。それはガス灯の弱い光に一瞬照らされたかと思うと、再び暗闇の中に消えてしまった。ミーネにも見えたに違いない。異議を差し挟まなかったのだから。雪の吹き溜まりのところで二人が転んだ時、初めて彼女は疑い始めた。

「あの人だったかも知れないけど、もう追いつけませんよ」

返事をする代わりに私はまた駆け出した。ミーネは私を追い越した。それほどまでに彼女の負けん気と関心は昂《たか》ぶっていたのである。私は今までにもまして力を振りしぼった。駆け比べをする私たちとすれ違う者はない。やがて二人は速度をゆるめ、あえいで顔を見合わせた。どちらも引き返そうなどとは思っていない。こうしてついに市門のところまで来てしまった。そこで立ち止まる。私は街の外に広がる闇を見つめた。不気味だった。並木道の樹木が途中から漆黒の闇の中へと消えている。広い草原の端には、昼間なら建物があるはずが、黒い空が立ちはだかっているだけだ。遠方の黄色い光の点を見ても、到達不可能という印象が強まるばかりだった。自分でも意識しないまま私は後ずさりした。

「恐くなったの？」そう問うミーネの口ぶりには、挑発の響きがないでもなかった。

「ミーネだってそうだろ」私は自己弁護した。彼女は真面目な口調で言った。

「野菜用の荷馬車に乗って、この道を何度も通ったことがあるわ――真夜中に。その頃の私は、今の坊ちゃんとそう違わない年齢でした」

私を完全に恥じ入らせようとするかのごとく、ミーネは大胆にも門から外へと数歩踏み出した。だが踵《きびす》を返した。

「やっぱり、今は駄目」と彼女は言ったが、その瞬間再び職務意識に目覚めたらしかった。私はもうそれに逆らおうとはせず、泣き出した。

「勝手に泣いてなさい！」ミーネはさげすむように言った。「全部自分のわがままから出たことですからね」

この言葉は憎たらしかった。彼女は、いつもなら私がとっくにベッドに入っている時刻に、なぜよりによって街はずれに立ちつくしていなくてはならないのか、ということを解き明かしたつもりなのだ。私はそんな言葉では何も説明されたことにはならないと感じていたが、泣くばかりだった。こうして二人は帰途についた。今度はミーネが先に立って私の手を引いた。私は歩くのがつらかった。ゲヴェアト氏と近づきになるどころか、遠ざかってしまったのがその理由だった。理由はもう一つあって、危険が立ちはだかるや、追跡を諦めてしまった自分が情けなかったのである。彼にはありとあらゆる恐怖が迫っているのに、私ときたら、そうした恐怖をおずおずと一瞥することすらまともにできなかったではないか。彼は追われる影のごとく、不安に満ちた暗闇の中をさまよい歩き、奥深いところへと消えていった。私は取り残されたのだ。彼は私の想像の敷居を乗り越えて、私をおいて行ってしまった。私自身のせいだ。こんな不始末を誰が取り返せるだろう。

ミーネは、しかし私の懊悩《おうのう》の深さに気づいていただろうか。もしかすると自分の心配事で心がいっぱいだったのかも知れない。だからこそ私には穏やかな顔を見せようとしたのだ。いずれにせよ彼女の態度は優しく、ほとんど馴れなれしいと言いたいくらいになった。

「お父様とお母様が帰宅なさった時に、ベッドの中に入っているようになさいね。さもないと大変なことになるわよ」

この善意の警告で、実際私も気を取り直した。そして二人はとにもかくにもわが家のある通りの角近くまで戻ってきた。途中でミーネの警告を忘れてしまった私は再びしゃくりあげ始めた。それどころか、彼女に引きずられるままになるのが嫌で、あらん限りの力で抵抗し、おまけに叫び声まで発したのである。私が逆らったからというよりは叫び声を上げたせいで、ミーネは穏健に事を処理しようという気持ちを失っていった。これを察知した私はいっそう声を張り上げた。

「みんなどう思うでしょう?」彼女は不安気にささやいて、ひっそり静まり返った周囲の建物と地面にすわりこんでしまった子供とを交互に見やった。

「まだ何がしたいっていうの?」彼女は問うた。

自分でも分からないのだから、答えようがない。まるで祈ろうとするかのように、彼女は両の手を胸のあたりで組み合わせた。そして頭をふりしぼった結果、実際適切な言葉を口にしたのである。「何もかもが嘘っぱちだったのよ」彼女はきっぱりとそう言った。「ゲヴェアトさんは外に逃げ出したりはしなかった。どうして外に逃げ出す必要があるっていうの?」

「だってあの人は盗賊だもの」私はそう答えようとしたが、ミーネはそれを許さなかった。「あの人は花屋に帰ってるはずだわ」彼女はまたきっぱりと言った。「そして坊ちゃんはベッドに入らなくちゃ」

優越感に満ちたその口調は、私を動かさないではおかなかった。私は立ち上がり、彼女に従って道の向こう側まで歩いた。無論、そこで私はあの小さな家、わが家の一角に謎めいて食い込んでいるあの家の外壁に体を押しつけて、抵抗した。ちょうどこの時思い出したのだが、謎はまだ残っていたのである。どんなに説得的な言葉であっても、謎を全部解き明かすことはできなかったのだ。「そうじゃないよ」と私は確固たる調子で答えた。「ゲヴェアトさんは花屋なんかにはいない。逃げてるところなんだ」

本当のところ、この時初めて私の胸に疑いがきざしたのである。ゲヴェアト氏であれ誰であれ、こんなに長時間走り続けることができるものだろうか。そんな迷いを抱いていたからこそ、私は自信ありげな言い方をしたのであった。それを見抜くには、ミーネは余りに純朴だった。自分自身の心配事も彼女をせき立てていた。

「これ以上、坊ちゃんのために何をすればいいのかしら」彼女は不意にそう言ったかと思うと、驚いたことに、ベッカー通りを駆けていった。私を置き去りにし、わが家から遠ざかっていったのである。私は訳が分からずに見送った。それでも一人取り残されたという不安のせいで走り始めた。やがて立ち止まっているミーネに追いついたが、彼女は花屋の前に立っていた。ゲヴェアト氏の母がやっている花屋である。

ガラス戸の中は真っ暗で、店は静まり返っていた。ミーネはガラスをノックした。少しおいて、強くたたいた。すると奥の方で扉が開いて、部屋から老婦人が顔を出した。こちらをうかがって敷居のところに立っているので、奥の部屋の様子は分からない。彼女は何も見えなかったようで、部屋の中に戻り、テーブルの方に歩いていった。そこに誰かがすわっている。老婦人はランプの方に手を伸ばした。彼女がそれをつかむ寸前、私はゲヴェアト氏の姿を認めたのである。すわって食事をしているところだった。

彼はもはや盗賊ではなかった。日ごとこの通りを歩いているあの男に戻ったのだ。彼には特段変わったところはなかった。むしろ、これまでより凡庸に見えた。この人は冒険と空想を生きてはいない、私はそう悟らざるを得なかった。敵や追っ手を逃れて深い闇の中に消えていくこともないし、闇の中からやってきたのでもない、そう認めないわけにはいかなかった。落ち着いた様子で食事をしているゲヴェアト氏の姿を見ると、私は冷静になると同時に悲しみに襲われた。が、同時に胸が軽くなったのである。ただ、こんな私を彼に見せたくはない。彼の母がランプを持って店内に出てくる前に、すでに私は背を向けて歩き始めていた。

私は走らなかった。急ぎ足ではあったが、品位を保ってその場から立ち去った。なぜなら自分は正しいと感じていたからだ。現実のゲヴェアト氏は、装っていたような人間ではなかった。今晩、いや、彼が枕元に現れた晩はいつでも、私はどれほど心を躍らせどれほどの苦しみをも味わったことだろう。これが彼には重荷になったのだ。この時、私は彼が価値のない人間だったと考えたのだった――つまり、虚像ほどには価値のない人間だと。しかし彼の同類なら、実際はいつだって虚像なりの価値があるのだ。

ミーネがわが家に戻ってくる少し前から、すでに私は背を外側に向ける姿勢で玄関の隅に体を押しつけていた。まるで犯した罪を償っているかのように。

「あの人を見た?」彼女は怒って、しかし静かな口調で尋ねた。なぜなら彼女も気分がよくなかったからだ。二人は幸いにして両親に会うこともなく部屋に戻った。それで彼女は安心して、山のような非難を浴びせ始めたのである。私は服を脱がしてもらうだけで、一言も答えなかった。彼女はそれを、相手を無力にしようとする意識的なわがままだと受け取った。それでさっさと部屋から出ていき、ろうそくも持ち去ってしまった。私はすぐ寝入った。

翌朝、私は劇場のことをすぐには思い出せなかった。ゲヴェアト氏についてよく考えてみる気にもなれなかった。それからの彼は、二度と私に物思いの種を提供することがなかった。窓の下をゆっくり歩いているのを見ても、他の人間を見る以上の興味をそそられることはなかった。それ以降、長いパイプをくわえた板金工の親方が私の関心を惹く存在となったのである。ともあれ、彼のお陰でその朝もう一騒動持ち上がった。私の晴れ着がひどく汚れてしまっていたのだが、ミーネが洗う前に母がそれを発見したのだった。どうして汚れたの、とママは厳しく尋ねた。私は沈黙し、ミーネは虚偽の理由を並べようとした。ママは私の顔つきから嘘を見破り、いつもの癖で、パパに知らせますよと脅した。

食事の席でママは本当にその件をパパに報告した。が、パパが愉快そうに聞いていたので、やがて自分でも笑い出した。私は話を聞きながら皿から目を上げられないでいた。そしてどんな質問にも「分からない」と答えるだけだった。

以上は本当にあったことである。あの晩の情熱、夢想、そして体験は、私の記憶から遠ざかっていった。それらが実際に私の身の上に起こったのだと信じるのも一苦労だった。のちに、創作が完成した後に出典が分からなくなり、見つけ出すのが困難になったことがあったが、それと同じような状態になったのであった。

Ⅵ　友だち

その通りは、小さな男の子にとってはドライファルト商店からホテル・ドゥフトまでであった。そこから先は立ち入りを禁じられている異界であったから、ないも同然だった。けれど私はドライファルトからドゥフトまでの範囲なら、どの建物も住人もよく知っていたのである。わが家の隣りのハンマーフェスト氏はビールを飲み過ぎる。でも彼の店はありとあらゆる裁縫用品を扱っている。通りの向かい側では、老いたアマンドゥス・シュネーペル氏が非常に手堅い反物店を開いている。

無論彼が「畝織り」という製品を巻き尺で撫でつけると、その音には誰もが歯をがちがち鳴らさないではいられない。誰もが欠点や滑稽なところを持っている。例えばマダム・シュピーゲルの長いよじれた巻き毛だってそうだ。しかし全体としてみるとこの通りは悪くないし、ここに住む人々は表向きそう見えるとおりの人間だと私には思われた。尊敬に値し、温厚で親切だ。実際、彼らは私があいさつすると握手してくれたり、うなずき返したりするのだった。

小学校低学年では、まだ生徒の心は学校のことだけに占領されてはいない。加えて子供は生まれ育った街路の申し子である。学校の初級読本だけでなく、大きな音の荷車で運搬されている穀物袋にだって気をとられる。お医者さんの馬車が走ってきて止まる。それで誰が病気なのかが分かるのだ。子供はとりあえず日常生活の方に関心を向けても構わない。学校が大きな比重を占めるようになるのは先のことだ。さらに、子供は学校の外に友人がいる。学校に通い始めたばかりの生徒たちには、一緒に学ぶことの重要性がすぐに理解できるものではない。子供にとっては同級生の誰よりも、ホテル・ドゥフトのボーイ長が今のところ一番の仲良しなのである。

この分別盛りの男は、子供相手に人間味に満ちた会話を交わした。この会話は二人にとって等しく重要なものと思われたのである。ボーイ長が暇な時は、ホテルの入口がそのための場所になった。だが仕事を抱えて建物の奥を駆けずり回っている時でも、彼は子供に手を振ってみせる余裕がある。私はそのたびに期待に胸をふくらませる。〈彼はクリームパイを持ってきてくれるんだ。だから走ってるんだ〉というのも、彼がことのほか人間味に満ちた気分になっていた時、クリームパイを持ってきて上げると約束したからで、私は催促するしないに関わりなく、いつでもそのことを考えていたからである。確かに、自宅でもクリームパイにありつくことはできた。だがボーイ長の持ってきてくれるクリームパイ、これは私の想像の中ではかつて食べたどのパイよりも素晴らしいもののように思われたのだ。それを実際に味わうことより、それが手に入るのだという期待が私を刺激した。新しいのが入荷していないからとか、お客が全部平らげてしまったからとかいう理由で先延ばしにされればされるほど、クリームパイへの憧れは強くなった。しまいにはそれは、わが人生で最初にみずから獲得すべき品という、途方もない意義を帯びるに至ってしまった。

通りのもう一方の端、ドライファルト商店では、仕事が私を待っていた。責任を伴わないでもない仕事である。母のお使いでコーヒーと香辛料を買いに行ったのである。母としては、家で騒いでいるより役に立つ気晴らしをさせた方がいいという考えだったのだろう。それで私は本当の買物をすべく、店頭に足を踏み入れたのだった。現実の生活、これは素晴らしい。この店は模型ではないというのだ。私がクリスマス・プレゼントに買ってもらったおもちゃの店舗をひどく大きくしただけのような気がするが。褐色のニスを塗った引き出しが並んでいるのだって同じじゃないか。ただ違うのは、高いところにあるので私の力では引っぱり出せないことだ。円錐形の棒砂糖も同じだが、大きくて私の体くらいある。それに店のカウンターの向こうには目もほとんど届かない。私と店員との関係は逆転してしまっている。おもちゃの店では店員の方が小さく、私が彼を支配していた。ここの店員は本物のカウンターから見下ろして、些事でもあるかのように私を扱う。現実は小さな男の子に対して、現実こそが本物なのであり男の子は遊んでいたに過ぎないということを万事にわたって否応なく納得させようとするのだ。男の子は現実の主張をせいぜい半分しか信じないし、それは正しい態度だ。実際、私はその後、あの大きな店員がこっそり引き出しから干しぶどうをくすねてつまみ食いしているのを目撃した。その場には他に誰もいなかったから、彼は私を黙らせようとして干しぶどうをくれた。だが私はこの事件から次のような結論を下したのである。彼だって実際は店でもって遊んでいるに過ぎないのだと。

ドライファルト商店へのお使いが記憶に留められるようになったのは、恐ろしい雷雨、そしてその時起こった事件によってである。私をお使いに出す時、ママは空模様に注意しなかったのだろうか。いや、恐らく私は店を出るとあちこちで道草を食っていたのだろう。やがて雷鳴がとどろき、稲妻が光った。すぐに猛烈な嵐が襲ってきた。突然荒っぽい狂騒の場に変容した路上で、どうすればいいかをぐずぐず考えているうちに、私はびしょ濡れになってしまった。確かに、びしょ濡れになるのは愉快だ。ドライファルトの商品が入った袋のためにはよくないけれど。無論袋を投げ捨ててもよかったのだ。今なら何をしても天の猛威が正当化してくれる。そうなれば、水と音響を駆使した自然の戯れに身をゆだねる自由が手に入る。義務と規律への記憶がここでもう一度勝利を収め、私は品物を抱えて近くの建物の玄関に避難した。その時、口笛が聞こえ、誰かが歩いてくるのが見えた。

通りは今は完全にひと気がなくなり、雨水があふれて池になっていた。ゴロゴロ、ガラガラという雷鳴、縦横無尽に走る稲妻、そんな中を見事な口笛を響かせながらやってきたのは、同級生のカルルだった。彼はポケットに手を突っ込んで、空を仰ぎながら、車道の真ん中を歩いていた。この時初めて、彼が大胆な顔立ちをしていることに気づいた。目は他の誰よりも大きく見開かれて、額は聡明そうだった。髪が黄金のように黄色く見えるのは、青白い稲光のせいだろうか。帽子をかぶっていないので、水が頭からしたたり落ちている。だが髪は巻き毛の形が崩れず、豊かに波打って額の前で揺れている。体つきは華奢で、私と比べても大きくはない。この瞬間私が畏縮し、彼に呼びかけるのを思いとどまったのは、その自由を目の当たりにしたからであった。雷雨の中、彼の動作は自由で、何ものにも拘束されていなかった。持つべき荷物がないこともある。だが、空いた手をポケットに突っ込んでいられるというだけの理由で奔放不羈な態度がとれるのだとは思わなかった。行きたいところへ行ける、彼には加えてそんな印象があった。それも、望むなら町の外へだって。彼はここの生まれではなかった。その大きく見開かれた目が空を見ている様子を眺めているうちに、私は彼がこの町と何の関わりもないのだと悟ったのである。そして恐らく私自身とも。この新たな発見は私を畏縮させた。だからカルルに声をかけられなかったのであった。

その代わり彼の方が呼びかけてきた。こちらの姿を認めて立ち止まると、シャワーのような雨を浴びながら叫んできたのである。

「そんなところに隠れてるなんて、臆病だぞ！」

私は負けずに挑発的な答え方をした。

「莫迦をぬかせ。俺の方が先に濡れてたんだ」

そして雨など恐れていないということを実際に示そうとして、軒下から出た。堂々と、自然の猛威に煩わされないという態度で、カルルの前に歩み出たのである。

「よし。一緒に行こうぜ」

二人は豪雨の中を行進した——が、お向かい同士の自宅の方向へではなかった。そんなことは問題外だった。二人はそれとは逆の、町はずれの方向に歩いていったのである。親から立入禁止とされている区域だった。だが私は、カルルの前では他の人間が課した規制など無効だと感じていたのである。二人は並んで歩いた。他のことはどうとでもなるがいい。彼は脇からこちらを見つめている。私は頭を動かさなかったけれど気づいていた。彼が同じように感じていてくれればいい、私はひそかにそう願った。彼が正面を向いた時、私の方でも相手の横顔を注視してみた。目新しく見知らぬもの、という印象が強かった。まるで同級生ではないかのようだ。学校の最下級クラスでは、誰もが隣りの生徒をじいっと観察する。お互い品定めをしているのだ。多種多様な人間の最初の出会いはそうして行われる。しかしカルルのことは、これまで見過ごしていたか、きちんと視野に収めてこなかったか、いずれかだった。彼とは馴染みのないままできたのだが、これをどう解釈すべきか。おまけに彼とは学校からの帰り道が同じなのに、一緒に下校したことがなかった事実に思い至った。この事実は私を狼狽させた。ちょうど法律が不可解にも適用されなかった場合のように。私はただちにあるべき秩序を回復しようと決心し、次のように言おうとした。

「明日もまた――」

恐るべき雷鳴がこの言葉を遮断した。二人は顔を見合わせた。今回は助けを得ようとして。実際助けは見つかった。お互いが視線を向けると、相手は不安の表情など浮かべてはいない。そんな表情はこの場にそぐわなかったろう。しかし二人は決然たる表情を示すことで、本当に雷に打ち勝ったのである。雷鳴が収まるとカルルは言った。

「ああ、明日もまた学校から一緒に帰ろうぜ」

「もしかするとまた嵐かも知れない」私は急いでそう言ったが、これにはわざとらしいところがあった。私にとって大事なのは嵐ではなくカルルだった。だが喜びのあまり心を熱くしていることを悟られてはならない。私がうれしかったのは、雷に遮断された言葉を彼が引き取って言ってくれたからであった。そして彼も同じことを考えていたと分かったからだ。

この時、船の模型をいくつも飾ったショーウィンドーが二人の目にとまった。私たちはすぐまた同じことを考えついた。二人の足元ではねている水は、もしこの手の船を一艘《そう》持てたならもっと楽しいことのために使えるだろうに。陳列されている船を見るのに夢中になって、二人とも歩くのを忘れてしまった。しまいには雷雨も収まり、側溝を流れる水の音がごうごうと響くだけになった。

「金を持ってるんだ」と私は突然言った。幸福感に酔って思いついたのである。私はドライファルトの包みを歩道においた。この包みのためにだいぶ前からカルルに対して羞恥心と引け目を感じていたのである。すでにびしょ濡れになって駄目になってしまったこれらの品は、今から私がしようとしていることに比べれば無価値であるように思われたのであった。私は上着のポケットから買物の釣り銭を取り出した。「ほら」私はそう言ってカルルに渡した。「すげえ」と彼は言って、二人は店に入った。

自分が不埒なことをしようとしているのだという意識はあった。しかしそれは、市民階級の子供としての掟が通用する限りにおいてであった。今ここに新しい掟が登場したのだ、私は強くそう感じていたのである。私一人なら犯罪的である行為も、カルルと一緒なら自尊心と友情のためになさねばならない。

金は一番小型の模型を買うのにかろうじて足りた。側溝にその船を浮かべて二人は遊んだ。叫び声を上げ、何もかも忘れるほど夢中になって。やがて大人の男が声をかけてきた。雨が小降りになってから通りに現れた最初の人間であった。彼は流れ出しているコーヒー豆と胡椒の粒を指さした。すでに大半が側溝のところに達しており、排水溝へと流れ入っているところであった。

「これはお前たちのか?」男は半ば憤慨して、半ば嘲笑して尋ねた。

「ううん」私はぬけぬけと答えた。「それに、あなたには関係ないことでしょう」

その瞬間、男は私につかみかかろうとした。私は当然ながら逃げ出した。男は追いかけてきたが、すぐその気をなくし、ぶつぶつ言いながらどこかに行ってしまった。私がカルルのところに戻ると、新しい事態が二つ出来《しゅったい》していた。私たちの船が輸入食品と同様、排水溝に落ちてしまっている。しかしカルルはといえば、流れているコーヒー豆と胡椒粒を一所懸命すくい上げているのであった。

彼はそれをポケットにしまい込んでいた。私は呆然として見守った。だって、そうではないか。コーヒーと胡椒をどぶから拾い上げるなんてことは、私がやったら恥辱になる。カルルの前だからこそ恥ずべき行為なのである。だがその行為を今彼自身がやっているのだ。私は、手を出さないでいるのはよくないと見て取って、一緒に拾った。すると彼がこう言った。

「ママがこれを乾かすよ」

私は集めたものを自分のポケットに入れるのをただちに断念し、彼のポケットに入れてやった。どぶから拾い上げた品物を私自身の母が使えると見なすかどうかは疑わしいと思った。ともあれ少しずつ気になってきたのは、私の側は何一つ家に持ち帰るものがないという事実であった。コーヒーも胡椒も、お金も、船の模型さえも。カルルの方も真面目な顔つきになっていた。二人は帰路についたが、黙りこくったままで、意気消沈していた。足を運ぶのがつらく、水を吸った靴は信じられないくらい重くなっていた。

「この靴、もう駄目かな?」そう尋ねたカルルに先ほどまでの元気さはなかった。

私にも分からなかったが、別の方向から彼を慰めた。

「服はきっとアイロンをかけてくれるさ」私はそう言った。

家の前に着くと、彼は通りを横断していった。別れる時、二人はお互いの顔を見なかった。母は玄関の間で私を迎えた。風よけを開けて私が帰ってこないかどうかうかがっていたのである。風よけとは、第二の玄関ドアでガラス製である。もし母が前面の玄関ドアのところに立っていたら——

レディーはそういう真似は決してしないが――、万事休すであったろう。私の気分はまだ明朗だった。母が言った。

「やっと帰ってきたのね。警察に問い合わせようかと思っていたところよ」

私はこの言葉に仰天し、頭を垂れて、母の脇をそっと通り抜けた。それでも、背後の母が握りしめた手を頬に押し当てているのは知っていた。これは驚愕のしるしである。私が女中に服を脱がせてもらうのを母は黙って見ていた。

「服は捨てるしかないかも知れないわね」やっと母が口をきいた。

ここで私はわっと泣き出した。

「おまけに泣こうっていうの?」ママは言った。「母親の私の方が泣きたいくらいよ」

「でもカルルが!」私はしゃくりあげながら叫んだ。「彼のママがコーヒー豆を乾かすんだよ。服にもアイロンかけられないかな?」

「コーヒー豆って、何の?」私の愛すべき母はそう訊いた。この問いで、母がどれほど私のことを心配していたかが分かったのである。母は買物の件など完全に忘れていたのだ。私は無論母の気持ちには立ち入らず、カルルとその服に関する不安のみを弁じ立てた。

「カルルって誰?」母はいらだって尋ねた。

「同級生だよ。カルルっていうんだ」私は勢いよく言った。

「ご両親はどんな方?」

「お母さんはフェルスっていう名さ。だから彼はカルル・フェルスっていうんだ」

「お向かいに住んでいる方かしら？」

「そうさ」私はうなずいた。ママの言葉の調子が気に入らなかった。私には分かっていた。何事かを息子に禁じようというのである。

「パパにお話ししておきましょう」母はそう言った。ちょうどその時、鈴が鳴った。風よけが開くといつもこの音が響いてくるのである。パパが入ってきたので、ママと私は食卓に着いた。

「今日は何をしでかしたんだ？」パパが好意的な調子で私に尋ねた。

「とんでもないことですのよ」私に代わってママが答えた。「この子は何時間も雨に打たれていたんですよ。暖かかったのが幸いだけど。でもこの子が一緒にほっつき歩いていた相手が誰だとお思いになる？　侯爵夫人の息子なのよ」

母は「侯爵夫人」と言った。私は口を開けたまま耳を傾けていた。近隣に住んでいる生きた人間がこんな風に呼ばれるのを聞いたことがなかったのである。これはカルルの母のことだろうか？同時に、ママの口から発せられたこの単語には独特のアクセントが感じられた。私にはよく分からない第二の意味を秘めているように聞こえたのである。しかしパパはその意味を把握して、声を出さずにふっと笑った。それから好意的に私の頭をなでた。

「付き合う相手をうまく見つけ出したものだな」

パパは大真面目にほめたわけではない。私はけれどもこの言葉にすぐ飛びつき、カルルをわが家に招待していいというお許しを得た。ママは言うまでもなく異議を唱えた。そうなるとこの子も「侯爵夫人」の家に行かなくてはならなくなりますよ。その頃いつも上機嫌だったパパは、手で押し出すような動作をした。私の要求は認められたのである。

カルルがやってきた。私たちは公認の友人となった。彼が私の自転車に乗り、二人で手品をし、それから私が彼に宿題を説明してやった。すると彼はそれをまったく別のやり方で解いた。それでも正解であった。私は感心し、彼についてよくよく考えてみたが、これは普通にはあり得ないことだった。小さな男の子にとっては、他の少年など考察の種になるものではないからだ。カルルがこんなに自由を持っており、しかも授業が終わると自分の母のところに帰らず直接私の家にやってくるのを許されているのはなぜだろう。彼が私より上等の服を着ているのに、汚れたコーヒー豆をまだ挽いて使えるからとポケットにつっこんだのはなぜだろう。こうした事情を明らかにしてくれる出来事を、私は漠然と待っていた。そして実際、そういう出来事が起こったのである。

ある日、学校が終わるとカルルは言った。

「今日はお前の家には行かない。お母さんが、お前を連れてこいってさ」

私はすぐに、危ないなと思った。もし自宅で「侯爵夫人」の家を訪れていいかと尋ねたら、いけないと言われるのではないか。要するに家に帰らなければいい。これはまだ私が犯したことのない悪事だった。私は一言も話さずにカルルについていった――ワイン商リーゼの家に。リーゼ自身は今はここには住んでいなかった。郊外にはるかに素晴らしい邸宅を建てていたのである。ここには、地下蔵に彼のワイン樽がおいてあるだけであった。行ってみると、ちょうどリーゼの息子ペーターが地下蔵のハッチを開けて建物の前から出てきた。彼はそんな場所から姿を現したけれど、上流紳士に数えられる人であり、実際それにふさわしい服装をしていた。そしてハンカチで袖についた蜘蛛の巣を払い落とした。

ペーター・リーゼ氏の赤ら顔が地下蔵から出てくるのに気づくやいなや、私はすぐ駆け出して手を差しのべた。勿論カルルもそうしなければならないはずだった。それが作法というものだからである。ところが彼は何もせずに、怒ったような顔で私を待っていた。その間にペーター・リーゼ氏が私に話しかけた。

「君も侯爵夫人のところに行くのかね？　それじゃ、私も連れていってくれ」

「駄目だ！」カルルは不可解なほど怒って叫んだ。「あなたはまた地下蔵に戻ればいい。ママだってそう言ってる」

これを聞いてペーター・リーゼ氏はどっと笑い出した。それから話し始めたが、声は無論友好的ではなかった。むしろ不愉快そうだった。

「君のお母さんは、いずれまた私の助力を必要とするようになるだろう」彼はそう言ったが、一つひとつの単語が刻み込まれるように私の記憶に残った。それほど奇妙な言葉だったのである。「そうなれば、君のお母さんは地下蔵に私を訪ねてくるだろうよ」

そう語る彼を見ていると、不気味な感じがした。ワイン商リーゼの息子が一瞬怪物に変身したかのようであった。その怪物は樽の間にひそんでいて、近くにやってきた人間のふくらはぎに食いつくのではないか。自分で意図したより早く私はカルルに寄り添っていた。二人は階段を駆け上がり、息を切らして二階に着くとドアを閉め、リーゼ氏が追ってくるかどうかうかがった。

不意にカルルは何も言わずに私を連れて部屋に入った。そこには革張りの家具、植木鉢を並べた台、そしてピアノがおいてあった。だからわが家と同じであったが、ただ花がしおれているところが違っていた。カルルは部屋の中央に立っていた。二人は立ったままで、まるで人を待っている訪問客のようだ。私はピアノに引き寄せられた。そして我慢ができずにふたを開け、両の手で鍵盤をたたいた。「よせ！」カルルが叫んだが、遅かった。彼の母がすでに部屋に入ってきていた。

彼女は言った。「何だってうるさくするの？」カルルは答えた。「こいつ、知らなかったんだ」「ああ、そう」その婦人は言った。彼女はまるで今初めて私の姿を認めたような顔をした。しかしこの部屋に入ってきた時すぐこちらに気づいたことは間違いない、そう私は確信した。この人はしらばくれている。そういう彼女を前にして、私は好奇心に駆られると同時に当惑した。「私のこと、じいっと見てるわね」美しい婦人はそう言って、不満気に笑った。「カルルがいつも遊びに行ってるお友だちね。お世話になりまして」

彼女は今度ははしゃいだ笑い方をした。一瞬私は喜びそうになった。だがその気持ちはすぐに消え失せた。カルルが予期せぬ行為に出たからだ。お母さんの手に接吻したのである。小さな男の子が母親の手に接吻するなんて、見たことも聞いたこともない！　ひどく奇異な気持ちがした。彼女から目をそらさずに、私は質問に答えた。私の名は何というのか。家の窓辺でよく手芸をしているのは私の母なのか。

「あの人、きれいな髪型ね」カルルの母はそう言って私を驚かせた。「フィリベルトのところでやってもらっているの？　ああ、あなたがそんなこと知ってるわけないわね。ご本人に訊かなくちゃ。そうね、フィリベルトに訊いてみましょう」

彼女はこう言ったかと思うと体を脇に向けた。金色の巻毛がふた房、肩にかかっていた。すぐにでも理髪師のところに出かけるかのような様子だった。この時、心の中ではとっくに用意していた文句が私の口をついて出た。

「どうして窓際にすわらないんですか、うちのママと違って？」

これを聞いて彼女はまた笑い出したが、今度は笑いながらも別の表情を見せた。滑稽で愛すべき表情で、信頼感を呼び起こした。

「私は手芸はやらないの」彼女はそう言ってまたこちらに戻ってきた。そう、ここで初めて握手のために手を差し出したのである。華奢《きゃしゃ》で指の長い手であった。なぜこの時私は真っ赤になったのだろう？　カルルと同じようにして手に接吻すべきかどうか迷ったからである。しかし彼女は私たちに手を振った。私だけではなく、二人に向けて。

「一緒に遊びなさい！　でも、ここでは駄目！」

そう言うと彼女はもうドアの外に消えていた。カルルと私はまだ黙ったまま、彼女が入ってくる前と同じく部屋の中央に立ち尽くしていた。すると声が聞こえた。彼女が高く強靭な声で歌っているのだった。私は母の細い声しか知らなかったから、この声には驚いた。上昇し、下降し、弧を描いたかと思うと跳躍したが、歌が終わらぬうちに不意に消えてしまった。ドアが——音を通さないドアがもう一つあって、それを閉めたのだ、と私は考えた。

〈侯爵夫人は美しい。だけど心が傷ついているんだ〉私はそう感じた。

カルルが言った。「俺の部屋に行こう」

私は感じた。〈あの人は朗かそうだけど、悲しい気持ちなんだ〉

「何で来ないんだい?」カルルがそう訊いたので、私は従った。

彼の部屋では劣らず驚くべきことが待ちかまえていた。カスペルレ劇場〔道化役カスペルレを中心とした人形劇場〕があったのである。見たこともないくらいの規模で、二人の背丈を越える高さがあった。カルルに対する私の敬意は計り知れないものとなった。まず彼の母、そしてこの劇場!

「やれるか?」彼は尋ねた。「手本を見せてやろう」

彼は幕の背後に姿を消した。

「ママの歌は上手?」彼が問うのが聞こえた。小さな声だったが、誇らしげだった。お前のママはほんとに歌がうまい、そう言おうとした時、別の人間が答えていた。「まったくうまいよ、君」耳障りな大きな声だった。すぐには分からなかったが、カルルが人形のカスペルレにしゃべらせたのであった。彼は笑った——人形の声で、そしてまた自分自身の声でも。そこで私は第三の人間として笑い声に唱和した。

カルルは今度は緑の幕をさっと上げた。舞台の縁には二体の人形をおいた。男と女である。男には角があり、肌が黒かった。悪魔に違いない。この男が女に言った。

「家賃を払ってもらわないと。さもなければ一緒に地下蔵に来てもらおうか」

「これが誰か分かるか?」カルルは演じている途中、悪魔用のしわがれ声ではなく、地声で訊いた。

「私、そんなこと考えてもいません」女の人形が言った。「一人で地下蔵に行って下さいな、さあ!」

「これが誰か分かるか?」カルルはまた訊いた。私はうなずいたが、彼には見えなかった。

悪魔は叫んだ。「それならワニを連れてくるぞ!」そして舞台の下に姿を消した。女は一人残され、泣き出した。怒りのこもった泣き声であった。この声を聞いているうちに私は彼女に同情し、自分でも泣き出しそうになった。だが、色鮮やかな上着を身につけた人形が新たに登場していた。カスペルレに違いない。私が来たからにはあなたは安心です、と彼は女を慰めた。そう言いながら自信満々に鞭を振り上げた。

「リーゼ氏があなたを泣かせたのですね」と彼は耳障りな声で言い、鞭を振り回した。「奴を痛い目に会わせてやる」

彼のその言葉が終わらないうちに、うなり声が聞こえてきた。ここでうなり声を上げるものといったら、ワニしかない。女が逃げ出すとワニが姿を現した。体全体が口でできているみたいな奴で、実際すぐに勇敢なカスペルレに食いつこうとした。彼はすばやく鞭を口の中に突き立てた。

「あなたがこれを取って欲しいというなら」と彼は言った。「ママではなく、リーゼ氏を飲み込むと約束するんだ」

彼はワニまで「あなた《ズィー》」と呼んでいたし、おまけにカスペルレではなくカルルの興奮した地声になっていた。劇場の端からわが友の血走った目が見えた。彼はカスペルレと自分自身を使い分けるのを放棄してしまっていたのである。カスペルレは舞台から消えた。そしてペーター・リーゼ氏が戻ってくると、口をきく暇もないほどあっという間にワニに喰われてしまった。うなり声と悲鳴がすべてを物語っていた。

私は舞台上の出来事に熱心に見入っていて、カルルに劣らないほど夢中になっていた。興奮の極に達した二人は、人形を用いずにみずから演じようとした。

「お前はペーター・リーゼ氏だ！」カルルが言った。

「やだよ！　ペーター・リーゼにはなりたくない」私は嫌悪感に駆られて叫んだ。

にもかかわらず彼が私をリーゼ氏と見なしたので、殴られないようにと身を守らねばならなかった。二人がもみ合って床に倒れ、椅子などをひっくり返したため、大きな音がした。若い女が現れて二人を分け、私を帰宅させた。

その日のうちに決心したことが二つある。

第一に、両親を説得して侯爵夫人を家に招待してもらわなければ。第二に、ボーイ長には今度こそクリームパイを持ってきてもらい、それをカルルと一緒に食べなくては。この二つの課題のうちどちらが重要だろうか、或いは、達成困難だろうか？　私はこの問いは放置したまま行動を開始した。食事の最中に、もし日曜日におばあちゃんが来るなら侯爵夫人も一緒に呼んでよ、と要求したのである。私がそう言った時、声が揺らがないでもなかったが、態度は確固としていた。私の決意は、侯爵夫人のあの滑稽で愛らしい微笑によっていた。あの微笑を見た時すでに、不当な仕打ちを受けている人だと感じたのだったから。今それは確信に変わっていた。

ママは目を丸くして私を見つめ、「まあ」と言った。しかしパパはとても優しく尋ねた。

「なるほど。どうしてそう考えるようになったのか、話してくれないか」

「カルルはあの人の手に接吻までするんだよ」――私は第一の論拠を挙げた。

「それは素晴らしい」パパは認めた。

「それから、あの人もフィリベルトのところで髪をセットしてもらうんだ」私は付け加えた。

ママが口を歪めたので、要求が通るかどうか不安になってきた。私は大急ぎで言葉をつないだ。

「あの人は歌が上手だよ。でも手芸はやらないんだ」

「想像がつくわ」とママが本音を漏らすかのように言った。

パパの態度は変わらず穏やかで、「お前を喜ばせてやりたいのはやまやまだ」と言った。「しかし、両方招待すると、おばあさまは来ないかも知れない。お前はどちらを選ぶんだね、おばあさまか、侯爵夫人か？」

「侯爵夫人」と言うわけにはいかなかった。それで私は黙り込んだ。だがだからこそ、直後に両親が二人で話していた事柄は忘れ難く記憶に刻み込まれたのである。

「理髪店の支払いまで滞納してるのよ」とママが言った。

パパは額にしわ寄せたが、上機嫌に変わりはないようだった。「その気になればすぐ金が入るんだろうが。本当は気丈な人なんだろう、あの件を断るんだから」

ママは負けずに応じた。

「あの人はもともとペーター・リーゼから援助を受けてるのよ」

「リーゼがそう言っているだけだ」とパパが答えた。「あの人に好意を持たれているなら、むしろ口をつぐむはずだ」

私は、自分でも思いがけなく口を開いた。

「ペーター・リーゼさんは汚らわしい豚だよ」

これを聞いたママは椅子から飛び上がった。まるで私が食べ物にむせて窒息しかかった時のように。自分の言葉の効果に驚いた私は、ペーター・リーゼ氏について持っている知識全部をぶちまけようとした。だがパパは、今度は真剣な面もちで指を回しながら私を威嚇し、ママの方に向き直って全然別の話を始めた。

私には第二の課題、ボーイ長の件が残された。こちらの方が容易だと思った。なぜならボーイ長は上流紳士ではないのだから。〈僕が大きくなったら、彼は一度に百ものクリームパイを持ってこなきゃならなくなる〉と考えたのである。それで、翌日にはもうカルルと一緒にホテル・ドゥフトへ出かけた。彼を同伴したのは、二人の方が尊重されるだろうとふんだからだ。その場にいない私の両親、それに加えて彼の母親たる侯爵夫人の威光が働くだろう。昨日両親が食卓で交わした会話から、彼女には疑わしいところがあると感じ取ってはいたけれど、同時に神秘が、さらに輝きが、彼女の周りに形成されたように思われたのである。きっとボーイ長は私の言い分を認めてくれるだろう。当時の私は、遠いところにいる人間、自分より階層が下の人間に理解を求める傾きがあった。

ボーイ長はホテルの入口の前で二人を迎えた。手を背中に回したままで前に出さず、階段を三段上がったところから勿体ぶった様子でこちらを見おろしている。私はすぐに、気に入らないなと感じた。これまで知っていた彼はもっと小さく、私と対等のはずだった。

「今日はたまたまクリームパイはなかったな」私が尋ねる前に彼はそう言った。私の不興はつのった。

「二つクリームパイを持ってきてくれなきゃ」私はつっけんどんに言った。「カルルもいるからね」

「分かってる。侯爵夫人のところのね」こう言いながら彼は体が揺れるほどに笑った。だが、その代わり握手の手を私たちに差し出さねばならないことは理解していた。彼はカルルの額にかかる豊かな黄色い巻毛をなでさえした。

「さて」と彼は慇懃無礼な調子で訊いた。「お父さんの侯爵を訪ねてきたのかな？　それともお母さんがまた劇場さ行っちまったのかな？」

わがよき知り合いであるボーイ長が言い間違いをしたのは初めてだった。まるで目の前で彼が変身したかのような印象があった。

カルルはしかし答えた。「あんたには関係のないことさ」そして背を向けた。私は彼に従った。後ろからボーイ長の笑い声が聞こえた。

「あいつらはあんなもんさ」カルルはそう言い、地団駄を踏んで叫んだ。「どいつもこいつも、あんなものなんだ！」――この言葉を、それから数日間私は反芻した。

私はペーター・リーゼ氏とボーイ長を比較して、お互い似つかわしい人間だと結論づけた。役割を交換しても大丈夫ではないか。ペーター・リーゼ氏ならボーイの間に混じっても立派に職務を果たしそうだし、ボーイ長も大ワイン商として通用するだろう。リーゼももしかしたら「劇場さ」と言うのではないか、注意していよう、と私は考えた。

隣人ハンマーフェストが昼頃にはもう酔っ払っていた。私は何人かの男の子と一緒にはやし立てた。彼が一人を捕まえて殴ったので、私や他の少年たちは逃亡した。これはすでに今までも起こったことであったが、今回は特別な、新しい緊張感が私を襲ったのである。私は邪推と先入見を抱いて、今までは尊敬していたアマンドゥス・シュネーペルを訪ねてみた。彼はいつものように「畝織り」を撫でつけていて、私の神経を苦しめた。しかしそれに加えて、彼は私の母と別のお客とをまったく別様に扱ったのである。この客は貧しげな身なりの女で、母と並んでカウンターのところに立ったのであった。シュネーペルはこの客には母に対するような配慮と忍耐強さを示さず、ぞんざいに首を振って、無愛想な女店員を相手にするようにと合図を送り、値引き交渉にも応じなかった。それに対して母が値切った際には譲歩したし、にもかかわらず入口のところまで出て母を見送ったのである。

シュネーペルだけが悪い人なのだろうか？　ハンマーフェストとボーイ長とペーター・リーゼ氏も、たまたま悪い人だったということなのだろうか？　どいつもこいつもあんなものなんだ、とカルルは言ったっけ。町中みんながそうだという意味だ。この町の住人は誰もが立派で心優しく親切だと私は思ってきた。だから彼の言葉を信じるにはためらいがある。従来の私は路上で人と会うごとに、そうするにふさわしいと思えば握手の手を差し出していた。今の私は、この習慣を変えたわけではなかったが、相手の顔をじっと見つめるようになったのである。彼らの親愛の表情が本物かどうか確かめるように。わが友とその母につらく当たるなら、なぜ私にも同じ態度をとらないのか？　物わかりのよい私の両親ですら侯爵夫人を自宅に招待しないとは、どういうわけなのだろう。

私はその時初めて周囲の人間に疑問を抱いたのだったが、どんな疑問かということをまだ言葉で言い表すことはできなかった。公正という言葉を知らないうちから彼らの公正さに疑いを持ったのである。と同時に自分自身に対しても用心深くなった。なぜなら私にしても、右のような認識を持ってはいても、以前と変わらぬ人間だからである。今も昔も、欠かせないと思われる場合だけ礼儀正しい態度をとっていた。だから町の人間は実際は誰も彼も同じなのである。というのは私も自分が他の人たちより悪いとは考えていなかったのだから。いずれにせよ私は自分自身に対してより他の人たちに対して怒りを覚えていた。彼らは私を欺いていたのだ。私はこれまでこの町とその生活とを周囲から与えられるがままに受け取り、よきものと考えてきた。カルルとの友情が、相手である私の中に批判精神を芽吹かせたのである。

カルルだけは私の疑いを免れていた。彼のプライドは私には不屈のものと見えたし、一方その心情は堅固で信頼がおけた。ペーター・リーゼ氏への変わらぬ憎悪に私は感心していた。私にしても友の家主を憎んではいたが、ずっと臆病だったのである。ある時、二人の前を三人の紳士が歩いていた。その真ん中がペーター・リーゼ氏であった。カルルと私は本来の目的地を過ぎても意に介さず三人の後を追った。最初は多少離れていたが、どんどん距離をつめていった。あいつらの足元に二人で一つずつ石を投げて、すばやくどこかの建物に逃げ込もう、とカルルは間断なく私に迫った。それは無理だよ、そう言いながら私はすでに石を手に持っていた。至近距離に来た時、私は急いで対案をささやいた。

「あいつらの背後からこう叫ぶんだ。リーゼは手で鼻をかんでる、って」

私はこの言葉は正当なものだと考えた。なぜなら真実を含んでいたからだ。ペーター・リーゼ氏が実際にそうしているのを見た経験があったのである。カルルの方は、これでは復讐として物足りないという意見だった。もし石を投げるのではなく言葉ではやし立てるだけにするなら、少なくとも人前で、それも声を合わせて叫ぶのでなくては。そうするよ、と私も約束した。そして前もって効果のほどを予想してみせた。これはペーター・リーゼ氏には大打撃になるだろう。同行している二人の紳士に間違いなく笑われてしまうだろうし、加えてこの悪習故にびんたまで喰らうかも知れない。こう言うとカルルも納得し、できる限り大声で叫ぶという条件を出すにとどまった。そして彼は数え始めた。一、二——三で、彼は叫んだ。

カルルだけが叫んだのである。私は最後の瞬間に勇気を失ってしまっていた。おまけに予想はどれ一つ実現しなかった。三人の紳士は相変わらず道を歩き続けており、まるで何も聞こえなかったかのようであった。リーゼですら振り返らなかったのだ。すでに彼らと私たちの間には他の歩行者が入り込んでいた。二人の歩みは不意に遅くなった。障害物が眼前に姿を現した時のように。カルルはついに立ち止まった。

「お前は卑怯だ」彼はそう言って私をこづいた。私も突き返したが、恥ずかしい気持ちが消えるはずはなかった。

「お前は卑怯だ。今、よく分かったぞ」彼はそう繰り返して、離れていった。これは単に突かれるよりも屈辱的だった。私も彼の敵対的な態度に反抗的なしぐさで応じた。二人は通りの両端に別れて家路をたどった。

翌朝の学校で二人はお互い知らぬ者同士のように振舞った。お互いの存在を知らしめるのは、悪意のこもった眼差しだけだった。下校時も、知り合って以来初めて一人きりであった。私は二人では一度も利用したことのない近道を選んで帰ったが、ここで思いがけない人に出くわした。ペーター・リーゼ氏である。最初に思ったのは、踵を返して逃げ出そうということだった。しかし私はそのまま進み、いつものように帽子を取った。彼は案の定私を呼び止め、こう言った。

「昨日誰かが後ろから叫んだが、あれはお前たち二人か？」

私は「違うよ」と答えたが、顔が赤くなった。

「嘘をつくな」とペーター・リーゼ氏が言った。

私は答えた。

「いや、僕たち二人じゃない。僕一人だけさ」

「おまけに図々しいときてる」彼はそう言い、殴りかかろうとした。私は腕で防ぐこともせず、じっと相手を凝視していた。

しかし彼はもう一度周囲をうかがった。その時、誰かがこの静かな小路に入ってきたのである。ペーター・リーゼ氏はたちまち腕を下に降ろした。残念そうな顔つきでではあったが。

「それじゃ、お父さんによろしく！」彼は怒った表情のまま笑い、足音も高くその場を離れていった。

私はしかし駆け出した。自宅に到着する前のカルルに追いつかなくては。幸い玄関前のところで彼を見つけることができた。

「カルル！」私は叫んだ。「リーゼが俺を殴ろうとしたんだ！」

だが彼は私の脇をさっさと通り過ぎ、家に入っていった。私は叫んだ。

「カルル！　誰がやったんだって、あいつは尋ねたんだ。だから、俺だって言っておいた」

「信じないね」カルルは暗い表情でそうつぶやき、私を置き去りにした。

私はかっとなって、彼を翻心させようという試みを放棄してしまった。それまで、嘘をつかない限り私はいつだって皆に信用されてきたのだ。それが、理由もなく私を信じないと明言した最初の人間が、よりによってわが友人であったとは。だからこそ憤激の念が私を襲ったのである。この友に対して私は希望のありったけを注いでいたのだから。だが結局はカルルに誤解されたという苦痛の方が大きくなった。それからの私は、高慢な顔つきで彼を無視してかかった。少なくとも自分では高慢なつもりであった。本当は悲しそうだったのだろう。なぜならカルルの顔つきも冴えなかったのだから。

以前友人だった私たちが休憩時間お互い離れているのを見て取った教師は、とうとうある日、二人で競走してごらんと言った。私たちは走った。カルルが先にゴールの木に着きそうになった。だが終盤彼はわざとほんの少しばかり力を抜いた。気づいたのは私だけだった。こうして二人は同時に木の幹にタッチしたのである。私は手を差し出そうとした。だが手は胴にひっついたかのように動かなかった。カルルはずっと目を伏せており、二人はそのまま別れた。

明日こそカルルに手を差し出そう！　私は固く決心した。しかしこの決心は実行に移されなかった。次の日カルルは学校に来なかったのである。彼が病気なのかどうか、質問する勇気が私にはなかった。帰宅途中、彼のところに立ち寄る口実を考えたが思いつかない。ホテル・ドゥフトの前には例によってボーイ長が立っていた。私の姿を認めると、彼は背中の方から包みを取り出した。

「さあ、クリームパイだ」彼はそう言って、私の真ん前でお辞儀をした。私はこの贈物をとりたてて感激した様子も示さずに受け取った。

「で、カルルのは？」私は糺すような調子で訊いた。

ボーイ長は目を丸くし、口も開いたが、かろうじて自制した。悪態をつくのだろうと私は思った。しかし彼はそうはせず、私には不可解な慎重な口振りでこう言った。

「一つで十分さ」

私は礼を言うのも忘れていた。本当に一つで十分であることに気づいたからである。これをカルルにあげて、自分は食べなければいいのだ。私は急ぎ歩き始めた。走りはしなかった。私の前をまたの喜びが、幸福の予感が、飛ぶように疾走している。そうした喜びや予感に追いつくことなど不可能だ。早足で歩いても、短い道のりは容易に終わろうとはしなかった。階段を私は駆け上がった。ペーター・リーゼ氏の前からカルルと一緒に逃げ出したあの日のように。二階のドアは開けっぱなしであった。まるで私を待っている者がいるかのようだった。

しかし、自分が待たれていないことは知っていたから、不安になった。この先何が待ち受けているのか、まるで分からない。玄関に私の足音だけがよそよそしく響いている。やがて廊下に絨毯が敷かれていないことに気づいた。部屋のドアも大きく開いたままになっていた。なんて薄気味悪いんだろう。部屋はどれも空っぽだ。この部屋で侯爵夫人と話をしたのだっけ。あの部屋で彼女は素晴らしい声で歌ったのだ。すぐにドアが閉じて聞こえなくなってしまったけれど。今だって彼女は歌っているに違いない。そしてドアがまた閉まる、今度は永遠に！　当時の私は、過ぎ去ってしまうということの意味をまだ理解していなかった。家具もひと気もない部屋が何を意味するのかも。

私の希望は崩壊するまいと必死になっていた。カルル！　何があろうと彼だけは確かだと思った。たとえ他の一切が不可解であろうとも。私は廊下の角を曲がった。そう、友の部屋で足音がしたのだ。「カルル！」彼の姿が見えないうちから私は叫んだ。答えたのは誰であったろう？　ペーター・リーゼ氏の赤ら顔であった。彼は言った。

「あいつらは、お前の持ち物を何か持ってったのか？　俺は今、調べているところなんだが」

「あの人たちはどこに行ったの？」私には相手の言葉がまるで耳に入らなかった。カスペルレ劇場がおいてあった場所を、ぼおっとして見つめるばかりだった。いや、あの劇場は私のものじゃない。にもかかわらず何か自分の所有物だったものが失われたのだった。それが何かは分からない。必死に考えたが思い出すことはできなかった。

「いつカルルは戻ってくるの？」私は唇を震わせて尋ねた。

「待っても無駄だろうな」ペーター・リーゼ氏は運命そのもののように粗野に答え、部屋から出ていった。とうとう私は泣き出した。膝からくずおれて、絨毯のない床に額を押しつけ、腕で頭を抱えて嗚咽したのである。こんな姿勢でいても、この状態がずっと続いて欲しいと願った。膝が痛くなってもう泣いていられなくなっても、私は長いこと動かずにそのままでいた。

立ち上がると、床に紙が落ちているのに気づいた。クリームパイを包んでいた紙が開いたのであった。それがどこから来たのか、理解するのに少し時間がかかった。これは美しい日々の残滓ではなかったか。クリームパイが、過ぎ去ってしまうということの意味を教えてくれたのである。私は年端のゆかぬ少年であったから、クリームパイを平らげてしまったが、食べながらもう一度大声で泣くことができたのであった。

訳者あとがき

『ハインリヒ・マン短篇集』の第Ⅲ巻・後期篇をお届けする。

この本には一九〇七年以後、すなわちハインリヒ・マン三六歳以降の短篇を収録した。一九〇七年というと、「中期篇」の解説でも触れた長篇『種族の狭間で』を完成し、引き続き『小さな町』という長篇小説に取りかかっていた頃である。この『小さな町』（一九〇九年発表）はハインリヒの代表作の一つであり、弟トーマスも出版直後に読んで絶讃し、「民主主義の雅歌」と評した。一般にハインリヒの作品は評者の立場により毀誉褒貶の差が大きいきらいがあるが、『小さな町』は現在に至るまでほぼ例外なく高い評価を受けている。

その後のハインリヒは進歩主義的知識人としての側面をいっそう強めていく。長篇『臣下』（完全版一九一八年発表）で帝政ドイツを厳しく批判すると同時に、エッセイ『ゾラ』（一九一五年発表）で社会を教導する知識人たるおのれの姿勢を理論的にも鮮明に打ち出すことになる。

一方、一九一四年に第一次世界大戦が勃発すると、戦争の評価をめぐって弟トーマスとの間に本格的な兄弟喧嘩が始まった。『ゾラ』に自分への当てつけが含まれていると見たトーマスが長篇評論『非政治的人間の考察』（一九一八年発表）を書いたのは有名な話である。ハインリヒは一九一七年末に一度弟に手紙を書き和解の申し出をしたが、トーマスはこれを拒絶した。二人の対立は、一九二二年にハインリヒが重病になりトーマスが兄を見舞いに訪れるまで続くことになる。

私生活面では、一九一四年に女優のマリア・カノヴァと結婚、二年後に娘のヘンリエッテ・マリア・レオニが誕生した。この、ハインリヒがもうけた唯一の子供に、「中期篇」に収録した『女優』のヒロインの名が使われているのは注目される。作中のレオニは、ハインリヒに可愛がられながらも自殺した妹カルラをモデルにしているからである。

第一次大戦後のハインリヒ・マンは、長篇『臣下』が記録的な売り上げを記録したこともあり、もはや一部の読書人にのみ名を知られる存在ではなくなった。ドイツを代表する作家・知識人と目されるようになったのである。そうした中で彼は、『臣下』とともに「帝国三部作」をなす『貧民』と『首脳』を始め、長篇小説を矢継ぎ早に発表し、そのかたわらおびただしい量のエッセイを書くなど、精力的な仕事ぶりを見せる。

一九三三年、ナチ政権の成立直後にフランスに移住したハインリヒは反ナチ亡命知識人の指導者的存在として活躍する。代表作の『アンリ四世』二部作が書かれたのはこの時期である。やがて一九四〇年、ヨーロッパで第二次大戦が始まった次の年、弟トーマスの後を追ってアメリカに亡命する。この地でもいくつかの長篇小説を書いたほか、自伝『一時代を閲する』（一九四六年出版）を執筆する。一九五〇年に東ドイツ・ベルリン芸術アカデミーの総裁として招聘された彼は、これを受諾し帰国するつもりであったが、その準備中に死去した。享年七九歳。

さて、この巻に冠された「後期篇」という名称の意味について述べておきたい。本短篇集全三巻が、底本とした東ドイツ・アウフバウ書店版全集で短篇集に充てられた三巻にほぼ添って編まれたことは、「初期篇」の解説で触れた。しかし、「初期」「中期」「後期」という言葉が、ハインリヒ・マンの作家活動全体をそのまま反映したものと考えるのは誤りである。

ハインリヒは七九年の、当時としては長寿と言っていい生涯を全うした作家である。習作時代を含めると創作活動は六〇年以上に及ぶ。その中で、本短篇集の「初期篇」は最初の一〇年ほど、「中期篇」は次の六年ほどをカヴァーしている。この「後期篇」は三六歳以降の短篇を収録しているから、単純に受け取るなら四〇年以上にわたる創作がここに集められていることになり、前二巻と比べるといささかバランスを欠くという印象を生じてしまう。これは、ハインリヒの短篇執筆が若い時期に大きく片寄っているためである。三十代以降の彼は長篇小説とエッセイを中心に作家活動を行い、短篇の占める割合は低下していった。ここに収録したのは、五十代半ばまでの作品である。

彼の生涯をどう区分するかは研究者によっても意見が分かれるが、『ハインリヒ・マン研究への批判的手引き』（一九七四年）を著したフーゴー・ディットベルナーは四分法を採用し、二六歳までを「若年期」、第一次大戦が勃発する四三歳までを「初期」とし、その後はヒトラー政権の成立によりフランスに移住する六二歳で区切りを入れている。この区分に従うなら、本短篇集の「初期篇」は「若年期」、「中期篇」は「初期」の前半、「後期篇」は「初期」後半以後ヴァイマル共和国時代までの作品をそれぞれ収録していることになる。

ハインリヒの作家活動の変遷によって生じるこうした齟齬をよく理解して下さるよう、読者の方々にはお願いしたい。

作品の配列であるが、本巻では成立年代順とした。前二巻では作品群としてのまとまりを重視し、初出で同じ短篇集に収録された作品は一括して紹介する方針をとったが、この「後期篇」に収録された短篇は執筆年代に隔たりがある場合が多く、またハインリヒ・マンが作家として名をなしてきた時期であるために一つの作品が異なった短篇集に重複して収録されるケースも増えて、初出短篇集ごとのまとまりを考える意味が薄れているからである。底本はアウフバウ書店版の『ハインリヒ・マン全集・第十八巻・短篇集Ⅲ』（Heinrich Mann : Gesammelte Werke. Bd.18 Aufbau - Verlag 1978）であるが、『グレートヒェン』のみは『短篇集Ⅱ』によっている。これは分量の関係で「中期篇」に収録できなかったためである。底本第Ⅲ巻から採用した七作品は、数・分量ともに原書の三分の一程度にあたる。また底本には誤植と思われる箇所が散見されたので、東独から出ていた『選集』（第一巻の訳者あとがきを参照）、及び九六年にフィッシャー書店から出た『ハインリヒ・マン短篇小説全集・第三巻』（Heinrich Mann : Sämtliche Erzählungen. Band Ⅲ. Die Verräter. S. Fischer Verlag 1996）を参照して正確を期した。

＊　＊　＊

次に個々の作品にコメントを付す。

『グレートヒェン』（Gretchen）は一九〇七年完成、翌年に雑誌掲載され、一九一〇年に短篇集『心』に収録された。ハインリヒ・マンの代表的長篇『臣下』を準備する段階で生まれた短篇であり、主人公のグレートヒェンや父ディーデリヒ・ヘスリングなどの登場人物は長篇と共通する部分がある。『臣下』の続篇『貧民』にもヘスリング、グレートヒェン、クロッチェが登場する。この短篇は、しかし内容的には『臣下』や『貧民』とは別物である。中流家庭の令嬢が演劇人と接触して起こった事件を、起承転結を押さえて要領よく語ったまとまりのよい小説であって、ヒロインやその父への皮肉な視点は確保されているが、長篇のような厳しいドイツ批判や鋭い反俗物的姿勢は見られない。とはいえ、イデオロギーから離れて作家としてのハインリヒ・マンを評価する際には、ある種のバランスの良さが感じられる作品であることも事実であろう。また俳優シュトルツェネクの姿に、「中期篇」に収録した『女優』の登場人物ロートハウスと同様の詐欺師気質が見られるという指摘もある。

『罪なき女』(Die Unschuldige)は一九一〇年に書かれた。すぐ雑誌に掲載されたのち、同年の短篇集『心』に収録された。さらに、ほとんど会話文から構成されていることからも分かるとおり、作者によって戯曲に書き直され、同年の十一月にベルリンで初演された。内容的には小説版とほとんど変わりがない。したがって、この短篇によって戯曲作家としてのハインリヒ・マンをも垣間見ることができるわけである。ヒロインの「罪」のありかをめぐって展開される筋書きは、確かにドラマティックであり、演劇向きと言えよう。またここにも『女優』同様、俳優・演技のモチーフが看取される。

『ハデスからの帰還』(Die Rückkehr vom Hades)は一九一〇年から翌年にかけて書かれたと推測される。一九一一年に雑誌に掲載され、同年、この作品をタイトルとする短篇集に収録された。

作品の舞台は紀元前四世紀頃のギリシアのとある小さな町である。ハインリヒ・マンは一九一〇年夏、ギリシアで休暇を過ごしていた友人マクシミリアン・ブラントルに、「僕の『ハデスからの帰還』のために、ギリシア・ムードたっぷりの絵葉書を何枚か買ってきて下さい」と頼んでいる。また、第一章でパンディオンがテルモピュライにおけるギリシア軍とペルシア軍の戦いを語る場面では多くの怪物が登場するが、恐らくハインリヒの蔵書に残されているフリードリヒ・ネッセルト著『高等女学校と教養ある婦人のためのギリシア・ローマ神話への手引き』を参照したものと思われる。

古代ギリシアを舞台とはしているものの、ここではパンディオンとヘリオドーラという二人の登場人物によって、ハインリヒの作品で繰り返し扱われてきた芸術家と女優というテーマが再び取り上げられており、彼の芸術家小説を締めくくるという意味で重要な作品となっている。名もなき小さな町に到着した放浪芸術家のパンディオンは、身分の高い若者たちの誘いを断り、大衆のもとに赴いて自分の芸術を披露する。しかし、かつてのギリシアの栄光はすでになく、あのヘレネですら偉大な過去の出来事を忘れてしまっている。パンディオンの雄弁が描いてみせた英雄譚に感激はしたものの、次の瞬間には町にやってきた旅の一座のもとへと急ぎ、さらにその後にはいかさまめいた奇蹟にたやすく惑わされ、扇動に乗ってパンディオンを殺そうとさえする民衆の姿は、言語のみに頼る芸術の力によって大衆を理想に導くことがいかに困難かを示している。かつてパンディオンは芸術のためにヘリオドーラとの幸福な生活を断念し、ハデスへと下っていった。しかしいまや彼はヘリオドーラがその身を売って得た金で命を救われ、多大の犠牲を払って究めようとした自分の芸術が結局無力なものでしかなかったことを悟る。ここに、芸術家という存在に対するハインリヒの複雑な思いを読みとることができよう。

彼自身、この作品をそれまでの短篇の集大成と見なしていたようである。一九一一年、友人エヴァース宛て書簡で彼は次のように書いている。「パンディオンは心的冒険を求めるあまり、生活の中に落ち着くことができず、ヘリオドーラは自分及び自分が世間に及ぼす影響しか考えない女であり女優なのです。二人は三七―三八ページ〔この邦訳では九四～九五ページに当たる〕でお互いの気持ちを打ち明けることになります」

トーマス・マンは兄のこの短篇を高く評価しており、一九一一年三月の手紙で次のように書き送っている。「兄さんの最新作『ハデスからの帰還』をとても面白く読ませてもらいました。何か『小さな町』的なところがありますね――精神化されたオペラ的美しさという点においてですが」また母ユーリア・マンもハインリヒに宛てて、「トミー〔トーマス〕もお前の歴史小説にとても感激しています。あの子は、私がすでに感じていたこの短篇の価値をもっとはっきり説明してくれました」と伝えている。

しかしこのような好意的な評価に対し、雑誌『文学エコー』（一九一二年二月）に掲載された論評では、「読みにくい作品である。（…）なぜなら、この作品は当初から深いところにシンボルが隠されているかのような印象を与えようとしており、読者は一文一文それを探していくことになる。だが見つからないのに探すという行為ほど疲れるものはない」と批判されている。確かにギリシアの歴史や神話、ホメロスを知的に織り込んだこの作品は必ずしも読みやすいとは言えないが、芸術家の問題はさておき、小さな町での一夜を舞台に展開していく筋立ての面白さ、情景描写の巧みさ、妹カルラを彷彿とさせる奔放な女優ヘリオドーラの人物像、さりげなく散りばめられたユーモアなどが、大きな魅力を添えている。

『裏切り者たち』(Die Verräter) は一九一一年に書かれたと推測される。同年に『裏切り』(Der Verrat) というタイトルで雑誌に掲載され、一九一三年には冠詞を省いた "Verrat" の題で別の雑誌に転載された。

ストライキ、階級間の対立、政治的野心、裏切り等の主題と成立過程から見て、この作品は『臣下』及び『貧民』と深く関連している。登場人物の名も、企業家クラルは当初の版ではヘスリング（『臣下』の主人公）となっているなど、現行版とは異なっていた。その一方、リアーネ・ヴァンローの「美しい手」といったモチーフが強調されていて、短篇『女優』を想起させるところがあった。

一九二〇年代の始め、ハインリヒ・マンはこの作品を大幅に書き改めた。『臣下』などとの関連が薄められ、登場人物の名も現在の形に変更された。また社会批判的な面、特に社会民主党とラーベナーに対する批判、そして女優の手のモチーフも以前ほど前面に押し出されなくなった。タイトルも現在のように『裏切り者』となった。この改訂版はまず一九二二年末に女性向け雑誌に掲載された。雑誌の編集者が「女性向きの作品を」と作者に要請したこともあり、上記の変更もそれを意識してなされた可能性が大きい。

その後一九二四年に短篇集『若者』に収録された。この版も一九二一年版とは若干違いがあり、本訳書が依拠した底本は二四年版に基づいている。

工場主ヴァンロー家での一夜を舞台にしたこの短篇では、労働者のストライキという社会問題を背景として、リアーネ、夫ヴァンロー、ラーベナーの間の心理的駆け引きがほとんど会話中心に描かれてゆく。その意味で小説というよりは戯曲に近く、『罪なき女』同様に劇作家としてのハインリヒの才能をうかがわせる作品となっている。上述のようにハインリヒはこの短篇にたびたび手を加え、主題を政治・社会問題から、リアーネを中心とする三者の愛憎関係へと移していった。短い作品ながら階級対立等を通して次第にあらわになってゆく男女の心のすれ違いが見事に表現されており、作家ハインリヒの面目躍如たるものがある。ことにリアーネの心理描写の巧みさには、現実の女性心理を描くことがあまり得意ではなかったトーマスとの違いがよく表れている。リアーネが最後の場面でラーベナーに向かって言う「でも夜は明けたわ」という冷めた言葉に、トーマスに絶大な影響を与えたヴァーグナーの代表作『トリスタンとイゾルデ』のパロディーを見るのは訳者だけであろうか。

『死せる女』（Die Tote）は一九一四年末に書かれた。翌一五年の春に新聞、夏に雑誌に掲載され、さらに一九二〇年にも別の雑誌に掲載された。そして一九二一年にこの作品をタイトルとする短篇集に収録されている。

ハインリヒ・マンはこの短篇の映画化を考えていたようで、一九一五年、映画用のシナリオに書き直してその筋に送りつけている。「現在の映画技術では困難」として断られはしたものの、一九三〇年になってから長篇『ウンラート教授』が「嘆きの天使」の題で映画化され大ヒットした事実をあわせ見るなら、彼の作品が映画との親縁性を持っており、しかも本人がそれをかなり早い時期から自覚していたらしいことがうかがえよう。実際この短篇の様々なシーンは映像にすると効果満点であると考えられ、ハインリヒの作家的資質における興味深い一面を示している。

本短篇集に収録した他の作品と同じく「女優」のモチーフが登場しているのは一読すれば明らかだが、死んだ女が甦るというモチーフは、「中期篇」収録の『ジネーヴラ・デッリ・アミエーリ』とも共通している。

一九一七年、ハインリヒがこの作品を公けの場で朗読した際には次のような批評がなされた。「躍動するような力強さに満ちた短篇であり、簡潔な、しかし陰影に富む文章は、ことのほか活気にあふれていると同時に優雅でもある。格言風な言い回しで緊張が高まり、隠しつつ暴き立てる精妙な文体できらめくような高みに上りつめたかと思うと、心の底知れぬ変化の中へと沈み込む。(…)人間の心が持つ不思議な多面性が、ここでも(…)女優の無数の可能性を秘めた性格に反映されている。愛、死、神秘、そして巧妙な詐欺が作中で相互に入り混じり、境界が曖昧化してしかとは捉えがたくなっていく中で、幻想的な非現実へと溶解する。それが突如として大胆で奇想的な転回とともに、風変わり極まりないペテンが結末として出来するのである」

その一方で、単行本に収録された際には、「ハインリヒ・マンは器用な語り手にして風刺作家だが、根底においては平板であり暖かさがない」という否定的な書評もなされている。要は、この短篇の技巧が単なる技巧に終わらず全体の質感を高めるのに貢献しているかどうかが評価の分かれ目となろう。しかしとかく言語芸術作品としての狭い見方が支配的になりがちなこの分野にあって、『死せる女』は映像へのつながりを拓く小説としての新たな評価がなされてもいいのではないだろうか。

『コーベス』（Kobes）は一九二三年から二四年にかけての冬に執筆された。翌二五年雑誌に掲載され、同年、若干の加筆訂正をへたのち、この作品のみでジョージ・グロスによる挿絵入りの単行本として出版された。仏訳も一九二七年末から翌年にかけてパリの雑誌に掲載されている。

もともと、この小説は『この時代の短編集』あるいは『コーベスとその世界』という連作の中心となる作品として計画されたものらしい。雑誌編集者からの要望がきっかけだったようである。ハインリヒ・マンは三十代半ば頃から政治性を強め、ヴィルヘルム朝ドイツ帝政批判を経て、資本主義社会の辛辣な批判家となってゆく。二〇年代のヴァイマル共和国時代になると積極的な社会批判を展開したが、『コーベス』は彼のそうした傾向を小説の分野で代表する作品であり、また、ほぼ同じ頃に書かれたいくつかの評論、特に『精神階層の死』、『一九二三年の〈経済〉』(本来は『ヨーロッパ、富豪たちの帝国』の第一部)、あるいは『フランスともう一度戦争を』(初題『ドイツとフランス』)などの文章と密接な関わりを持っている。(なお、これらの評論は一九二九年、エッセイ集『七年間』の中に「一九二三年の悲劇」という章題でまとめて収録された。)

この作品が執筆された一九二三、二四年といえば、ヴェルサイユ条約で取り決められた賠償金の支払い不履行を理由とするフランス、ベルギーによるルール占領と、これに対するドイツ側のゼネストによる消極的抵抗によって、戦前の一兆倍という文字通り天文学的なインフレに見舞われ、ドイツ経済が空前の大混乱に陥っていた時期であった。本短篇集には収録しなかったが、ハインリヒは『コーベス』以外にもこのインフレを扱った作品を書いている。彼は最晩年の回想録『一時代を閲する』の中で当時を振り返り、次のように述べている。「このような規模のインフレは、支払いの手段の問題だけに限定されることなど期待できなかった。そう、まさに人間の感情までもが膨張し、その価値を失ったのである。後悔、不安、憎しみ、自己嫌悪。人々は投げやりになり、放埒になった。愛の営みは公衆の見せ物となり、街角という街角は、そこにペテン師たちの銀行の建物が建っていなければ、たちまち酒場に変わった。酔っぱらいは千鳥足で、腹を減らせた者たちはふらつく足でうろついていた。通貨の崩壊とともに刹那的な商売を始めた学校の生徒たちは高級車を運転していたが、朝方の公園には無能なインテリたちの死体が山と積み上げられた」

ハインリヒはこの作品を執筆中の一九二四年二月、にフランス人の翻訳家フェリックス・ベルトーに宛てた手紙の中で次のように述べている。「今の私は、机に向かって落ち着いて充実した仕事をするなどということはできないのです。生活の必要から、すぐに金になるようなものと取り組まねばなりません。この冬は、我が国にいわゆる金マルクが導入されて、私にとっては戦いの冬でした。といいますのも、ドイツでの生活は、物価が急上昇していながら稼ぎは増えないし、それに〈外貨〉も我々にとっては価値がなくなってしまったからです。奇妙なご時世です。私がこんなことを書くのは、まさにこの奇妙さのゆえなのですが。それでも私は連作『コーベスとその世界』に含まれる短篇をいくつか書きました。これは極めて時流に乗っかった作品です。なぜならコーベスというのは、例の―es で終わる人物〔フーゴー・シュティンネス〕のことだからです。この本は、長篇にはならないでしょうが、遅くとも秋までには完成させたいと思っています。将来は、もっと充実したものが書けると思います。今現在できないのは、自分のせいではないと申し上げて構わないでしょう。つまらない仕事で手一杯なのです。時間の余裕がありませんし、もう神経もすっかり参っています」

また同年三月には作家クルト・トゥホルスキーに宛てて、「この冬は私も、短篇でインフレーションの讃歌を書きました。一種のシュティンネスの変容です。短い作品ですが、過激です。この作品がどうなるかわかりません。誰に向けての作品か？　これはいつでもどこでも大きな問題です」と、その読者への効果に対しては懐疑的な危惧の念も抱いていたようだ。

これらの手紙の中でコーベスのモデルと名指しされたドイツの大資本家フーゴー・シュティンネス（一八七〇—一九二四）は、家業の石炭・運輸業を継いで発展させ、電力業などにも進出、第一次世界大戦前にすでにルール重工業界で地歩を占めていた。さらに第一時大戦が起こると、軍部と結んで利益を得、敗戦が迫るとそれまでの態度を一変して、労働組合を承認し、そのかわりに現存経済体制を継続するという中央労働共同体（シュティンネス‐レギーン協定）を自由労働組合などと結んで、経済界が革命期を乗り切るのを指導した。ヴァイマル共和国前期にはインフレを利用して一大コンツェルンを築き、同時にドイツ人民党国会議員、賠償問題の交渉役として政治的にも大きな影響力を持った。特に一九二三年ルール占領の危機の際、反共和国的独裁樹立を画策したことでよく知られている人物である。ハインリヒ・マンは、このシュティンネスという人物にヴァイマル共和国初期における帝国主義の危険が集約されていると考え、多くのエッセイや手紙の中で彼に言及している。

なお、コーベス（Kobes）という名前はヤーコプ（Jakob）のライン下流地方の方言形で、「四角ばったわがままな人間」という意味がある。恐らくハインリヒ・ハイネがケルンの小市民的な政治家ヤーコプ・ヴェネダイをあてこすった詩『コーベス I.』をほのめかしているものと思われる。


『フェリーツィタス』（Felicitas）は一九二五年末か二六年初めに書かれたものと推測される。ハインリヒ・マンはこの頃『母マリー』という長篇小説を執筆していたが（出版は一九二七年）、その第二章の最後にヒロインが一人称形式で過去を回想するシーンがある。この部分を三人称形式で短篇小説に拡大したのが『フェリーツィタス』である。一九二六年に新聞に掲載され、その後二度雑誌に転載されたのち、一九二九年の短篇集『彼らは若い』に収録された。この単行本は本作品と後出の『子供』を含む八短篇を収録している（「彼らは若い」は短篇集のタイトルとして独自に考えられたもので、この題の作品は存在しない）。

フェリーツィタスという名は「幸福、豊穣」を意味するラテン語から来ており、古代ローマで七人の息子と共に殉教したという伝説的な聖女の名として著名になった。『母マリー』では、ヒロインは子供時代を回想するにあたって、自分の名は母及びこの聖女の名をもらったものだと説明している。

トーマス・マンの長男でハインリヒの甥にあたるクラウス・マンは、一九三〇年に『彼らは若い』の書評を発表しているが、短篇集冒頭に収録された『フェリーツィタス』については、「抑制のきいた、精確でありながらも親密で敬虔なスタイル」の素晴らしい作品だと評価している。実際、簡潔な筆で描かれた淡い水彩画を思わせる詩的な佳品であり、一読して忘れがたい印象を残す。ハインリヒ・マンの短篇作家としての才能を如何なく発揮した傑作と言うべきであろう。


『子供』(Das Kind)は、各章が一九二六年から二九年にかけて執筆され、発表も個別的に行われた。ハインリヒ・マンの生前に全体がまとまった形で世に出たのは、前述の短篇集『彼らは若い』が最初で最後である。「二つの顔」は一九二六年一二月に、「仮装舞踏会」は「二つの顔」と合わせて「思い出」というタイトルを冠せられて一九二七年末に、「二つの教訓」は一九二八年三月に、「ゲヴェアト氏」は一九二九年七月に、「友だち」は一九二九年九月に、それぞれ新聞や雑誌に掲載されたのが初出であった。「なくした本」だけは新聞雑誌類への掲載がなく、『彼らは若い』が初出である。

この連作小説が自伝的な作品であることは改めて指摘するまでもないが、これは当時ハインリヒが長篇小説『ウージェニー、或いは市民時代』(一九二八年出版)を執筆していたという事情と無関係ではない。「二つの顔」と「仮装舞踏会」の章は、泡沫会社乱立時代（普仏戦争直後、一八七一年から七三年にかけての、ドイツが空前の好景気に見舞われ新会社が乱立した時代）を背景とした『ウージェニー、或いは市民時代』と共通した雰囲気の作品であり、また「二つの顔」で母が言う「私たちはお金持ちじゃないけれど、とても物持ちね」という台詞はこの長篇小説でも用いられている。ちなみにこの台詞と、「二つの顔」に見られる父の相貌は、最晩年の自伝『一時代を閲する』にも登場している。「二つの顔」や「友だち」は、内容から見て「中期篇」収録の『知られざる者』や弟トーマスの『ブッデンブローク家の人々』とのつながりが認められるし、「友だち」に描かれた「侯爵夫人」は、長篇小説『首脳』の最初のあたりでも簡単に触れられている。

弟トーマスの『ブッデンブローク家の人々』が多分に自伝的な要素を持つ長篇であり、しかもそれが多大な売れ行きを示したために、ハインリヒとしては逆にリューベックで過ごした少年時代を小説の材料にすることに心理的抵抗があったのかも知れない。ハインリヒにしても、作中に自伝的な要素をちりばめること自体は稀ではないが、材料面から正面切って少年期を想起させる作品は、若い頃には必ずしも多くなかった。しかし『ブッデンブローク家の人々』にしても当初は彼とトーマスとの共作が考えられていたのであって、ハインリヒが『知られざる者』を三十代半ばで書き、五十代になってから子供時代を回想し始めるのにはそれなりに必然性があったのではないだろうか。一九四七年、マクシミリアン・ブラントルに出した書簡の中で彼は、「私の子供時代は、『ウージェニー』と『彼らは若い』の中に事実あったとおりに書き記されています」と述べている。ハインリヒは自伝『一時代を閲する』の中では少年時代にほとんど触れていないので、『子供』や『知られざる者』は貴重な資料と言える。ただしこれらはあくまでも小説であり、また記憶というものは時間がたつにつれ本人の頭の中で変容するのが通例であるから、書かれていることが文字どおりの事実だと思い込むのは危険でもあろう。

この作品に対する初出時の評価は、比較的好意的であったようだ。右で述べたように「思い出」というタイトルでまとめて発表された「仮装舞踏会」と「二つの顔」については、作家オットー・フラーケが「ハインリヒ・マンが子供時代について書いたものを初めて読むことができた。小説の形であり、いずれもまとまりのよい作品である。加えて、目立たないが道徳的な要点も含まれていて、これはこの社会的かつ政治的な作家にとって浅からぬ意味を持っている部分である」という書評を寄せた。またクラウス・マンも前述の『彼らは若い』への書評の中で、『子供』について次のように述べている。「何という憂愁に満ちた迫真性をもって古き記憶を呼び起こしていることであろうか。それも新時代の生起を援助する人、みずからも新時代の一部分である人が、なのである。入念な敬虔深い態度で語られる記憶の上には、愛情のヴェールがかかっている。言葉が他収録作品にもまして穏やかになっている。はずむような調子は残っているが、柔らかだ。光の当て方が強くない。最後の『友だち』は間違いなくハインリヒ・マンが書いた最も美しい物語の一つだ。長い人生での経験を先取りしている子供時代の体験。この体験は、長い人生での経験について語ってくれているのだ。その語りには品位とさりげない名人芸があり、憂愁に満ちた深い洞察がある」

＊　＊　＊

この時期に書かれたハインリヒの短篇で既訳のある作品を紹介しておく。

まず本書に収録した作品であるが、『ハデスからの帰還』には『地下の国からの帰還』という訳題の佐藤晃一訳（『世界文学全集第四五巻・H・マン集』〔筑摩書房、一九六七年〕所収）が、『コーベス』には渡辺健訳（同上）がある。また『子供』の最終章「友だち」には『ともだち』という訳題の道家忠道訳（『ドイツ短篇名作集』〔学生社、一九六一年〕所収）がある。先人による以上の仕事は、本短篇集でも訳出に際して参考にさせていただいた。

ここに収録しなかった作品では、『息子』（Der Sohn, 1916）に北村喜八訳（『世界短篇小説大系獨逸篇』〔近代社、一九二六年〕所収）と小島衛訳（『ドイツ表現主義第二巻・

表現主義の小説』〔河出書房、一九七一年〕）がある。ただしこの短篇のタイトルは、作者の生前、発表媒体によっては『父』（Der Vater）となっており、本訳書の底本全集も『父』を採用している。また『ある愛の物語』（Eine Liebesgeschichte, 1945）には佐藤晃一訳（『世界短篇文学全集第四巻』〔集英社、一九六三年〕、M・ライヒ＝ラニッキー編『狂信の時代・ドイツ作品群Ⅲ　1945―1957　創られた真実』〔学藝書林、一九六九年〕、及び『ドイツ短篇24』〔集英社、一九七一年〕の三書に所収）がある。この短篇はハインリヒ晩年の自伝『一時代を閲する』の第九章に収められているが、独立した作品として読めるもので、底本全集でも『子供』の後に短篇集の掉尾を飾る形で収録されている。

「初期篇」「中期篇」でもそうであったが、訳出にあたっては一般の文学愛好家に読まれることを第一に考え、必ずしも教科書的な逐語訳はとらなかった。原文で一つの段落がかなり長い場合には、訳者の判断で適宜段落を挿入した。五人の訳者はあらかじめ互いに原稿を見せ合って意見を交換したが、訳文の最終的な責任が「目次」に表示された各訳者にあることは言うまでもない。最後に、「中期篇」に続きドイツ語の難解な箇所について助言を惜しまれなかった Stefan Hug 氏、全三巻を通じて色々とお世話を下さった松籟社の竹中尚史氏に感謝の意を表したい。

この「後期篇」をもって『ハインリヒ・マン短篇集』全三巻は完結する。特に意図したわけではないが、本書が世に出る西暦二〇〇〇年はハインリヒ没後五〇周年にあたる。日本では彼の長篇小説やエッセイには未紹介のものが多いし、専門的な研究も十分進んでいるとは言い難い。本短篇集がこうした現状を打破するきっかけになることを期待して、解説の筆を擱くことにする。

訳者一同

一九九九年晩秋

訳者紹介

三浦 淳（みうら・あつし）
1952年福島県生まれ。東北大学文学部独文科卒業。同大学院博士課程中退。
現在、新潟大学教授。ドイツ文学専攻。博士（文学）。
訳書に、ヴィクトル・マン『マン家の肖像』（同学社）、バッハオーフェン『母権論』（共訳、三元社）、論文に「マン兄弟の確執 ── 1903～1905年 ──」などがある。

小川 一治（おがわ・かずはる）
1945年東京都生まれ。東京都立大学人文学部文学科独文学専攻卒業。
同大学院修士課程修了。
現在、新潟大学助教授。ドイツ語学専攻。
論文に、「ドイツ語の二重母音」などがある。

杉村 涼子（すぎむら・りょうこ）
1953年山口県生まれ。慶応義塾大学文学部文学科卒業。同大学院博士課程満期退学。
現在、京都産業大学助教授。ドイツ文学専攻。
訳書に、ウルリヒ・リンゼ『生態平和とアナーキー』（共訳、法政大学出版局）、論文に「ヴェッカーリーンとドイツ韻律法の改革」、「トーマス・マンにおけるエロス・イロニー・芸術」などがある。

田村久男（たむら・ひさお）
1961年新潟県生まれ。新潟大学人文学部卒業。東北大学大学院博士課程満期退学。現在、明治大学助教授。ドイツ文学専攻。
論文に、「トーマス・マンの『ヴェルズングの血』におけるデカダンスとその克服の可能性について」などがある。

岡本 亮子（おかもと・りょうこ）
1959年新潟県生まれ。富山大学人文学部卒業。新潟大学大学院現代社会文化研究科博士課程修了。博士（学術）。現在、新潟大学、富山大学、金沢大学、敬和学園大学非常勤講師。
著書に『マックス・フリッシュの小説世界』（芸林書房）がある。

著　者
ハインリヒ・マン　Heinrich Mann (1871 - 1950)
ドイツの作家。トーマス・マンの兄。第一次世界大戦直後、長篇小説『臣下』とエッセイ『ゾラ』で一躍文名を上げ、ヴァイマル共和国を代表する知識人として活躍。ヒトラー政権成立とともにフランスに亡命し、第二次世界大戦開始後はアメリカに渡る。戦後、東ドイツの招きで帰国する予定であったが、直前に客死。代表作は『アンリ四世』二部作、映画「嘆きの天使」の原作『ウンラート教授』など。

ハインリヒ・マン短篇集　第Ⅲ巻――後期篇――
ハデスからの帰還

2000年7月6日 初版発行
定価はカバーに表示しています

訳　者　三浦 淳・小川一治・杉村涼子・田村久男・岡本亮子
発行者　相坂　一
編集担当　竹中尚史

〒612-0801　京都市伏見区深草正覚町1-34
発行所　㈱ 松　籟　社
SHORAISHA

電話　075 - 531 - 2878
振替　01040-3-13030

印刷　亜細亜印刷
製本　吉田三誠堂製本所
Printed in Japan

ISBN 4 - 87984 - 212 - 5　C0397

シュティフター作品集　全4巻 完結

自然描写の比類ない美しさで知られ、ニーチェ、リルケ、ベンヤミンから賞賛をうけたシュティフターは、感傷的ともいえる文体の奥に、自然と、人間と、そして両者の調和への祈りを織りあげる。

第1巻　習作集　2913円　第2巻　習作集　品切
第3巻　石さまざま　品切
第4巻　昔日のウィーンより他　品切

ケラー作品集　全5巻 完結

19世紀スイスの最大の作家、ゴットフリート・ケラーの入手困難な作品を中心にまとめた。「短篇のシェイクスピア」といわれたケラーの諸作品とともに、文学的総決算の長篇『マルティン・ザランダー』を本邦初訳で紹介する。

第1巻　ゼルトヴィーラの人々　第1話　2500円
第2巻　ゼルトヴィーラの人々　第2話　3000円
第3巻　チューリヒ小説集　品切
第4巻　マルティン・ザランダー　3398円
第5巻　七つの聖譚　2913円

ハイネ散文作品集　全5巻

愛と革命の詩人として知られるハイネは、ドイツ本国で近年とみに見直され、その多面的で今日的な姿が浮き彫りにされている。特に、詩以外の散文テクストの研究はそうした新たな「ハイネ」像の発見に、大きく寄与している。時代と濃密に関わり、それだけ翻訳が困難とされていた彼の散文作品を、その多くを本邦初訳でお送りする。

第1巻　イギリス・フランス事情　2913円
第2巻　『旅の絵』より　2913円
第3巻　回想記　3398円
第4巻　文学・宗教・哲学論　3398円
第5巻　シェイクスピア論と小品集　3398円